杨家将演义

（明）熊大木 著

天津出版传媒集团

天津古籍出版社

图书在版编目（CIP）数据

杨家将演义 /（明）熊大木著. -- 天津 ：天津古籍出版社，2005.1（2016.2重印）
ISBN 978-7-80504-981-6

Ⅰ．①杨… Ⅱ．①熊… Ⅲ．①章回小说－中国－明代 Ⅳ．①I242.4

中国版本图书馆CIP数据核字(2016)第008070号

杨家将演义

（明）熊大木/著

出版人/张玮

天津古籍出版社出版
（天津市西康路35号　邮编300051）
http://www.tjabc.net

三河市中晟雅豪印务有限公司印刷
全国新华书店发行
开本 880×1230 毫米 1/32　印张 7.75　字数 230 千字
2005 年 1 月第 1 版　2016 年 2 月第 3 次印刷
ISBN 978-7-80504-981-6　　　定价：16.00元

目 录

第 一 回	北汉主屏逐忠臣	呼延赞激烈报仇……………	（ 1 ）
第 二 回	李建忠力救义士	呼延赞梦神教武……………	（ 6 ）
第 三 回	金斗娘征场斗艺	高怀德大战潞州……………	（ 12 ）
第 四 回	讲和议杨业回兵	迎銮驾豪杰施能……………	（ 17 ）
第 五 回	宋太祖遗嘱后事	潘仁美计逐英雄……………	（ 21 ）
第 六 回	潘仁美奉诏宣召	呼延赞单骑救驾……………	（ 26 ）
第 七 回	北汉主议守河东	呼延赞力擒敌将……………	（ 30 ）
第 八 回	建忠议取接天关	大辽出兵救晋阳……………	（ 35 ）
第 九 回	郭进大破耶律沙	刘钧敕书召杨业……………	（ 39 ）
第 十 回	八王进献反间计	光美奉使说杨业……………	（ 44 ）
第 十一 回	小圣感梦取太原	太宗下议征大辽……………	（ 50 ）
第 十二 回	高怀德幽州大战	宋太宗班师还汴……………	（ 55 ）
第 十三 回	李汉琼智胜番将	杨令公大破辽兵……………	（ 59 ）
第 十四 回	犒将士赵普辞官	宴群臣宋琪赋诗……………	（ 63 ）
第 十五 回	曹彬部兵征大辽	怀德战死岐沟关……………	（ 69 ）
第 十六 回	太宗驾幸五台山	渊平战死幽州城……………	（ 75 ）
第 十七 回	宋太宗议征北番	柴太郡奏保杨业……………	（ 80 ）
第 十八 回	呼延赞大战辽兵	李陵碑杨业死节……………	（ 84 ）
第 十九 回	瓜州营七郎遭射	胡原谷六使遇救……………	（ 89 ）
第 二十 回	六使汴京告御状	王钦定计图八王……………	（ 94 ）

第二十一回	宋名臣辞官解印	萧太后议图中原	(100)
第二十二回	杨家将晋阳斗武	杨郡马领镇三关	(105)
第二十三回	樵夫诡计捉孟良	六使单骑收焦赞	(110)
第二十四回	孟良智盗骓骊马	岳胜大战萧天佑	(115)
第二十五回	五台山孟良借兵	三关寨五郎观象	(120)
第二十六回	九妹女误陷幽州	杨延德大破番兵	(125)
第二十七回	枢密计倾无佞府	金吾拆毁天波楼	(129)
第二十八回	焦赞怒杀谢金吾	八王智救杨郡马	(134)
第二十九回	宋君臣魏州看景	王全节铜台交兵	(139)
第三十回	八王赍诏求六使	焦赞大闹陈家庄	(143)
第三十一回	呼延赞途中遇救	杨郡马大破辽兵	(149)
第三十二回	萧太后出榜募兵	王全节兵征大辽	(154)
第三十三回	吕军师布南天阵	杨六使明下三关	(159)
第三十四回	宗保遇神授兵法	真宗出榜募医人	(164)
第三十五回	孟良盗走白骥马	宗保佳遇穆桂英	(169)
第三十六回	宗保部众看天阵	真宗筑坛封将帅	(174)
第三十七回	黄琼女反投宋营	穆桂英破阵救姑	(178)
第三十八回	宗保议攻迷魂阵	五郎降伏萧天佐	(183)
第三十九回	宋真宗下诏班师	王枢密进用反间	(188)
第四十回	八殿下三关借兵	众英雄九龙斗武	(192)
第四十一回	杨延朗暗助粮草	八娘子大战番兵	(196)
第四十二回	杨郡马议取北境	重阳女大闹幽州	(201)
第四十三回	平大辽南将班师	颁官诰大封功臣	(206)
第四十四回	六郎议取令公骸	孟良焦赞双丧命	(211)
第四十五回	禁宫中八王祈斗	无佞府郡马寿终	(215)
第四十六回	达达国议举伐宋	杨宗保兵征西夏	(218)
第四十七回	束天神大战宋将	百花女锤打张达	(222)

目 录

第四十八回　杨宗保困陷金山　周夫人力主救兵……………（227）

第四十九回　杜娘子大破妖党　马赛英火烧番营……………（232）

第 五 十 回　杨宗保平定西夏　十二妇得胜回朝……………（236）

第 一 回

北汉主屏逐忠臣　呼延赞激烈报仇

却说北汉主刘钧听知大宋平定各镇，与群臣议曰："先君与周世仇。宋帝其志不小，今既削平诸国，宁肯与孤自霸一方乎？"谏议大夫呼延廷出奏曰："臣闻宋君英武之主，诸国尽已归降。今陛下一隅之地，何况兵微将寡，岂能相抗？不如修表纳贡，庶免生民之厄，而保河东无虞也。"刘钧犹豫未决，忽枢密副使欧阳昉进曰："呼延廷与宋朝通谋，故令陛下纳降。且晋阳形胜之地，帝王由此而兴；无事则籍民而守，有警则执戈而战，此势在我耳，何必轻事他人乎？乞斩呼延廷以正国法。倘或宋师致讨，臣愿独当之。"钧允奏，令押出呼延廷斩首。国舅赵遂力奏曰："呼延廷之论，忠言也，岂有通谋宋朝之理？主公若辄斩之，使宋君闻知，则征讨有名耳。必欲不用，只宜罢其职而遣之，庶全君臣之义也。"刘钧然其言，下令削去官职，罢归田里。

呼延廷谢恩而退，即日收拾行装，带家小直向绛州而去。欧阳昉尚不遂意，深恨呼延廷，欲谋杀之。唤过亲随人张青、李得，谓之曰："汝二人引健军数百人，密追呼延廷安下处，尽杀之。回来吾重赏汝。"张、李领诺，即引健军追赶呼延廷去了。

却说呼延廷与一起人行至石山驿，日已晚，歇下鞍马。是夜与夫人对席饮酒，自叙不幸之事。将近二更，忽听驿外喊声大振，火炬连天，人报有劫贼来到。呼延廷大惊，令家人速走。张青、李得部众拥入驿中，将呼延廷老幼尽皆杀了，财宝劫掠而去。时随从人各自逃生，只有妾刘氏抱着幼子，走入厕中，保得性命。至四更，刘氏叹曰："谁想我家遭此劫数，使我母子无依。"放声大哭。忽有一人在后叫曰："小娘子何故号哭？"刘氏星光下泪眼相看。其人近前问曰："汝是谁家女子，独自到此？"刘氏泣曰："妾是本国谏议大夫呼延廷偏室，因回归乡里，至此被强人劫掠，将一家尽皆杀死，只留得妾身同乳子，逃于此间，无计可保，望尊官见怜。"其人听罢，怀愤长吁曰："吾乃河东府两院领给，姓吴名旺。适闻杀汝恩主者，却是欧阳昉亲随人张青、李得，假作强人到此。汝宜速抱其子而走，不然一命难保。"道罢而去。

刘氏正慌间，忽驿外喊声又起，一伙强人拥入，见刘氏，捉住来见马忠。马忠曰："汝何处女子，抱着孩儿在此？"刘氏曰："妾含冤负屈。"因将一家被害之故，备述一番。马忠曰："适夜巡人来报，驿中有官宦被劫。我等正要来夺分金宝，原来有此苦事。汝若肯随吾回庄，抚养孩儿长成，与汝报此冤仇，可乎？"刘氏曰："妾有莫大之冤，何恤微躯？愿随大王而去。"马忠即引刘氏，回至庄上。将近天明，马忠安顿刘氏居庄，自与手下复回山寨去了。刘氏密遣人去驿中收殓其主尸首，埋于一处，立意只图报冤，抚养孩儿。

不觉时光似箭，日月如梭。将近七年光景，孩儿已长成矣。马忠与其子取名曰福郎，送往从师学业。其子生的面如铁色，眼若环朱，貌类唐时尉迟敬德。虽是读书，暇时便习兵法。年至十四五，走马射箭，武艺通晓。使一条浑铁枪，有神出鬼没之能。马忠见其雄勇，不胜欢喜，改名曰马赞。

一日，随马忠出庄外，见一起脚夫扛着大石牌来到，上写道"上柱国欧阳昉"数字。马忠见了，愤怒变色。马赞曰："大人见此石牌，何故有不足之意？"忠曰："看着欧阳昉名字，甚有伤吾心也。此人十五年前，害却呼延廷一家。吾听得呼延廷有子尚在，我若见他，便与之同去报仇矣。"赞怒曰："可惜孩儿不是呼延廷之子，若然，即日报仇。"忠曰："此事汝母更知其详，可入问之。"赞回庄，入见母刘氏，问欧阳昉害呼延廷一家之故。刘氏呜咽洒涕而泣曰："我含此冤恨，今十有五年矣。汝正是呼延廷之子，此父是托养汝者也。"赞闻此言，昏闷在地。马忠径入，仓皇救醒。赞哭曰："孩儿今日辞父母，便去报冤。"忠曰："他是河东权臣，部下军士甚众，如何近得？须用计策图之。汝今后只称我为叔。"赞拜曰："叔叔有何计策教我？永不忘恩！"

忠正思量间，忽报耿忠来相访，马忠即出迎接。人至庄里坐定，令赞相见。耿忠问曰："此位是谁？"马忠曰："义子马赞也。"乃问耿忠来此之故。耿忠曰："适与强人相争，赢得一匹好马，名曰'乌龙马'。将要送往河东，卖与欧阳丞相，因过尊兄庄上，特来相访。"马忠曰："既贤弟有此好马，不如只卖与小儿，就中更有事理。"耿忠曰："吾与尊兄，义虽结契，胜如嫡亲，汝之子即吾侄也，此马便当相送。"马忠大悦，因具酒醴相待。马忠席上因道起呼延廷一家被欧阳昉所害，此子是呼延廷亲生，正欲报仇，不得其策。耿忠听罢，愤然曰："尊兄勿虑，吾有一计，可以杀欧阳昉也。"马忠曰："弟有何策？烦指教之。"耿忠令赞近前，谓之曰："汝今只将此马送入欧阳昉府中，称作拜见之物。他得此马，定问汝要何官职，须道不愿为官，只愿跟随相公养马，彼必喜而收留。待遇机会处，因而杀之，此冤可报也。"赞拜受其计。是日席散，耿忠辞归山寨。次日，赞拜别马忠、刘氏，上马登程。后人有诗为证：

豪毅英雄胆气粗，轩昂人物世间无。
此行必定冤能报，方表男儿大丈夫。

且说呼延赞离了马家庄，径赴河东，访问欧阳昉府中，令人报知曰："府门下有一壮士，牵匹好马，要来献与相公。"昉听罢，即令唤入。赞到阶下跪曰："小人近贩得骏骑，特来献相公以为进见之礼。"昉曰："汝何处人氏？"赞曰："祖居马家庄，小人姓马名赞。"昉曰："此马价值几何?"赞曰:"价值连城。"昉听得,自思:"此人必图做官。"令左右问之。赞曰:"不愿为官,只愿服侍相公一年半载,终是名分人也。"昉见赞仪表奇特,又送他这马,不胜之喜,即收留为左右使唤。赞思欲行事,遂尽意奉承,极得昉之欢心。

开宝七年八月中秋佳节,欧阳昉与夫人在后园凉亭上饮酒赏月。怎见得中秋好景?有苏子瞻《水调歌头》词为证:

明月几时有?把酒问青天。不知天上宫阙,今夕是何年?我欲乘风归去,又恐琼楼玉宇,高处不胜寒。起舞弄清影,何似在人间!转朱阁,低绮户,照无眠。不应有恨,何事长向别时圆?人有悲欢离合,月有阴晴圆缺,此事古难全。但愿人长久,千里共婵娟。

欧阳昉饮罢,酒醉,从人扶入书院中,凭几而坐。赞随至院中,自思:"此处不下手,待等何时?"正欲拔出短刀,忽窗外有人持灯笼进院,却是管家来请昉安歇。赞即藏刀入鞘,叹曰:"此贼尚有余福,须再图之。"

却说赵遂以欧阳昉专政已久,恐惹兵端。一日,奏知北汉主曰:"昉有擅杀之罪,陛下若不早除之,为患深矣。"会帅将丁贵等力劾其罪。刘钧乃降欧阳昉丞相之职,宣授为团练使。昉耻与赵遂等同列,上疏辞归乡里。汉主允其请。昉即日收拾行李,领从人离晋阳,望郓州而去。不消一日,已到其家,诸亲眷皆来称贺,昉日具酒醴相待。

时九月九日,却是昉之生诞,准备筵宴,与夫人畅饮。呼延赞独安外房,闷坐无聊。将近二更时分,出庭外闲行,但见月明如昼,西风拂面。赞因仰天长叹曰:"本为父母报仇到此,不遂其志,苍天能无怜及我耶?"言罢挥泪入房,偃身而卧。忽窗前起一阵怪风,赞睡中见许多人满身鲜血,向前抱着赞曰:"汝父被昉所害,今日可以报仇矣。"赞听得,忽然觉来,只是梦中。正在犹疑间,忽从人来叫:"马提辖,相公有事唤汝。"赞藏了利刃,径入书院中,见欧阳昉睡在床上。昉曰:"吾饮数杯,宿酒未醒,汝在身旁,好生服侍。"赞应诺。因自忖曰:"此贼命合休矣!"约近四更,赞走出院外,见四下寂静,正是:怒从心上起,恶向胆边生。腰间取出尖刀,寒光凛凛,杀气腾腾;复入书院,拿住欧阳昉曰:"汝认得呼延廷之子么?"昉惊得心胆飞裂,连告曰:"饶我一命,家私尽归于汝。"话声未绝,赞即挥刀,刺入咽喉。欧阳昉大痛无声,命归阴府。赞既杀欧阳昉,径入内去,将夫人并至亲男友四十余口尽皆屠了。静轩咏史诗曰:

气概凌云孰可加?怀冤必雪震中华。
全家竟戮伸深恨,始信皇天报不差。

赞杀出庭中,只有老妪跪在阶下,告曰:"乞饶残生。"赞曰:"不干汝事,急去收拾金宝与我。"老妪进房中,将缎帛金银,装作一车,与赞带回。赞临行,以血书四句于门曰:

志气昂昂射斗牛,胸中旧恨一时休。
分明杀却欧阳昉,反作河东切齿仇。

呼延赞写罢,骑了乌龙马,并带宝物,连夜回见其母刘氏。具道杀了欧阳昉一家四十余口,并取得金帛而回。刘氏大喜。次日,与马忠相见,忠问曰:"报得仇否?"赞答曰:"赖叔叔之福,将昉老少一家诛戮殆尽,临行留有字迹四句。"马忠问曰:"字迹如何道?"赞以其诗告之。忠惊曰:"倘汉主得知,则吾家有灭族之祸!汝速宜收拾盘费,直往贺兰山,投耿忠、耿亮二叔叔,以避其难。"赞领命,即日拜别父母而去。

第 二 回

李建忠力救义士　呼延赞梦神教武

却说呼延赞辞过父母,匆忙上路。正值十月天气,寒风袭面,落叶萧条。赞在路行了数日,望见前面一座恶山。赞思曰:"此处必有强人出没。"道未罢,忽山坡后一声鼓响,走出几个强人,拦住去路,问赞索买路钱。赞怒曰:"天下之路,安得汝卖?胜得我手中利刃,则与汝钱;不然,将汝头来试刀。"小头目大怒,绰刀向前,与赞才交一合,被赞劈死坡下。

内中乖的,急上山报知耿忠曰:"山下有一壮士经过,小头目问索金银,已被杀死。"耿忠大惊,即上马来看,见赞正与众头目相斗,忠认得是赞,忙喝曰:"侄儿不得动手!"赞抬头视之,慌忙下拜。耿忠引赞上山,与耿亮相见毕;忠问所来之由,赞将报仇之事并血书四句,一一道知。"今父亲着小侄径投二位叔叔避难,不想有伤部下,望乞赦罪。"忠曰:"汝乃误耳,何罪之有?"即令手下摆酒相待。忠因曰:"我等屯聚于此,以观时变。汝既来,则为第三位寨主。"赞拱手拜谢。自是赞居寨中,打官劫舍,无有不胜。

一日,赞与耿忠等议曰:"河东旁郡,多有钱粮。叔叔借我军士三千,往绛州劫掠而回,可应二年之用。"忠笑曰:"绛州是张公瑾镇守,此人有万夫不当之勇,若去必遭其擒也。"赞曰:"小侄若折一军,情愿偿命。"耿忠见赞如此志气,便与军士三千。

赞即披挂上马,扯起令字旗,上写"河东切齿仇"五字,引着三千

李建忠力救义士　呼延赞梦神教武

兵来到绛州城下,将城围了。大叫:"好好将府库钱粮献出则退;不然,攻入城中,恣意劫掠。"守军报与公瑾知道。公瑾自思:"贺兰山有新贼呼延赞,英雄之士,必是此人作乱。"分付军士二百人:"多设弓弩,埋伏吊桥两边,待吾诱而擒之。"军士得令,自去埋伏。不提。公瑾披挂上马,引五百军出城迎敌。呼延赞跨着乌龙骑,直奔军前,大叫曰:"我来别无他意,只问库中借黄金三千两。"公瑾怒曰:"强贼急退,尚留残生;不然,擒汝献主,碎尸万段!"赞大怒,舞枪跃马,直取公瑾,公瑾举枪来迎。二人交战三十余合,真如猛虎相斗,不分胜负。公瑾再战佯输,走过吊桥。赞勒马赶过桥去,忽一声鼓响,两边伏兵并起,箭如雨落。赞大惊,急跑马杀回,所部三千喽罗,射死一半。公瑾亦不追赶,收兵还入府中。

却说呼延赞不敢回见耿忠,单骑奔小路逃走。将近一更,又被伏路喽罗拿住。正是:

　　才脱虎坑逃得去,又遭机阱捉将来。

众喽罗将赞缚上山来见马坤父子。坤问曰:"汝乃何人?"赞曰:"小人是相国之子。复姓呼延,名赞,走错路途,被大王部下所促,乞饶性命。"马坤大怒曰:"近闻汝围绛州,将劫府库,尚来瞒我!"即令将陷车囚起,连夜点二百余人,解送呼延赞入绛州请赏。喽罗得令,将赞解出山下。众人相谓曰:"我大王与八寨大王有隙,只恐前面夺了呼延赞,我等如何分说?不如前面借宿一宵,明日早行罢。"前到拦路虎门首,叫声"借宿"。有守门者出来看之,见一伙强人,解一陷车来到。守门者曰:"夜已深矣,汝等借宿,休得惊动大王。"众人齐道:"我等自有方便。"即将陷车推入后亭去了。

时有八寨主李建忠,为入西京勾栏内看戏,被官拘察拿住,囚于牢中四年,因越狱走回,亦在拦路虎家借宿。步出门外,听见守门人大惊小怪，乃问曰："汝等相议何事？"守门者曰："太行山马大王，令二百人解呼延赞与张公瑾请赏。"建忠听罢，自思："我在西京牢内，闻得赞乃英勇之士，因何被他拿了？还当救之。"即提朴刀入亭后，大叫曰："谁敢监囚赞将军者休走！"众喽罗惊散而去。建忠打开陷车，取出呼延赞，在星光之下相见。赞曰："是谁救我？恩泽难忘！"建忠曰："我乃第八寨李建忠也，都是一家兄弟！"即赐与衣服。

次日，带赞回新建寨。人报知寨主柳雄玉，雄玉大惊，即出寨迎接，果是真实。雄玉邀入帐中坐定，不胜之喜。因问："何以得回？"建忠将越狱之事道知。雄玉曰："自尊兄离寨之后，手下单弱，被六寨主罗清每年来讨赁土钱，甚被扰害。"建忠大怒曰："此贼再来，吾当生擒之！"雄玉因问："同来此位是谁？"建忠曰："相国之子呼延赞也。"雄玉曰："久闻其名，今幸相会。"即令左右设酒庆贺。

三人正饮之间，忽报罗清同五六百人来山下讨半年赁土钱。柳雄玉听得，不敢问。赞觑定建忠曰："乞借鞍马衣甲，生擒罗清来献，以报哥哥救命之恩。"建忠喜曰："吾知贤弟足是其敌也。"即付与鞍马盔甲，点喽罗二百，随赞迎敌。赞披挂齐备，辞二位而出，到山下大叫："罗寨主来此何干？"清曰："特来问柳寨主讨半年赁土钱。"赞怒曰："汝既以兄弟相处，急早退去，免伤和睦；不然，特擒汝入山以献。"清曰："无端匹夫！与汝何干，而来相撩耶？"即挺枪跃马，直取呼延赞。赞即举枪来迎。二人交战，未及五合，赞轻舒猿臂，将清捉在马上，杀散余众，绑缚罗清上山，来见李建忠。建忠大喜，将清吊在柱上，曰："待缓缓诛此逆贼。"令具酒庆贺。

不想罗清败众，报与第五寨大王张吉，再点二百人，全装贯带，喝喊连天，来攻新建寨。李建忠与赞正在饮酒，听得山下金鼓不绝，人报五寨主引兵来救罗清。赞怒曰："待一发擒剿此辈，以除心腹之患。"即辞建忠，引众人出寨。排开阵势，喝问："前面强贼何人？"张吉认得是赞，乃曰："好好放出罗寨主还我，饶你性命；如若不从，教你目下受灾。"赞大怒，挺枪直取张吉。张吉抡刀来迎。刚斗二合，被赞一枪刺于马下。众人见杀了主将，各自丢戈抛戟而走。赞乘势追入寨中，将所聚金银，尽数劫取，放火焚其山寨而回。建忠、雄玉见赞又胜一阵，大喜曰："贤弟威风，果不虚言。"仍令坐席饮酒。建忠喝左右杀取罗清心肝，作供酒之肴。三位开怀畅饮。不题。

却说败兵走投太行山，见马坤说知罗清、张吉被赞所诛。马坤大怒曰："不诛此匹夫，何以泄吾愤！"即令长子马华，率五百精勇，杀奔新建寨来。逻卒报知李建忠，建忠曰："马坤欺人大甚，吾当出马擒之。"赞曰："不劳尊兄神色，待小将明日定下计策，擒此恶党，以伸其恨。"建忠依其议，下令众人坚守寨栅，明日出战。众人得令，各自整备去了。

呼延赞归至帐中，思量捉马坤之计。俄然睡去，忽见个火球滚入帐中，赞梦中赶将出去。至一所在，尽是金窗朱户，宫宇巍然。赞直入内，却不见那火球。旁边转过一人曰："主人候将军多时矣。"赞曰："汝主人是谁？"其人曰："请入内便见。"径引赞入殿中。见一员猛将，端然而坐，觑着呼延赞曰："你道天下只你一个会武艺么？"赞答曰："小人一勇之夫，何足挂齿！"那员将道："且去教场内，吾有事讲论。"赞即随到教场亭上坐下。那将令左右以鞍马军器付与赞，曰："你有甚武艺，请试一遭，与吾观之。"赞领诺上马，将平生所学显出。那将笑曰："此不足为奇。"唤左右牵过自己马来，谓赞曰："吾与君较一阵胜负。"赞自思："适间留一路枪法未使，且与他比较刺之。"乃上马与那将场中比较。二人斗上数合，赞挥起钢枪，被那将转过骅骝，挟下马来，连喝曰："吾弟牢记此一法。"

赞愕然觉来，却是梦中，视身上衣甲尚在。赞思奇异，便唤小卒入，问曰："此处莫非有神庙乎？"小卒曰："离此一望之地，有一座古庙，年深荒废，无人祭赛。"赞于次日带小卒来看其庙，见牌额写道"唐尉迟恭之祠"。步入殿上，见神像与夜间所梦无异。赞曰："怪哉！

此乃神力相助也。"即倒身四拜,当神祝曰:"若使呼延赞久后发迹,必当重整祠宇,以报神功也。"拜罢,与小卒回见李建忠。建忠曰:"贤弟那里得此衣甲?"赞道知夜来所梦之事。建忠喜曰:"此乃神灵相助,吾弟当有大富贵之分。"

正讲话间,忽报马华在外搦战。赞辞却建忠,绰枪上马,引众人出寨迎敌。对营马华举鞭指而骂曰:"诛不尽的狂奴!好好将罗清放出,免得自家相并。不然,碎汝尸为万段。"赞大笑曰:"汝将来与罗清同一处死耶?"华大怒,举枪直取呼延赞。呼延赞约退数步,兵刃相迎。未及两合,被赞挟住枪梢,活活捉住,令人押上山来见李建忠。华之败兵归报马坤曰:"小将军被赞活捉而去。"坤大惊曰:"此贼真乃雄勇。"即令次子马荣,部健勇二百人,前去救取。赞听知太行山人马又到,列下阵势。马荣横刀于马上叫曰:"好好将吾兄放出,佛眼相看,不然杀汝片甲不留。"赞怒曰:"待擒着汝一同发落。"即挺枪纵骑,冲过阵来。马荣抡刀回战。二人在山坡下斗上二十余合,不分胜负,赞乃佯输,走回本阵。马荣不舍,骤骑急追。转过坳后,赞按住神枪,专待马荣将近,绰起金鞭,喝声:"着!"从背上打下。

马荣口吐鲜血而走。回到寨中见马坤,说赞英雄难敌。马坤忧闷不已。坤有女金头马氏,见父面带忧色,因问曰:"爹爹何故不悦?"坤曰:"今被新建寨副贼呼延赞,捉去汝长兄,又打伤二哥,思量无人敌之,是以纳闷。"马氏曰:"爹爹不须烦恼,待女孩儿前往擒之。"坤曰:"此人英雄莫敌,只恐汝胜不得他。"马氏曰:"当用奇兵捉之,先埋伏勇壮于山侧,若战不胜,引入伏中,必落圈套。"坤依其言,即与七千人前去对敌。呼延赞知之,当先出马,大叫:"来将急令寨主归顺,免遭焚戮;不然剿汝等无葬身之地。"马氏大怒,舞刀跃马,直杀过来。呼延赞拍乌迎之。二人战上三十余合,马氏跑马而走。赞勒马赶上一里地位,见山后隐隐有伏兵之状,遂回马不追。两下各自收军。

马氏回见坤曰:"呼延赞深知兵法,不能胜之矣。"坤愈不悦。忽小卒来报："山后一彪军马来到，不知是谁。"坤闻知，即令人哨探，回报第一寨主马忠也。坤出帐迎接。马忠与刘氏安下人马，入寨中相见毕。坤曰："久违贤弟，一向消息不闻。"忠曰："怀想大哥多日，今特来相访。"坤令左右设酒醴相待。众人饮至半酣，马忠见坤有忧色，因问："尊兄何故不悦，莫非以小弟来扰乎？"坤曰："贤弟道差矣，吾兄弟即同一家人，岂有厌弃之意？争奈第八寨有新来呼延赞，每与各寨相并，近日捉去吾长子，无人救得，是以纳闷。"忠听罢，乃曰："既如此，不须烦恼，小弟当出力相救。"坤曰："此人亦是劲敌，不可小觑。"忠曰："自有方略降之。"即辞却马坤，与刘氏引本部人马，来至山下。

第 三 回

金头娘征场斗艺　高怀德大战潞州

却说马忠、刘氏来到山下，果见对垒呼延赞全身贯带而出，大呼曰："杀不尽的党类，尚敢来相争耶？"刘氏拍马向前，认得分明，乃喝曰："福郎不得无礼！"赞听罢，猛抬起头来，见是母亲，即丢枪下马，拜伏路旁曰："不肖儿得罪，母亲缘何至此？"刘氏曰："汝起来，去见叔叔。"赞乃随母入军中，见马忠毕。忠曰："闻汝在耿忠寨里，谁知在此相斗？马坤是我结义兄弟，汝即宜前去伏罪。"赞曰："前日孩儿擒他长子入山，又打伤马荣，若去相见，恐有不测之祸。"忠曰："有我在，无妨。"赞乃领诺，随马忠入寨中，来见马坤。忠曰："小儿不识尊兄，冒犯罪重，万乞恕宥。"坤惊问其故。忠以赞之本末道知。坤叹曰："不枉相国之子也。"赞向前拜曰："小侄肉眼不识伯伯，全赖扶持，恕小侄之前愆。"坤曰："汝本不知，岂有相怪之理？"即令排筵席庆贺。坤唤马荣等相见，荣见赞似有赧愧。赞曰："冒伤哥哥，万乞赦宥。"荣亦以礼待之。是日，寨中大吹大擂，众人欢饮。有诗为证：

豪杰相逢不偶然，一时会聚义全坚。
未交扶佐中朝主，先有威声震太原。

马坤因谓忠曰："吾有一事相禀，未审贤弟允否？"忠起曰："尊兄所命，安敢有违？"坤曰："小女金头娘，貌虽丑陋，颇有武艺，若不嫌弃,愿与赞结为百年之欢。"忠拱手谢曰:"尊兄若肯怜爱,厚德难忘。"坤即令人道知金头娘。金头娘笑曰:"嫁与亦无妨,只不知呼延赞武艺如何?前日交锋,未分胜负;今再与比试,若能胜我,则许从之。"小卒出,告知马坤。马坤曰:"小女幼习未除,要与呼延将军比试,亦不碍事。"忠即令赞与马氏相较。赞领诺,披挂上马,出场中。马氏亦贯带而出。二人于教场中,再决胜负。

马忠、刘氏、马坤等,立于寨门外观望,见二人各举军器,斗上二十余合,胜负不分。马氏自思:"赞之枪法极熟,且试他射箭如何。"即勒转马缰,望将台而走。赞思曰:"此必欲以箭惊我,待赶去看他如何。"亦骤马紧追之。马氏较其相近,弯弓架箭,一连放出三矢,尽被赞闪过。赞曰:"偏我不会射箭?"复回马,引马氏赶来,拈弓在手,扣镞而射之,其矢正中马氏头盔。众人喝采。马忠跑出阵来,叫曰:"一家人,休得相并。"二人乃各下马,进入寨中。坤笑曰:"赞将军武艺精乎?"马氏低头不答。坤知其意,即令焚香为誓,将马氏嫁与呼延赞。赞拜了父母,称谢马坤。是日,众人尽欢而散。

次日,赞入见坤曰:"小婿回山寨见李建忠,送还小将军。"坤大喜,即令人送赞登程。赞归见李、柳二人,备道会着父母,及与马氏成亲之事。建忠喜曰:"此事皆非偶然也。"赞曰:"日前捉得马华,当送还之。"建忠曰:"如今即是一家,岂有相害之理?"即着人于寨后取出马华。马华疑加谋害,吓得心惊胆战,汗透重袭。建忠曰:"兹有喜事相报,幸勿惊疑。"遂把成亲完娶之事,一一次序道知。华始变忧为喜曰:"既如此,列位都该请过小寨相会。"建忠曰:"将军先请,吾分付手下便来也。"马华即辞建忠而去。时柳雄玉不欲行。建忠曰:"若不去,恐彼致疑;正当与之相会,以释其旧怨耳。"即日与赞等齐到太行山,令人报知马坤。坤即出寨迎接。众人入帐中,相见毕,建忠曰:"如今义同兄弟,患难正当相救,勿使再致相争,有伤和气。"坤大悦,请马忠、刘氏相见。忠曰:"小儿多得贤兄救护,恩德不忘。"建忠曰:

"赞将军终非久淹之人，他日必当大贵。"坤令安排筵席庆贺。

是日，众豪杰依次而坐，开怀畅饮。酒至半酣，忽报："山下有五千余军来到，不知是谁。"赞曰："才得安静，又有争闹。"便要点人马迎敌。马坤曰："待吾自去看之。"即引二百人下山探视，却是幽州耶律皇帝殿前名将韩延寿。坤问曰："将军来此何干？"延寿曰："耶律皇帝已殁，今立萧太后登宝位。我奉令旨，来取将军回国，共佐新主。"坤曰："既奉有令旨，敢不回国？将军且同入山寨，与兄弟等相见，再作商议。"延寿应诺，将人马屯于山下，与坤入到山寨。坤令众兄弟出来相见毕，仍整筵席款待延寿。坤席中谓赞等曰："我只因耶律皇帝无道，隐入太行山，今近十五年矣。听得国中已立萧太后为主，有旨来取。寨中约有七千人马，留二千与汝，同吾女镇守；吾率五千，带华、荣二人回国。若有书来相召，即便来应。"赞等应诺。次日坤辞众人，与延寿离太行山。马忠等送出五里路外而别。坤父子带人马自赴幽州。不题。

且说呼延赞同众人回至寨中，招军买马，专待朝廷招安。开宝九年三月，宋太祖闻刘钧严设警令，日夕操练军马，与赵普等议征伐之计。普奏曰："未有可乘之机，陛下尚容再议。"帝意未决。适归德节度使高怀德入奏边事，乃言："河东文武不睦，陛下宜乘其乱而图之。"枢密使潘仁美力奏亲征。太祖乃下诏，以潘仁美为监军，高怀德为先锋，统十万精兵，克日离汴京，望潞州征进。

消息传入晋阳，刘钧大惊，即召文武商议。赵遂奏曰："主公勿忧，宋师连年征战，军士怀怨。臣提一旅之众，出潞州迎敌。"刘钧允奏，即以遂为行军都部署，刘雄、黄俊为正副先锋，点兵五万，前御宋师。

赵遂得令，即日部兵，来到潞州界下寨。遣人缉探宋兵动静，回报："宋师离潞州二十里驻营，旗鼓相接，声势甚盛。"赵遂得报，次日与刘雄、黄俊，引兵杀奔潞州而来。宋前锋高怀德已列下阵势，两军对垒。怀德横枪立马于阵前，北阵中赵遂跃马而出，手捻钢刀，厉声大骂曰："宋将不识时势，敢侵犯边界！"怀德大怒，挺枪跃马，直取赵遂，赵遂抡刀来迎。两军相交，战上十数合，不分胜负。汉先锋刘雄，见赵遂胜不得宋将，举方天戟出阵助战。宋将高怀亮怒目睁睛，舞竹节钢鞭来敌。刘雄斗不数合，被怀亮打中头脑而死。赵遂拨回马便走，怀德骤马追杀。潘仁美驱动后军，乘势掩杀。北兵大败，死者无算。高怀德兄弟直赶二十里而回。

赵遂大败一阵，走入泽州驻兵，与黄俊等议曰："宋兵雄猛，宜遣人于晋阳求救，以保此城。"俊曰："事不宜迟，若待宋兵围城，则难为计矣。"遂即差人星夜赴河东，奏知刘钧。刘钧曰："赵遂始出兵辄败，谁可押兵以应之？"丁贵奏曰："此行他将非宋之敌，主公须再召山后杨令公，发兵来应，可退宋师。"刘钧依其言，即遣郑添寿为使，赍金宝，径诣山后，来见杨令公，递上诏书曰：

北汉主刘钧诏示：近因宋师入境，命赵遂率兵拒御，潞州之战，败走泽城。孤以羽书报知，确有燃眉之急。令公拥重兵于山后，志存忠义，当赴国难。诏书到日，即宜发兵来应，勿负孤望。

杨业得书，与诸将议曰："往年周主下河东，吾父子大胜其军，足为振威矣。今宋师又至，汉主复下诏来召，还当救之。"末子七郎进曰："中原军马甚盛，大人此一回且莫发兵，待宋师将困河东，救之未迟。"王贵曰："小将军道差矣！君命召，不俟驾而行。尝言：'救兵如救火。'若待宋师临城，则成涓涓之势，徒劳无功也。正须亟出兵相援，庶表忠国之志。"杨业然其言，乃令长子渊平守应州，自与王贵部兵，即日赴晋阳，来见刘钧。山呼毕，刘钧以宾礼相待，赐赍甚厚。业拜谢而退。

次日，刘钧设宴于中殿，款待杨业。杨业奏曰："陛下召臣退敌，未能宽慰主忧，何敢受宴？"钧曰："卿之威望，马到成功，何患敌人不灭耶？但饮数杯，明日出兵未迟。"业拜受命。是日刘钧亲赐业金卮，君臣尽欢而散。

次日，业入见刘钧谢宴，因请旨出兵。钧曰："今日卿可部兵前行，若退得宋师，寡人当以重爵处卿。"业即日辞朝而出，率精兵前到泽州下寨。

第 四 回

讲和议杨业回兵　　迎銮驾豪杰施能

　　哨马报入宋军中，太祖曰："朕往年随世宗下河东，未得利而回。今彼又来救援，可回军以避其锐。"潘仁美奏曰："杨家之兵虽雄，统属不一。臣与诸将当以奇兵胜之，勿劳圣虑。"太祖从其言，乃下令出兵。潘仁美与高怀德、党进、杨光美等商议。怀德曰："杨业武艺，河东有名者。明日交锋，可令萧华打初阵，赵嶷第二阵，吾与弟怀亮第三阵，君监大军相应，此作长围战之，可胜其兵也。"仁美大喜，即分遣而行。

　　次日平明，鼓罢三通，萧华引军前进，恰与杨业军马相遇。两军对敌，萧华捻枪勒马高叫曰："北将亟早纳降，以免杀伤之厄，不然长驱而进，踏河东为平地耳。"业提刀纵马，跑出阵前，左有王贵，右有延昭，厉声骂曰："无端匹夫！死在目前，尚敢口出大言哉！"舞刀骤马，直取萧华。华举枪迎敌。两马相交，斗不数合，被杨业一刀斩于马下，宋兵大败而走。业挥动左右赶来，宋阵中一军摆开，乃赵嶷出马绰斧，来与杨业交锋。战至二十余合，赵嶷亦被杨业一刀，连人带马，分为四截，余兵大溃。高怀德闻知大惊，急与怀亮引马军一万来敌。泽州赵遂闻知救兵来到，亦开门以应。杨业直杀入宋阵中，怀德提枪迎之。两马相交，战有五十余合，不分胜败。杨业抽马复回，怀德骤骑追之。旁边转过杨延昭，截怀德于马下，却得怀亮拚死力战，救援怀德回阵。王贵麾军掩杀，宋兵折去无数。

　　怀德引军回见潘仁美，说杨业英雄，连斩大将二员。仁美曰："可见主上商议，徐定战杨家之策。"仁美奏知太祖："王师已挫一阵，杨家之兵难敌。"太祖叹曰："莫非天意不欲朕平定河东乎？"即与诸将商议班师。杨光美进曰："杨业之众，已与赵遂相并，声势颇振。若今班师而去，倘或敌人赶来，吾军见北兵之盛，不战而溃，反取辱于外国也。为今之计，可遣人与杨业讲和，然后回兵，可无后顾之忧矣。"太祖曰："谁能为使前往？"光美曰："臣愿奉诏而行。"太祖允之，即令文臣草诏，与光美赍往泽州。

见杨业，道知讲和之事。业笑曰："汝主削平诸国，曾亦有讲和者乎？"光美厉声曰："我主英武而承大统，恩威加于诸国，近征逆命，如泰山之压危卵，系颈称臣者，不可胜计。今驾下河东，将收功于指日，正不忍生灵肝脑涂地，又以将军名望素重，弗肯相伤。况中原谋臣勇将，拥兵未动，若使闻知河东未下，车驾淹留，激怒齐进，汝晋阳能保无事乎？将军又保常胜耶？"杨业被光美说了一篇，无言可答。王贵进曰："机会难得，将军可允其议。勿使激怒宋人，非河东之利。"业乃回报使者："归奏宋君，吾当即部兵回矣。"光美辞退，再入别营见赵遂，道知通和之由。遂喜曰："宋君吾之尊主也。既有通好之意，安敢不从？"光美辞遂，归见太祖，奏知允和之事。太祖大悦，乃下诏班师。时军中亦因粮尽，闻命无不欢悦。

次日，车驾由潞州回军，行至太行山驻扎。有小卒报入寨中，道知宋太祖下河东，不利而回。呼延赞大悦，与李建忠议曰："吾与河东有切齿之仇。今当下山拦住车驾，问求衣甲三千副，弓弩三千张，与吾众人演习。待车驾再下河东，充为先锋，建功绩于大宋，岂不胜于为寇乎？"建忠然其言，即与人马五千。

赞披挂齐备，引人马于山下，排开阵势，阻住去路。哨马报入宋军中："前有贼众阻住去路。"前锋副将潘昭亮出马问曰："谁敢阻拦车驾？"呼延赞答曰："挡住圣驾，不为他事，只求留下衣甲三千副，弓弩三千张，与小将寨中演习。待圣主再下河东，愿充为先锋，以破仇邦。"

讲和议杨业回兵　迎銮驾豪杰施能

昭亮怒骂曰："中原多少英雄，要你无名草寇何用？急早退去，尚留残生，不然，擒汝以献。"赞曰："赢得手中枪，便放车驾过去。"昭亮怒激，挺枪跃马，直取呼延赞。赞举枪迎战。交马两合，被赞掣出钢鞭，打死马下。前军报入中军，杨延汉提刀出马来战呼延赞。呼延赞虚退几步，放延汉杀进。不数合，被赞擒于马上，令手下解入寨中去了。

潘仁美闻知其子昭亮被赞所杀，正在忧虑。适党进见曰："前有贼兵阻路，杀伤官军甚众，公安得高枕无忧？倘主上知之，何以回答？"仁美曰："正在思虑，未得其计耳。"进曰："吾当部兵战之。"仁美曰："太尉若肯出力，朝廷之幸也。"

党进即披挂上马，跑出阵前曰："无端匹夫！不度车驾在此，敢来寻死耶？"赞曰："小将非是激驾，欲尽忠于王邦耳。衣甲弓弩小事，何故吝惜不与，动此干戈？"党进大怒，舞刀直取呼延赞。呼延赞举枪迎敌。二人战上数十余合，不分胜负。赞佯输，走入本阵。党进骤马追来，绰起钢刀劈头就砍。赞回身闪过，挽住枪梢，尽力一卷，拖翻下马。众喽罗一齐向前捉了。赞亦令解上山去。

宋军中高怀德听此消息大惊曰："此处安得有此雄将？"即跑马出阵前，与赞交战。二人斗上五十余合，不分胜负。骑校奏知太祖。太祖亲部侍兵出阵前，见二员虎将鏖战不止。太祖令杨光美谕旨。光美跨马出阵前曰："二将军且歇，圣上有旨到来。"高怀德遂勒转马缰，呼延赞亦退立于门旗下。光美曰："阻圣驾，将军有何议论？"赞曰："闻宋师征河东不利回军。小将愿借衣甲三千副，弓弩三千张，留在寨中，招募壮士演习。待主上再下河东，充为先锋，以破强敌。此至愿也，敢有他意哉？"光美听罢曰："将军少待，吾奏知主上计议。"即入军中见太祖，奏知前军阻路之故。太祖曰："朕堂堂中国，何惜三千衣甲弓弩？使彼果能建功，爵禄且不吝也。"即令军政司搬过精细衣甲三千副，坚实弓弩三千张，与光美交割呼延赞。光美领旨，即出阵前，遣军校送衣甲弓弩入赞阵中。赞大悦，因拜受命。引人马径归寨中，与李建忠道知。

建忠曰："既圣旨允赐衣甲弓弩，便当送还擒将，自至驾前谢恩请罪。"赞然其言，请出杨延汉、党太尉入帐中相见。赞曰："适间冒渎将军，万乞恕宥。"党曰："此是吾辈不能晓达勇士之意而遭擒辱，实为惭愧，何为怪乎？"赞令设酒醴待之。建忠令手下取过黄金二十两，谓延汉曰："适间冲犯二位，聊作压惊之资。乞引小弟诣驾前，见主上一面，死生不忘。"党进曰："若受勇士之礼，何面目以见天子乎？"坚辞不受，遂引建忠、呼延赞至驾前拜见太祖。山呼毕，党进奏知呼延赞本末。因言："二人皆欲尽忠于陛下，乞陛下旌奖之。"太祖曰："朕之诰命，未随军行，权封李建忠为保康军团练使，呼延赞为团练副使。朕回汴之后，即遣使来宣召。"建忠与呼延赞谢恩毕，自回山寨听候。不题。

第 五 回

宋太祖遗嘱后事　潘仁美计逐英雄

却说宋太祖回至京师，因途中冒冲暑气，养疾宫中，累日不朝。延至冬十月，转加沉重。因遵母后临终遗命，召其弟晋王光义入侍，嘱以后事曰："朕观汝龙行虎步，他日必为太平天子。但侄德昭，当善遇之。再有三件大事，朕未能全得，汝宜承之：第一件，河东近边之地，不可不取。第二件，太行山呼延赞，当召而用之。第三件，杨家父子，朕爱之，欲召为将。吾观彼国有赵遂，可与此人通好，必诱他来降；且杨家父子只图中原之富贵，可于金水河边，造无佞宅以待之，使人通消息于山后，其来必无疑矣。且朕中年在五台山，曾许醮愿，盖因国家多事，未曾还得。汝若值朝廷无事之时，可代朕还。数事牢记勿忘。"光义拜而受命。太祖又唤其子德昭曰："为君不易，今传位与叔王，以代汝之劳也。今赐汝金简一把，在朝如有不正之臣，得专诛戮。"德昭曰："君父之命，安敢遗忘？"太祖嘱罢，大声谓晋王曰："好为之！"俄而帝崩，在位十七年，寿五十。后人咏史诗曰：

　　耿耿陈桥见帝星，宏开宋运际光明。
　　干戈指处狼烟灭，士马驱来宇宙清。
　　雪夜访求谋国士，杯酒消释建封臣。
　　专征一念安天下，四海黎民仰太平。

时漏下四更，宋后入见晋王，愕然亟呼曰："吾母子之命，皆托于陛下矣。"晋王泣曰："共保富贵，无忧也。"次日晋王光义即位，更名炅，是为太宗皇帝。群臣朝贺毕。赠宋后为开宝皇后，迁之西宫，大赦天下。

　　太宗以即位之初，注意将帅。先朝符彦卿、马全义等皆已物故。一日，谓群臣曰："河东、辽、夏，皆吾敌国。先帝临崩之时，以太行山李建忠、呼延赞两名将属朕，朕须下诏召之。"杨光美奏曰："李建忠等，先帝曾有封授，正宜宣其入朝，任以帅职。陛下欲下河东，是人必能建功也。"太宗依其奏，即日遣高琼为使，赴太行山召取李建忠等。高琼领命，径诣山寨，传宣诏命曰：

　　　　朕初嗣位，注意将帅。乃者河东未下，烽火有警。今特招募雄勇，再议征举。近有太行山李建忠、呼延赞，弓马娴熟，武艺超群，部士精健，不下数千。朕以先帝之遗命，曾有授封，未及诰命。今特遣亲臣高琼，赍诏来宣。卿闻命之日，宜即赴阙，勿负朕望。

　　建忠等得诏，拜受命讫，请高琼入帐中相见毕。琼曰："主上以二将军之名，遣下官即催赴阙，二公当随诏而行。"建忠曰："既闻君命，岂敢违诏！奈此处与河东隔一带之地，若将军马一同赴阙，彼得乘虚以夺吾寨。今令呼延赞随诏面君，吾暂留于此，专待圣驾下河东，则效命从征，何如？"琼然其言。次日与呼延赞同马氏，部众二千人，辞建忠，离太行山，不日来到汴京。高琼引赞朝见太宗毕。高琼复以建忠留寨之故，一一奏闻。太宗宣赞上殿，见其身躯魁伟，凛凛英风，称羡不已。赞既退，琼又奏曰："新将初到，陛下当以府第处之，庶慰来归之望。"太宗问群臣曰："近城有何壮丽所在？整饰与赞安止。"潘仁美出奏曰："臣访得汴城东郭门有所皇府，原是龙猛寨，惟有此处宏敞，现有壮兵

宋太祖遗嘱后事　潘仁美计逐英雄

一千看守,此实可居。"帝允奏,即下旨,着呼延赞于皇府安止。赞得旨。次日,引本部与马氏径出东郭门,来到皇府第中,却是一所破房,两庑倒塌,中堂倾圮,庭除深草,屋角蛛丝,全未整理。只有五百守军,皆是些疲癃老弱之辈。赞甚不悦,忧形于色。马氏力劝曰:"将军息怒,此不过暂时栖止,待圣上有下河东之举,吾等便离此地耳。"赞依其言,权令军校扫除安顿。次日,下令部军,勿忘戎事,每日出教场操练。

却说潘仁美遣人密探赞之动静,回报:"呼延赞自到府中,不以荒残为意,惟日夕整饬戎伍,部下号令严明,皆不敢私自入城扰乱百姓。"仁美闻报,自忖:"此人久后必得大位。"欲思逐去之计,乃与心腹刘旺商议。旺曰:"此事不难。彼今新到,未得重职,三日后当来参见大人。待其至,生一支节,苦虐之,彼被羞辱,必将逃去矣,安用逐为?"仁美大喜曰:"此计甚妙。"即分付左右,严设刑具以待。

第四日,人报呼延赞入府参谒。仁美令召入。呼延赞径趋阶前拜曰:"小将蒙枢使提携,得入中朝,诚愿尽忠于阙下,以报先帝知遇之大恩也。"仁美半响不答,乃曰:"汝晓得先王留下法例么?"赞曰:"小将初到,不省其由。"仁美曰:"先皇誓书:但遇招伏强人下山,皆要决一百杀威棒,以禁其后。妆今亦当如是。"赞听罢,悚然莫应。仁美喝令左右,依法施行。左右得令,将呼延赞推倒于阶下,重责一百。可怜他打得皮开肉绽,鲜血迸流,帐下见者,莫不酸鼻。仁美令府门外从人,急策之去。

呼延赞回至府中,马氏接着,见其容颜改色,步履差池,惊问何故?赞将被打杀威棒之事,说了一遍。马氏曰:"既先帝有此法例,亦当顺受,将军只得忍耐。"言罢,暖过醇酒,递与赞饮。赞在饥渴之际,接来便饮。酒杯未放,忽然大叫一声,仆地闷绝。马氏大惊,仓皇失措,百计抚摩,扶救不醒,遂放声号哭曰:"吾夫妇本欲尽忠于朝廷,谁想自送其命?"忽旁边转过一老军曰:"夫人不要啼哭,小军还能救之。"马氏泣曰："汝若救得醒，胜如重生父母。"老军曰："此是将军被杖之时，必杖上先淬毒药，侵入肌肉，遇热酒即发，故闷绝去矣。待将灵药解之，立地可醒。"马氏曰："既有此药，即求施用，报恩有日。"老军取过丸药，调而灌之。

呼延赞口通药气，渐渐苏醒。众军皆喜。赞问老军："药丸何此之妙？"老军曰："小军曾遭仇人毒手，受杖而死，得遇方外道人救醒，因而传得此药。"赞以白金重酬。老军不受，乃曰："将军居止此处，分明是当朝潘仁美奏陷；适被毒杖，亦必是此人之计。公若不亟去，性命终难保矣。"赞听罢，怒曰："权臣当国，吾等何以立身？"即下令所部，收拾行李，连夜与马氏走归太行山。

侵早已到寨外，小卒报与李建忠。建忠不信，出寨视之，果是赞也。即邀入寨中，问其所归之由。赞将被责之事，一一诉知。建忠怒曰："此贼盖因汝杀其子，故设此谋，将以报怨。今且只守于此，待圣驾复下河东，擒此匹夫，碎尸万段。"赞然其言。建忠令手下摆酒散闷。

忽报："山下一伙人马来到，不知是谁。"建忠即率部军出寨相迎，乃是耿忠、耿亮也。建忠喜曰："正待来请贤兄，不想自至，甚慰吾望。"即邀入帐中相见，列坐而饮。席间，耿忠问曰："近闻贤侄受宣入朝，今日缘何在此？"建忠答曰："一言难尽。吾弟正随使赴阙，欲尽忠于朝廷。不期奸相潘仁美，怀着宿怨，屡屡谋害吾弟。"遂将前情诉说一番。耿忠听罢大怒曰："贤弟此处有多少人马？"建忠曰："大约有八千余人。"忠曰："借我二千，同赞去把怀州城围了，挟其上本，奏知潘仁美之奸，以伸吾侄之冤也。"

建忠依其言，即日分拨二千人马与耿忠、呼延赞等，前至怀州，将城郭围了，城下金鼓之声，彻于内外，州人无不惊骇。知州事者张廷臣知之，登城观望，遥见耿忠等，扬威耀武，于城下喊叫。廷臣问曰："汝等来围城池，将有何意？"耿忠曰："我等不为劫掠而来，特与吾侄洗雪不白之冤。"廷臣不知其故，乃问："要雪何冤？"忠曰："前日太行山呼延赞，受朝廷之宣命，赴阙面君，被佞臣潘仁美奏陷，又假捏祖制，加杖杀威棒一百，欲了其命，只得潜归山寨自保。今朝廷不知其由，反坐赞有私奔之罪。今特部众逼城，要求州主奏知此事，除去佞臣，吾等皆愿效命于朝廷也。"廷臣谕之曰："既有此事，汝众人且退，勿惊百姓。我当即具本奏知，定得朝廷复来宣汝何如？"耿忠乃下令，将人马退去，离城二十里安下营寨。

第 六 回

潘仁美奉诏宣召　呼延赞单骑救驾

却说张廷臣回至府中，写下奏章，遣人星夜赴阙，奏知太宗曰：

臣张廷臣具奏：近有太行山呼延赞，受诏入朝。盖为潘仁美每生计害之，彼不愤逃归。今陛下建位之初，注意边将。且赞豪杰之才，未显其能，辄被大臣构陷，屏逐远方，非陛下亲贤任能之意也。乞将仁美体察的实，复颁诏宣召，使赞欣然从事，边陲之功，指日可收，则国家幸甚。

太宗览奏，大怒曰："潘仁美何得擅专杀伐，屏逐忠良乎？"即令右枢密杨光美根究其事。光美得命，遣人请潘仁美至府中，谓之曰："主上深怒于公，欲究逐呼延赞之事，公有何言？"仁美曰："事由下官所为，全仗枢使善觑，当报厚德。"光美曰："主上之命，岂可私于公？但得公同入面奏，吾自有救公之策。"仁美深谢，即随光美入见太宗。帝问曰："卿追究潘仁美之事，果得实否？"光美奏曰："臣受命究问呼延赞归山之由，实与潘仁美不甚相关。今仁美知罪，随臣面诉其情，乞陛下宽宥之。"太宗闻奏，召仁美于殿前问之曰："呼延赞，先帝经念之将，朕是以宣之入朝，欲显其能，汝何得屏逐而去？"仁美奏曰："臣以呼延赞之赴阙，心尝怏怏，欲归久矣，非因臣所逐也。愿再奉诏入山，宣召赴阙，与臣面证是非。果如赞所言，则甘就斧钺之诛，万死无辞也。"太宗半晌未应。八王进曰:"陛下以将帅经心,仁美虽有罪,愿准其请,再往召之。若赞仍奉诏赴命,则可两恕其罪矣。"

太宗然其言,乃下诏付仁美,前召呼延赞。仁美领旨,即日出朝,径诣太行山来,令人报入山寨。呼延赞曰:"我遭此贼毒手,性命几丧,恨莫能雪。今乘其来,杀之以伸我仇,饶他不过。"建忠曰:"不可,我等正欲立功于朝,岂以小怨而忘大谋?不如奉承圣旨,冀免私奔之罪。"赞从其言,乃与建忠出寨迎接。潘仁美进入帐中,宣读诏书曰:

> 朕以立国之初,首先召卿,欲以及时重用。何以入朝未经一月,竟任意欲行,径自返骑?且卿文武之才,正当摅忠献策,宁忍怀宝沉埋,自甘久屈乎?再命使来到,即宜赴阙,以补前日私奔之罪。故兹诏示。

建忠拜受命毕,请仁美坐于军中,二人拜谢曰:"重劳枢使奉诏至此,有失远迎,望乞恕罪。"仁美见赞,颇有惭色,因答之曰:"下官冒触将军,深自追悔。今圣旨复来宣召,即宜赴阙,以慰皇上之望。"建忠大喜,即令盛排筵宴,以待朝使,款留寨中一夜。

次日,仁美催呼延赞下山。赞与建忠商议,建忠曰:"仁美当朝大臣,今既领圣旨来召,当随其赴京,以弭旧怨也。"赞然之,即装点衣甲鞍马,同马氏随仁美下山。建忠送出大路而别,自去抽回耿忠等人马。不在话下。

只说呼延赞到京师朝见太宗,首请逃归之罪。太宗曰:"朕以卿未建奇功,暂留皇城居住,候下河东,则当重用于卿。"赞谢恩而退。太宗宣入八王,谓之曰:"朕以赞新将,未见其武艺,今欲试观之,汝有何策?"八王奏曰:"陛下欲观赞之武艺,此事极易,当效先朝御果园故事,便见其能也。"太宗曰:"单雄信之士,军中或可有;小秦王之类,难为其人也。"八王曰:"臣愿装作小秦王,使呼延赞为尉迟敬德,惟单雄信，陛下降旨于百万军中选之。"太宗允其奏。因命群臣拣选将帅中，谁可为单雄信者。潘仁美终怀毒恨，又欲生计害之，出班奏曰："臣婿杨延汉，弓马娴熟，堪充此职。"太宗允奏，即下命传至军中。延汉受命，自思："此必岳父起害赞之心，特举我充此职，而与其子报仇也。昔我被赞所捉，已蒙不杀之恩，临行又赠黄金。今日若不救他，则为失义人耳。"遂进八王府中，道知其事。

八王大骇曰："汝若不言，几乎弄假成真也。汝且退，我自有方略。"延汉辞出。八王入奏太宗曰："陛下圣旨，议择帅臣，以杨延汉充作单雄信。臣以延汉为赞之仇人，恐有不测，反伤朝廷大体。今当于偏将中，另择一人，或纵有微伤，不致成隙。"帝深然之。乃下命，再令群臣于偏裨将校中遴选。高怀德奏曰："教练使许怀恩，武艺精通，可充此选。"帝允奏，即令怀恩明日于教场中听候。群臣奉命而退。

次日，教场中旌旗四立，军伍齐备，枪刀出鞘，盔甲鲜明。不移时，太宗圣驾来到，文武各官俯伏而迎，依班序立。只听鼓乐喧天，炮响动地。太宗宣过八王与呼延赞、许怀恩三人入军中，谓之曰："朕本欲试卿之武艺，且欲令军中信服，各宜用心走马，勿徒相伤。"八王等各皆受命。太宗因赐呼延赞金鞭一条，赐许怀恩檀枪一柄，赐八王画弓翎箭。三人拜赐出帐外。那八王跨着高头骏马，挥鞭兜辔而走。许怀恩骤马绰枪来追，虚声叫曰："小秦王休走！"八王转过箭垛边，弯弓架箭，觑定许怀恩射来。怀恩眼快，闪过一矢，挺枪径赶。八王再发一矢，又被怀恩躲过。场中军士，无不凛然。呼延赞见许怀恩势气渐逼，即划马提鞭，如真敬德一般，在后大叫曰："追将慢走！呼延赞救驾来也。"许怀恩见赞追来，要显出平生手段，欲擒之以献，遂勒回马来敌呼延赞。赞举鞭骤骑，与怀恩交锋。二人在场外战有二十余合，不分胜负。赞自思："我若在此擒他，不见我之威风，待引于御前算之。"即勒马佯输，旋绕教场而走。怀恩激怒曰："不捉此贼，何以明心？"骤马亟追。将近御前，赞转过身，绰起金鞭，将怀恩打落马下。潘仁美等见之，无不失色。时八王复马回见太宗，太宗大悦曰："不枉为先帝所知，赞果真将军也。"亲赐赞黄金一百两，骏马一匹，命于天国寺安止。赞谢恩而退。君臣各散。

时值太平兴国元年二月初一日，太宗视朝毕，下命诣太庙行香。时诸臣皆于内前立着起居碑，以防御驾出幸；若无此者，即为冲拦御驾。忽人报知于呼延赞："今日太宗驾出行香，各官皆在内前立起居碑，将军何以不为？"赞闻报，正不知其由，欲待披公裳迎候，恰遇圣驾来到。当御前者，却是潘仁美，便问："谁冲銮驾？"从军报道："新归将呼延赞也。"仁美大怒曰："诸臣皆立起居碑，彼何得故违朝例？"喝骑尉押赴法场处斩。骑尉得令，即将赞绑缚而去。当下文武皆不敢言。直待太宗行香已回，八王乃归府中，经过法场，见有许多兵卫，拥一绑缚犯人。八王问曰："今日圣上行香吉日，何故斩人？"从军报曰："侵早圣驾方出，适新归将呼延赞，不省回避，得冲驾之罪，今将处斩。"

八王听罢，大惊曰："险些折去一栋梁也。"即近前令人解缚，带赞回府，问其冲驾之由。赞泣曰："臣初下山，不省国例。适圣驾出幸，未立起居碑，得罪当死。若非殿下来救，命在顷刻矣。"八王愤怒，自思："未立起居碑，此乃小节，何以竟至死罪！此必谗佞又要图害之计。"因留赞于府中，径入宫见太宗，奏知其事。太宗曰："朕本不知，须颁旨赦之。"八王曰："正以陛下深居禁庭，纵有冤枉，不能上达。乞降优诏，以安其心。"帝允奏，即日降下圣旨，付与八王，给赞执照。

第 七 回

北汉主议守河东　呼延赞力擒敌将

却说八王领旨，归至府中，见赞贺曰："今请得朝廷圣旨一道与君。但谨守法令，自保无虞矣。"赞拜谢而退。不想马氏闻知夫主犯罪处斩，恐有波及，与从人密地逃归寨中去了。赞举眼无亲，嗟叹不已，只得栖止寺中。

却说河东刘钧听知太宗新立，招伏太行山呼延赞为将，乃集文武商议曰："中原宋太祖在日，以孤境为敌国。今彼新立太宗，河东之忧，其能免乎？"丁贵奏曰："往年因召杨令公援泽州之围，讲和而回。今军士蓄锐有年，兵甲坚利，陛下可高枕无忧。近年之弊，多因预备不固，使敌兵长驱而来。今宜下令于各边关，严设堤防，勿使宋兵轻进，特为长守之计。我逸彼劳，劳而无功，自不敢正视河东矣。"刘钧然其奏，即下令于各州关通知去了。又于晋阳城中深沟高垒而待。

消息传入汴京，太宗会群臣，议征河东之策。杨光美奏曰："河东预备坚完，未可卒下。陛下欲图之，须乘彼国有隙，然后进兵，则可决其成功。"太宗沉吟未决。曹彬进曰："以国家兵甲精锐，剪太原之孤垒，如摧枯拉朽，尚何疑焉？"帝闻彬言，意遂决。以潘仁美为北路都招讨使，高怀德为正先锋，呼延赞为副先锋，八王为监军，统十万精兵，克日御驾亲征。

旨命既下，潘仁美等退朝，于教场中分拨军马。呼延赞所部，皆以老弱者与之。高怀德进曰："先锋之职不轻，逢山开路，遇水安桥。今

北汉主议守河东　呼延赞力擒敌将

以老弱之兵付赞统领，倘误朝廷大事，则招讨罪将谁任其咎？"仁美默然良久乃曰："老弱之兵，将付谁部下耶？"怀德曰："所言老弱，非尽不堪用者，比斩坚入阵，则有不及。当以此军，分统随驾之将。前军皆选精勇，均分与小将、呼延赞统之。"仁美无奈，只得如此。次日，仁美入请御驾起行。太宗以国事付太子少保赵普分理，以郭进为太原石岭关都部署，以断燕蓟援师。分遣已定，即日车驾离了汴京，望河东征进。但见：旌旗闪闪，剑戟层层。

不一日，兵至怀州界。忽哨军报入第一队中，前有伏兵拦路，不知是谁。呼延赞听得，便引所部跑出军前来看，却是李建忠、耿忠、耿亮、柳雄玉、金头马氏一起。赞执枪下马，立于道旁曰："哥哥何故不守山寨，来此为何？"建忠曰："往日马氏回寨中报知，说汝犯罪被戮，我等抱愤多时。今闻御驾来征河东，是以部众挡住去路，要捉害汝之人报仇也。"赞听罢，乃称感八殿下相救之由。言未毕，高怀德一军已到。见是赞之兄弟，乃曰："既于此相逢，事非偶然，何不奏知天子，同征河东，以取富贵？"建忠曰："此我等之素志也，愿效命以争先。"高怀德即传奏太宗御前："今有赞之兄弟八员猛将，愿随陛下征进。"太宗大悦曰："此一回取河东必矣。"即宣授建忠等八人为团练使之职，候平定河东回朝，领受诰命。建忠等谢恩而退。有诗为证：

圣主龙飞重俊良，英雄云集岂寻常！
干戈直指风声肃，管取河东献域疆。

次日，大军到天井关下寨。守关将铁枪邵遂，有万夫不当之勇。听得宋兵来到，与部将王文商议迎敌。王文曰："宋师势大，难以交锋，将军只宜坚守。遣人求救于晋阳，待援兵来到，前后击之，可以取胜。"遂曰："日前刘主之命，勿使敌人轻进。今正宜乘其疲乏，一战可破，何待救兵乎？"即部兵五千，出关迎敌。两阵对圆，宋先锋呼延赞挺枪跃马,跑出阵前曰:"北将何以不降,自取灭亡之祸?"遂曰:"汝今急早退去,犹不失为胜也;不然,教汝等片甲不回。"赞大怒,举枪直取邵遂。邵遂抡刀来迎。两骑相交,二将战上三十余合,不分胜负。赞欲生擒邵遂,乃佯输,走回本阵。遂不舍,骤马追之。赞觑其来近,回转马,大喝一声,将遂活捉于马上。后人有诗赞曰:

兵马南来势气雄,将军志在建奇功。
旌旗展处风云变,敌将身亡顷刻中。

次队高怀德见赞赢了敌将,率兵乘势杀入。北兵大败,死者甚众。王文不敢迎敌,乘骑走投陆亮方而去。宋兵遂袭了天井关。太宗驻军关中,赞缚邵遂以献。太宗曰:"留此逆臣亦无用处。"令左右押出斩之,枭首号令讫。

次日,兵到泽州。守将袁希烈闻知宋师已到,与副将吴昌商议曰:"宋兵利锐,且呼延赞世之虎将,若与交锋,难保必胜;当用守计,老其师则可。"昌曰:"泽州城高池深,军士精勇,战守之计,皆不可失。仗小可平生之学,出退宋兵,如其不胜,守亦未迟。"希烈从其言,与兵五千。

吴昌全身贯带,开东门,列下阵势。对面宋先锋呼延赞,横枪跨马,立于门旗之下。吴昌曰:"我主汉王,自守一方,何故穷侵无厌?"赞曰:"我大宋以仁义之兵,而清六合,惟有河东未下。汝辈如鱼游釜中,死在顷刻,不降何待?"吴昌大怒,舞刀跃马来战。呼延赞举枪迎敌。两骑才交,宋兵鼓勇而进,北军先自扰乱。吴昌势力不敌,跑马望本阵逃走。赞乘势掩之。昌见宋兵雄勇,不敢入城,率众绕出汾涧遁去。赞杀得性激,径骤马追之,大叫:"贼将慢走!"昌回头见赞追紧,按住刀,弯弓架箭,一矢放来,被赞闪过。吴昌愈慌,只顾前走,忽连人带马,陷于汾泽中。赞部下向前捉住,降其部下二千余人。赞将吴昌解见太宗，太宗令推出斩之。下令急攻城池。

　　昌之败卒走入城中，报知希烈，希烈大惊曰："不依吾言，果致丧师，如何能退劲敌？"道未毕，其妻张氏，乃绛州张公瑾之女，形貌极丑，人号之为鬼面夫人，却有一身武艺，万夫难近。闻得丈夫之语，近前谓曰："将军休慌，妾有退敌之计。"希烈曰："城中势若烧眉，夫人用何妙策？"张氏曰："宋兵势大，须用智以破之。君明日先部军伍出战佯输，引敌人入于丛林之中，吾预埋伏射骑于此待之，四下返击，必获全胜。"希烈然其计，下令分遣已定。

　　次日，部精兵六千出城迎敌。两军摆开，宋将呼延赞首先出马，高叫："败将如何不献城池，尚敢来战耶？"希烈曰："今特擒汝，以报吴昌之仇。"言罢，举斧直冲宋阵。赞跃马举枪交锋。两下呐喊。二人战上二十余合，希烈跑马便走。赞率部将祖兴乘势追之。将近丛林，希烈放起号炮，声彻山川。张氏伏兵齐起，千弩俱发，宋兵死伤者不计其数。赞知中计，急勒马杀回，正遇张氏阻住。二马相交，战不两三合，被张氏刺中左臂，赞负痛冲围而走。祖兴部余众随后杀出，希烈回马追到，将兴一斧劈落马下。宋兵大败。希烈与张氏合兵进击，胜了一阵，乃拔军入城。

　　赞归至军中，深恨张氏一枪之仇。与马氏议曰："今日之战，不得其利，折去大将祖兴，部下伤损大半。"马氏曰："是谁出战，能胜吾众？"赞曰："袁希烈不足惧。其妻张氏，枪法不在吾下，且有智识，若令婴城而守，则泽州未可卒攻。"马氏曰："此无虑也，彼之伏兵，只用得一番。我亦以计取其城。"赞曰："汝有何计？"马氏曰："且将各营按下，只说因被敌人伤重左臂，不能出战。彼闻此消息，必怠于防守。却令老弱之众，罢却戎事，日于汾涧中洗马，似有回军之状。吾与君伏精兵于城东高阜之处瞭望，俟其出兵，通约高将军先战，我等乘虚捣入城中，则泽州唾手可取矣。"赞喜曰："此计足伸我恨！"即密下号令，各营按兵不出。

果然数日间，哨马报知希烈，希烈急请张氏议之。张氏曰："前日匹夫被我伤着一枪，宋军中若无此人，众心必怠。宜乘其虚，出兵扰之，宋师不足破矣。"希烈曰："善。"即点下精兵七千，扬旗鼓噪，出南门冲击。宋师不战而走。希烈自以为得计，驱兵直杀入中坚。高怀德当先抵住交锋。两马才合，后军报道：宋兵已攻入东门矣。希烈大惊，即跑马杀回。恰遇呼延赞突至，厉声曰："贼将慢走！"希烈不敢恋战，溃围而走。赞勒马追之。不上半里之遥，赶近前来，绰起金鞭，打落马下而死，尽降其众。有诗为证：

> 精兵北下势如龙，慷慨英雄几阵中。
> 敌国未平心激烈，夺旗斩将显威风。

时张氏杀过城东，遇马氏大杀一阵，只剩得数百骑，走奔绛州去了。高怀德兵合，遂取了泽州。赞遣人奏报太宗，太宗大悦，遂命车驾入城驻扎。

第 八 回

建忠议取接天关　　大辽出兵救晋阳

却说翌日大军进抵接天关。守关将陆亮方与王文议曰："宋师长驱而来，当何计以退之？"文曰："关隘险固，只可坚守，待宋师粮尽，一鼓可破矣。"亮方然其言，遂按兵不出。宋前锋呼延赞屯扎关下，令部下急攻。关上乱放弓矢木石之类，军士不能近前。赞无计可施，与李建忠议曰："陆亮方坚守此关，将何计取之？"建忠曰："关势危险，难以卒下，若急攻之，徒伤军士无益。为今之计，莫若撤围而待，乘有可取之机，然后进兵，庶不徒费军功也。"赞沉吟半晌，退入军中。又过了数日，赞遣人缉探关前消息，回报："关上守愈坚固，人马不能近。"赞越忧闷。

忽报："营外有一老卒，要见将军。"赞令唤入。老卒至帐前曰："闻将军攻此关不下，特来献策，以成将军功绩。"赞愕然曰："汝有何计，以取此关？当保奏天子，不失汝之富贵。"卒曰："此关地势极高，故名接天关。守将陆亮方，不过是一勇之夫，进攻亦易。内有王文辅之，此人智谋宏远，用兵得术，若使固守不出，则将军之众，虽守一年，亦只如此。将军不知山后有一小径，虽是崎岖，实乃此关私路，现有李太公把截。若将军遣人问之借此而过，直至河东北境，坦然无阻。"赞闻之，大悦曰："此天叫汝教吾，实皇上之洪福。"即留老卒于营中，候功成日保奏之。老卒曰："小可不愿升赏。"径辞而去。营军入报："适老卒出外，忽然不见，惟有一阵清风耳。"赞惊讶之，即望空而拜。

次日，遣柳雄玉步兵五千，往李太公关中借路。雄玉部兵，径从山后小路，直抵关下，遣人通知去了。守将李太公，名荣。有二子，长曰李信，次曰李杰，二人皆有武艺。太公听知宋兵围了接天关，因亦严守此地。忽报："宋将遣人来见太公。"太公令唤入问之。来卒曰："我大宋兵取接天关，关中守备严固，未能卒下。闻此处有路可进河东，特问太公借径。倘能成功，朝廷重加封赠。"太公听罢，笑曰："此处乃是河东咽喉之地，今前关与我相为声势，以拒宋师。若许汝进兵，则是割肉喂人，自取其败也。吾不杀汝，急回报知主将，有勇者早来交锋。"差人惊慌走归，报与柳雄玉，道知不许进行之由。雄玉大怒，部兵关下搦战。忽听关上一声鼓振，却是李信部五百健卒，斩关而下。雄玉退步不迭，被信刺死关前。李信大杀宋兵一阵而回。

雄玉部下走归报知呼延赞，赞大惊曰："事图不成，而损大将。若使敌人两下合兵来战，何以御之？"即与建忠商议别计。建忠曰："事可谋其先，乘前关不敢出兵，可令高将军攻之。吾等率兵先取此关，若得是处，则前关亦可下矣。"赞然其计，即遣人报知高怀德出兵，自与建忠率所部来关下搦战。守军报入帐中，李太公与二子商议曰："宋兵来战，何以退之？"李信曰："彼众我寡，难以力敌。可遣人于接天关期约，令其来助，方可议战。"太公依其言，即遣人径诣前关知会。陆亮方与王文议曰："宋师过不得此关，从背路攻击，倘或彼处不保，则我关亦危矣，君当率兵亟往救之。"王文曰："将军所见极是，小将愿行。"即引精兵二千，前来三镇关相助。李太公得王文来到，不胜之喜，因与商议迎敌。王文曰："平川之地，利于急战。公但坚守此关，吾与令郎合兵破之。"太公然其言。

过了一宵，次日，王文与李信开关出战。宋将呼延赞亦排下阵势，马上指王文骂曰："丧败之将，不即献关纳降，尚来寻死耶？"王文笑曰："宋军知足不辱。今日杀汝片甲不留。"言罢纵骑舞方天戟来战呼延赞。赞援枪迎之。两下交锋，战未数合，王文佯输而走。赞久知王文善

建忠议取接天关　大辽出兵救晋阳

于用兵，要生擒之，骤马追去。一声炮响，关左一彪兵杀出，乃李信也，举枪绕赞之后杀来。赞怒激，赶近前，挥起一枪，将王文拨于马下，部兵竞进捉之。赞再回马与李信交锋。信见王文被捉去，心慌胆怯，不敢久战，即收兵走入关中。赞亦勒军回营。军校解得王文来见，赞亲出帐外，手解其缚，请入坐中，谢曰："适间冒触阁下，望乞恕罪。"文曰："小可被捉之将，生死系于将军，何故殷勤若是耶？"赞曰："小将本是河东出身，今归命大朝，尽忠则一也。公有如此胆略，何以屈节于丛棘，投珠于暗地乎？不若同事宋主，以建奇功，留轰烈之名于后世耳。"

王文被赞说了一遍，沉吟半晌乃曰："良禽择木而栖，贤臣择主而事。文也愧非贤臣，愿从将军帐下，早晚听命。"赞大喜，因问攻取之计。文曰："事当随机应变，今李信以吾被擒，以死守不出，将军其奈之何？不如先取接天关，然后来攻此处，有何难哉？可令李将军率壮兵埋伏前关下，小可乘今夜，冲将军之阵，亮方必出兵来应，将军部兵继我而进，其关立破矣。"赞曰："此计极妙，只不可走漏消息。"即分遣布置已定。赞先引羸卒来接天关攻击。陆亮方听知宋兵复来，自思："此必后关难进，故又来攻此地。"乃令部下严兵固守。

将近二更左右，赞令军士点起火炬，呐喊放炮，并力攻击。关上连发矢石抵之。忽东北角王文引兵冲围来到，宋兵大乱。王文直杀至关下，高叫："宋将战败，关上可出兵接应。"守军听得是王文口气，报知亮方。亮方遂部兵开关接应。忽关旁边转过呼延赞，断北兵为两截，王文乘虚杀回。亮方知事有变，即勒马跑走，被赞一枪刺于马下。李建忠伏兵齐起，杀入关中。北军进退无路，皆弃甲拜降。平明，众将都集，赞不胜之喜，乃谓王文曰："此一座雄关，非足下妙算，即守一年，亦不能过也。"王文曰："侥幸成功，何足挂齿？"赞遣人报捷于太宗。太宗车驾径进接天关，望河东一带之地矣。哨军报入三镇关，李太公大惊曰："宋师真乃神兵也。"即引二子弃关逃入河东去了。

却说绛州守将张公瑾,听知宋兵已取接天关,惊疑终日,不知为计。牙将刘炳进曰:"兵法云:'多算则胜,少算不胜。'况无算乎?今宋师势如山岳,长驱而来。前之坚固关隘,已被攻破;何况绛州平低之城,健卒扳堞可登,且有数之兵,焉能拒敌?不如投降,以救生灵之厄。"公瑾然其议,即遣刘炳到宋军中纳降。呼延赞奏知太宗,太宗曰:"不战而降,是知时势者也,可允其请。"赞得旨。次日,军马抵绛州城下。公瑾开门迎候。太宗车驾入城中,安抚百姓,下令前锋呼延赞、高怀德等,合兵进攻河东。赞等受命,依次而进。不题。

消息传入河东,刘钧闻之,亟集文武商议。丁贵进曰:"宋师远来,粮草费竭,宁能久驻乎?陛下一面遣人于大辽萧太后处,乞出兵以扼宋之粮道;一面调集军马,为战守之计。"刘钧从其议,遣人赍书前往大辽求救,一边分遣诸军,严设战具以待。

却说使臣赍文书,径诣大辽见萧太后,奏知求救之事。太后与文武商议,左相萧天佑奏曰:"河东地控辽界,实唇齿之邦,愿陛下发兵救之。"太后允奏。即命南府宰相耶律沙为都统,冀王敌烈为监军,率兵二万救之。耶律沙得旨,即部兵与使臣出离辽地,到白马岭下寨。哨马报入绛州,太宗闻辽主出兵以援晋阳,怒曰:"河东逆命,所当问罪,北番焉敢助逆?"督令诸将,先战北兵,后攻晋阳。诸将得令,呼延赞与高怀德、郭进议曰:"辽兵乌合而至,公等何计破之?"郭进曰:"兵贵先声,使敌人不暇为谋,此取胜之道也。今闻辽众屯于白马岭,离此处四十里程,有横山涧正扼辽兵来路。小将率所部渡水攻之,公等继兵来助,破之必矣。"赞曰:"君之所论极是。"即分遣停当,郭进引兵先进。

辽将耶律沙与敌烈议曰:"宋兵以急战为利,初来其势必锐。我与君阻横山涧而列阵,待其兵渡将半,出师掩之,敌将可擒矣。"敌烈曰:"不然,若使敌人先渡,我众望见其势,皆有怯志也,正宜先其势而逆之,可以成功。"即率所部渡涧来迎。

第 九 回

郭进大破耶律沙　刘钧敕书召杨业

却说敌烈不听耶律沙之劝,率众渡涧。众未及岸,忽正东金鼓齐鸣,喊声震天,乃郭进军马杀来。敌烈排开军马,两下对圆。郭进舞刀纵骑,大骂:"北朝待死之寇,尚敢来惹速亡之祸耶?"敌烈亦骂曰:"汝中原穷武连年,贪心无厌,是以出师援之。若早退兵,免遭目下之诛。"郭进挥兵冲入,敌烈抡刀迎之,两马相交,战上二十余合。涧左一彪军出,乃呼延赞也,挺枪跃马,纵横冲断其阵。敌烈激怒,力战二将不退。对垒耶律沙望见敌烈势危,急催后军涉涧救之。南阵右侧高怀德之兵又到。两下鏖战,箭下如雨。郭进鼓勇向前,敌烈势力不支,溃围而走。郭进追及之,挥起提刀,斩落于涧中。可怜辽地英雄,化作一场春梦。是时宋兵竞进,北军大败,杀死涧中者不计其数,尸首堆垒,涧水为之不流。耶律沙引败众望小径逃走,呼延赞、高怀德率劲兵追之。耶律沙正危急,忽山后一支军马杀出,乃辽将耶律斜轸。盖萧太后恐前军有失,故命耶律斜轸屯兵山后,以救不测,恰此遇着耶律沙杀败走到。耶律斜轸乃整兵奋力杀退宋兵,保得耶律沙等去了。高怀德等合兵一处,报捷于太宗。太宗大悦,仍下令径趋晋阳。

城中刘钧已闻辽兵大败而去,惊惧无地,乃集群臣商议。右相郭有仪奏曰:"宋兵势大,难以迎敌,不如奉表称臣,一则可以免祸,二则救满城百姓。"刘钧嘿然。中尉宋齐丘奏曰:"河东城坚池深,精勇之士不下数十万,若使背城一战,成败未可知也,何以辄屈膝而事他人乎?

臣举一将，足以破敌。"刘钧问曰："卿举何人？"齐丘曰："世居幽州人氏，姓马名风。当黄巢作乱之时，闻此人名声，兵不敢入州。使一根铁管枪，与王彦章齐名。今弃武学道，隐居嵩山。此人虽老，尚可用也。陛下若降诏召其为帅，率兵以退宋师，必收万全之功也。"刘钧曰："谁可赍诏召之？"有卷帘将军徐重进曰："臣愿赍诏前往。"钧即下命，遣重前诣嵩山。

徐重来到山前，远远望见一所茅庵。径进庵门，窥见内有一人，身长八尺，黑面银须，端坐于石墩看经。重进前揖曰："此处莫非马将军庄上否？"其人起而问曰："阁下从何而来？"重答曰："小可奉汉主之命，赍诏来宣马道士下山，以退宋兵。"其人曰："贫道就是马风，但我年已老迈，不比往年矣。今既奉诏旨，不敢不权为拜受。"因唤山童，摆设香案，拜受诏旨毕。邀重入庵后，分宾主坐定。乃问之曰："宋君举兵北伐，谁为正将？"重答曰："宋军惯战之将极多。惟有先锋呼延赞，英雄莫敌，近来攻取关州，皆此人之力也。今有宋中尉举足下能御宋师，特遣下官赍诏来宣。乞承旨下山，以慰我主之望。"马风笑曰："贫道筋骨衰老，鬓发霜侵，年近九十，大非昔日之比，且弓马久废，何能堪此重任？今山后杨令公拥重兵于应州，何不举之退敌，而来召我耶？公宜亟覆王命，勿误军情。"徐重闻言，不敢再强，只得辞别马风，归见北汉主，把马风口内情辞，如此这般，一一奏上。

刘钧闻说马风弗肯应命，闷闷不悦，与群臣再议退敌之计。丁贵进曰："事势如此，陛下只得再召杨令公，来救国难。"刘钧曰："杨家屡次出兵应我。往年泽州之盟，与宋师讲和而归，甚称宋之恩德。寡人疑其有通谋情意，故不欲再召之。"贵曰："陛下以仁义待人，杨家父子，实有忠信，宁肯负国耶？"刘钧准奏，复遣使赍敕命，径诣山后，来见杨令公，宣读诏书曰：

　　孤守晋阳，谨保一城。虽无汤武之德，常慕事大之名。自周世

郭进大破耶律沙　刘钧敕书召杨业

宗，耻仇不绝，屡被侵伐。今宋君继立，复率精兵，长围城下。百姓抱死亡之患，城郭有累卵之危。惟尔父子，忠勤效命。诏书到日，即宜引兵赴援，以卫国难。成功之日，当颁重典。故兹诏示。

杨令公得诏，与王贵议曰："宋兵屡侵河东，若不救援，则有违诏之责；若径兴师，则前番与宋议和，岂宜失信？君何以计之？"王贵曰："将军河东镇臣，主上有难当救，何用执小信而迟疑？"令公然其言，即委王贵领镇应州，自率七子，部精兵三万，前来救应河东。有诗为证：

万马南来势气雄，旌旗闪烁蔽长空。
全凭国士擒龙策，一定封疆顷刻中。

哨马报入宋军中，主帅潘仁美召集诸将议战。高怀德进曰："杨令公乃劲敌也，自周世宗之朝，每与对敌，未尝得利。今又举兵再至，当以深谋远计战之，不可卒攻也。"呼延赞曰："小将亦闻杨家父子，天下无敌。我先领本部于来路冲击一阵，且观其势如何。"仁美允其议，即令赞前往。赞得令，率马军八千而行。

却说杨令公兵马来到卧龙坡下营，哨骑报入，宋军于十里之外阻住去路。令公笑曰："敌贼不知兵势，自来取败。"问军中："谁先出马？"道未毕，第五子杨延德进曰："不才愿先上阵。"令公许之，即付精兵五千。延德全身贯带，部精兵鼓噪而来。两阵对圆，延德绰斧跨马跑出，高叫曰："宋将何不速退，将欲自取死亡耶？"赞大怒曰："无名小将，今日休走。"即挺枪跃马，直取延德，延德舞斧来迎。两骑相交，二将连战四十余合，不分胜负。赞马上自思："人称杨家父子英雄，果不虚语。"二人欲复斗，马不堪驰。延德曰："马力困乏，明日再战。"南北乃各收军还营。延德回见令公，告知："宋将与儿连战四十余合，未决输赢。"令公曰："近闻宋军有呼延赞，武艺精锐，莫非正是此人？明日吾亲战之。"因下令征进，离宋营数里下寨。

杨七郎欲建首功，密引部兵三千，潜地出寨，来劫宋营。正值潘仁美与郭进、高怀德等在军中议论兵法，忽然灯爆火灭。仁美曰："莫非杨家有兵劫寨，天公预使见报？"下令诸军多伏弓弩，以备不虞，不可出兵骚动。高怀德等各按营而守，遵令分遣埋伏。杨七郎自料宋兵无备，引部下喊声攻入。忽营后一声梆响，伏军万弩齐发，箭如雨落。北兵射死者不计其数。七郎急回马，被高怀德、郭进两骑冲出，追杀五里而回。七郎部兵折去大半。

次日，令公知之，大怒曰："不由军令，致损许多人马，按法当诛。"即令军政司押出七郎，斩首示众。军令才下，牙将张文进曰："七将军虽有罪，其志总为国也；误致伤折，情理可原，乞令公赦之。"令公曰："父子虽至亲，法令不敢私，务必斩之。"众将力为劝解，令公怒始稍缓，乃着军政司跣剥七郎，即于帐前捆打四十，血肉淋漓，观者无不凛然。七郎匍匐谢罪而退。令公谓众曰："吾众初到，未可便与交锋，须待养威数日，审机而战，无有不克。"众将得令，人各坚守不出。

却说宋帅潘仁美听知杨家军马来到，遂撤围迎战，南北对垒立营。一连拒守十数日，各不出兵。仁美遣健卒前去缉探北兵动静，回报："杨家军马，各严整兵器，欲与我大战。"仁美闻报，即下令诸将，分营出战。高怀德为左翼，呼延赞为右翼，郭进为前后救应。分遣已定，众将各整备迎战。

次日平明，鼓罢三通，南阵中潘仁美当先出马；上手高怀德，下手呼延赞，三匹马一字摆开。对阵杨业亦部兵出战，金盔银铠，白马红袍；左有延朗，右有延昭，父子将兵，威风赳赳。仁美在门旗下暗暗称奇，出马问曰："河东逆命之国，特来问罪，公何屡次出兵救之？"令公厉声曰："汝主据有中原，尚自不足，连年穷师远讨，既不免为贪兵；况向年讲和而退，盟血未寒之日，又来侵犯，是何道理？河东唇齿之邦，吾受刘主厚恩，特来救援。汝等急早退师，犹存旧好；若牙进半个

'不'字，吾驱太原之兵，杀汝片甲不回，那时悔之晚矣。"仁美闻言大怒，问阵中："谁先出马，擒此匹夫？"言未毕，这壁呼延赞挺枪出马，望杨业刺来。那壁杨延昭一马上前截住厮杀。战到七十余合，不分胜败。忽宋阵中鸣金收兵，原来太宗看见杨家父子，尽是英雄豪杰，心中只要招抚，故此鸣金收军，以待图策招徕，那时河东不难下矣。

第 十 回

八王进献反间计　光美奉使说杨业

却说是夜太宗回归营中，只是闷闷不悦，无计可施。维时八王揣知上意，因进言曰："陛下闷闷不乐，岂非为无计招降杨家父子耶？"太宗惊问曰："汝今有何妙计？"八王顿首进曰："依臣愚计，只可遣人往河东行反间之计，管教杨家父子来归。"太宗喜曰："此计固妙，但恐无人可行。"八王又曰："此行须得杨光美去，事必万全。"是时光美正在旁边，即出班奏曰："臣不才愿往。"太宗大喜，即日给与黄金千两，锦缎千匹，以及珍宝货赂，前往河东，星夜来到赵遂府中。

却说赵遂是刘主宠的嬖幸，赵遂所言，钧无不从。光美来到，先赂其左右，引见了赵遂，送了他黄金、锦缎。赵遂本是小人，贪其厚利，便喜不自胜。问光美曰："大人天朝大臣，何意收幸遐陬之老？但有所教，无敢不从。"光美曰："吾主极知大人宠幸于刘主，言无不从敬，故使光美布此诚意。河东、中原，原无大仇，所以兴兵，不过欲来讲和。奈有杨业父子，恃其勇悍，专耀兵威，遂使两国和好不成。且彼战不利，则祸移河东；彼战一胜，则阻兵而骄，刘主必大加宠幸，于大人之遇，未免少衰矣。我主是以愿乞大人一言，疏之刘主，则彼必勒兵而回。那时却与大人定其和议，使河东、中原，永为兄弟之国，则大人之宠益固，不让他人得专其美也。愿乞大人裁之。"赵遂既受了他许多东西，又听见他这番言语，遂有攘功妒能之心，曰："大人放心，赵遂自有区处，管教除了杨业父子。"将光美款待，潜地送回。赵遂自思："得

八王进献反间计　光美奉使说杨业

了宋人许多礼物，若不除杨业，他日功成，反让他得专其美，岂不又失了宋人面皮？"于是将些金银，日夜布卖谣言，说杨业受了宋人金珠，约与反兵助宋，同剿河东，待功既成，便与宋朝同分其地。此言一时传播。却又秘密通讯，戒宋人切勿交战，但须逗留十日半月，管教成功。

太宗得此消息，大喜，问光美道："此事可信否？"光美曰："臣视赵遂小人，只知贪利固宠，又且忌妒杨业，此事可信可疑。陛下只须传谕各营，坚壁勿战，俾遂得以就中取事，疏间杨家父子。伺彼有隙，然后臣奉片言诏谕，管教山后军马，入吾彀中。"太宗击节称善。乃下令戒谕军中，各宜坚壁，勿与交战，若其请战，但只听之而已。此令既下，各营果是坚壁不出。刘主见此犹豫，每日只促杨业出阵。杨业奉令布军，日出讨战，奈何宋营人马，只是不出，杨业无计可施。又且河东纷纭，说是令公得宋金珠，羁縻欲叛。杨业愈慌，每日只是督军索战，宋军半分不理，故每日只是空回。

赵遂连夜入见刘钧，说杨业受宋人金珠，要举众降敌。钧大惊曰："国舅何以得知？"遂曰："此事臣知已久，往年泽州之围，杨业提兵来援，已与宋人通和而回，臣以国家用人之秋，未敢辄奏。今彼稽延不进，与宋师为观望之计。此反情已露，中外皆知，流言四起，万姓仓皇，非独臣一人知也。"刘钧信其言，因问赵遂拿杨业之计。遂曰："陛下须降敕，宣其入国议事。预先埋伏甲士于殿下，待其来，投刀为号，齐出擒之，只消二十多人便能成事。"

次日，刘钧遣使径诣北营中宣召。杨业入至殿前拜见毕，刘钧拔所佩刀，投于阶下。两边伏兵听见刀声，一齐进出，将杨业捉下。杨业不知其由，大惊曰："臣无罪，陛下何以捉我？"刘钧怒骂曰："汝与宋军通谋作叛，尚说无罪？"亟令推出斩之。宋齐丘苦谏曰："杨业父子，忠勤为主，焉有反情？陛下勿信谣言而误大事。"钧曰："彼有三反之罪，岂是谣言无据？屡日不出兵，一反也；不遣人通知出军，二反也；往年私自受和而归，三反也。有此三反之罪，难以容留。"丁贵保奏曰："即日宋师临敌，待其出战不胜，斩之未迟。"刘钧依奏，乃赦之，令退宋师。

　　令公默然而退。回至军中，谓诸子曰："此必宋人用贿赂之计，使汉主疏我父子。顷间若非宋丞相等力奏，险些一命不保。今命杀退宋师，则免我诛戮，不然，仍要正罪。争奈敌兵不出，何以退之？"延德进曰："大人何用深忧？既汉主信谗，而屏逐我父子，则将人马复回应州，待宋兵攻破河东，那时思我父子，悔之晚矣。"令公曰："我今本欲尽忠于国，既出兵来援，岂有引退之理？汝众人明日只管出战，再作商议。"延德怀愤而退，与部将密议，欲有归附大朝之意。次日，延嗣、延朗两兄弟出阵搦战，宋营中无一骑来敌者。日晚，延嗣等只得退去。

　　太宗闻刘钧要诛杨业消息，因与谋臣商议招徕之计。杨光美进曰："陛下正宜乘此机会，以诱杨家来降也。"太宗曰："朕正苦未得其策。"光美曰："臣有一计，不消半个月，河东唾手可取，使杨家父子径入我朝也。"太宗欣然曰："卿有何妙策？"光美进前，于太宗耳边，连道几句"如此如此"。太宗大悦曰："此事非卿不可行。"

　　光美欣然领命，径诣杨业寨中，先使人通知杨业。杨业曰："往年正因此人来议和，吾厚待之而去，致汉主疑忌，今又至此，必有说词。"先令健卒二十，伏于帐外，并嘱曰："吾喝一声，即出擒之。"分布已定，须臾光美昂然入见。杨业端坐帐中不动，两边七子，齐齐立开。杨业乃问光美曰："汝来欲何为？"光美曰："特来劝将军归顺天朝也。"业大怒，喝一声，帐下走过二十人，将光美顿时捉缚，辄令斩之。延嗣曰："大人暂息雷霆，审其来语，如有不是，然后斩之。"业曰："汝试说来，若说不通，即请试刀。"光美全无惧色，朗声谓曰："吾闻良禽相木而栖，贤臣择主而佐。今将军出兵来援河东，本欲竭尽其忠；今猜忌日深，无以自明心迹，事必败矣。我宋主仁德远敷，诸镇仰服，只有河东未下，其能久安乎？背暗投明，古人所贵，愿明公垂察焉。"业听罢，半响无语。既而曰："吾不杀汝，放汝去，速令勇将来战。"光美不慌不

八王进献反间计　光美奉使说杨业

忙，退出帐外，故意拂袖堕落一密封于军中而去。左右拾得，被延德接着，拆开视之，却是画成图局一张，有无佞宅、梳妆楼、歇马亭、圣旨坊，内写"接待杨家父子之所"，极其美丽。延德将与七郎等细玩。七郎曰："莫说与吾等居住，便得一见，亦甘心也。"延辉曰："且莫露机，看汉主势头如何，若不善待我父子，即反归南朝也。"众人隐下，不与令公知之。

数日，刘钧遣人督战，粮草赏军之物，又不给应。令公愈慌，与其子商议，分兵出战。延朗进曰："非我众人不肯尽心，数日军中粮草不敷，众人各无斗志。若使出兵，必先自乱，焉能取胜？不如引退应州，再作计议何如？"业曰："汝等若有此举，复何面目以见天下丈夫乎？"延德曰："大人不自忖量，军士亦欲激变矣。"业见众论纷纷，且刘钧屡来责罪，只得下令，将军马一夕退回应州去了。

消息报入宋营中，太宗知之，即召群臣商议。杨光美曰："且令诸将暂缓河东之攻，先定计降了杨家父子，不愁河东不下也。今乘其军马已退，再布谣言于应州，称道：北汉主以杨家父子有抗兵私逃之罪，欲结大辽出兵讨之。彼闻此消息，人怀内惧，陛下再遣人说之，事必成矣。"太宗依其议，即下令军中，布谣言传入山后。不题。

却说杨令公星夜归至镇下，不数日闻此消息，军士皇皇，统属不一。令公坐卧无计，忧形于色。夫人佘氏问之曰："令公自晋阳归山，何以日夕抱闷？"令公长叹不已，只得将汉主见罪之事告知。夫人曰："曾与众儿子商议否？"令公曰："多有劝我投降，只恐非长策也。"夫人曰："若天朝厚待公父子，归之亦是长策，何必深忧？"令公曰："正不知待我之情何如，若使不及汉主，反受负忠之名，那时进退无及矣。"令公言罢，径出军中。

适五郎延德入问母曰："方才父亲所言何事？"佘氏以令公之语告之。延德曰："事不偶然，我父子有王佐之才，定乱之武，何所归而不厚哉？"言罢即以所得宋人绘图展开，与母观之，延德一一指说其详。

时有二妹在旁：长曰八娘，年十五；次曰九妹，年十三。闻说如此之富贵，力劝其母，谕父归顺大朝。母曰："汝等且勿言，待我以机会劝之。"

次日，与令公对席而饮。酒至半酣，夫人问曰："妾闻军中日夕怀大辽出兵之忧，此事殊为可虑。令公值此进退不决之地，光景易去，年华日逼，致使功名不建，深为可惜。不如从众孩儿之言，弃河东而归顺大朝，上酬平生之志，下立金石之名，岂不胜幽沉于夷俗，致万古只是一武夫乎？"令公闻言，欣然曰："夫人所论极是，我明日当与众将商议归降。"

令公思忖一夜，次日，出军中召集诸将，定议归顺宋朝之计。牙将王贵进曰："令公此举，亦非细事。必先自重，然后人重之。须先遣人通知宋主，待其差大臣勇将赍敕书来到，然后归之，可保全美。"令公然其言，先遣部将张文，前诣宋军中，来见太宗，道知令公将归顺大朝之事。太宗召集文武问曰："令公将欲来归，当何以处之？"八王进曰："杨家父子若有此举，陛下难以等闲待他，须于文武班中，推二人赍诏前往通意，则彼必倾心归顺，无所疑惑。"太宗问："谁可往？"道声未罢，杨光美进曰："文臣牛思进，言词清朗；武臣呼延赞，英气慷慨。此二人若去，事必万全。"太宗允奏，即下诏，遣二人赍厚礼诣应州，来见令公。宣读诏书曰：

朕以国家多事之秋，所难得者人才也，是以即位之初，注意边将。兹尔山后应州杨令公父子，文能兴邦，武可定乱。隈屈于鸢远之方，舍置于闲散之地。朕甚惜焉。且河东克在目下，君将何归？今特遣亲信文武二臣，赍来敕命，道知朕意。尔之父子果有幡然之志，投降我朝，朕将委以重职，使子孙受莫比之富贵，而令公得金石之高名，岂不伟欤？故兹诏示，想宜知悉。

杨令公得诏，拜受命毕，即请牛思进与呼延赞入于帐中，分宾主坐定。牛思进曰："主上以令公倾心归命，特遣小可二人，敬来麾下，面定其约。且众人望公之到，如大旱之望云霓，幸勿疑贰。"令公曰："区区守此僻土，上不能尽忠汉主，下不能立功当朝，实为天下所羞。"呼延赞曰："令公道差矣，君有文武全才，效忠为国，志亦勤劳，奈刘钧幸臣用事之日，不欲令公父子建立奇功，致使进退沉滞，而有归大朝之念。此诚天意，使公等立不世之名于我朝，岂偶然哉？"令公见二人理通词顺，甚加敬服。因令左右设酒醴相待，众人尽欢而散。次日，令公入与夫人商议归降之事，夫人曰："令公既然有意归顺于天朝，何必再议？"因先令差来二臣复命，再令其子调集边防军马，装载府库金帛，准备起行。后人有诗赞曰：

　　山川钟秀不徒然，致使英雄产太原。
　　父子从来归大宋，契丹拱手定三边。

第十一回

小圣感梦取太原　太宗下议征大辽

　　却说牛思进与呼延赞回奏太宗："杨家父子，随即率众来降。"太宗谓八王曰："既杨业将来，卿率群臣于中路迎之。"八王领旨，即日率众臣于白马驿中等候。忽报北地旌旗蔽日，尘土遮天，想必杨家军马来到。八王听得，引众人出驿观望。不移时，前哨报入杨令公军中，道知大朝官员驿前迎候。令公即下马前进，见两边百官，衣冠侍立门上，击鼓相迎。八王当先施礼曰："奉主公宋君之命，为令公远涉风尘，特遣众臣于中途迎候。"令公初到，未知是谁，犹有倨色。呼延赞恐其失礼，乃近前谓令公曰："此是宋君嫡侄金简八王也。"令公大惊，便拜伏于路旁。八王连忙扶起，与令公同入驿舍。早已安排下相待酒醴，从臣济济，殷勤相劝饮酒。杨家军马驻扎于驿营，宿了一宵。次日，八王与令公并辔而行，前到宋营。近臣奏知太宗，太宗下命宣入。八王引令公朝见，拜伏帐外，稽首请罪。太宗深加慰劳，授杨业边镇团练使之职，统率所部；候班师回京，再议升擢。业受命而退，以带来军马驻于城南，按甲不出。太宗下令，诸将仍前急攻河东。

　　是时，刘钧闻报应州反了杨业，归顺大朝，惊得神魂飞落，寝食俱废。宋齐丘与丁贵等只得婴城拒守。宋师连攻数日不下。潘仁美分遣诸将，筑长围攻击，金鼓之声，达于内外。城上矢石，交下如雨。丁贵等欲舍死抗敌，入见刘钧，乞借兵于大辽，以救国难。刘钧允奏，遣人星夜诣大辽求救。不题。

小圣感梦取太原　太宗下议征大辽

却说太宗以太原久围不下，于二月初三日，亲至军前，督战益急，高怀德、呼延赞等分门攻击。城堞皆崩，杀伤甚众。太宗手诏谕汉主出降。使者至城下，守陴军不纳。太宗大怒，与诸将卫士进屯城下，列阵于前。南北军对射，矢集城上如猬毛。是夜，太宗宿于中营，隐几而卧。忽闻报云："夫人至矣。"太宗开眼视之，见三四十黄巾力士，迎着一乘轿来。须臾，有妇女从轿中出，取过白帖一张，付与太宗。太宗问曰："卿乃何人？"妇人答曰："妾乃河东小圣，今献小计，来见我主。"太宗看纸上写着八个字云："壬癸之兵，可破太原。"太宗看罢，觑那妇人，忽然不见。觉来却是一梦，将近五更。太宗亟召八王、杨光美入营中详梦。光美曰："壬癸属北方，莫非教陛下从北门攻打，可破太原？"太宗然其言。次日，下令诸将，急攻北门。是时汉主外援不至，饷道又绝，城中大惧。先夜梦见金龙一条，从北门随水滚入，城尽崩陷。惊觉，天色平明。忽报宋君降手诏，遣人于城下谕降，终保富贵。刘钧见势倾危，又得此梦，亟召文武诸臣议曰："吾父子在晋阳二十余年矣，安忍以祸加百姓？若不即降，必有屠城之惨，我心何安？不如投降，以安百姓。"群臣闻之，无不下泪。人报："国舅赵遂，已开水北门，领宋师入城矣。"刘钧乃哭入宫中。

潘仁美当先进城，遣人传旨与汉主："宋君宽仁大量，并无加害之意。"钧始放心，乃遣李勋赍印绶文籍，奉表乞降。太宗下诏许之。车驾进北门城台，设宴奏乐，与从臣于台上酣饮。汉主率官属，缟衣纱帽，待罪台下。太宗赐以袭衣玉带，召使登台。汉主叩头谢罪。太宗曰："朕以吊民之师至此，岂能加害？但放心无忧也。"汉主谢恩已毕，因请车驾入太原府中。百姓香花灯烛，排门迎接。太宗升堂坐定，北汉诸官皆拜降于堂下。太宗宣授刘钧为检校太师、右卫上将军，封彭城郡公，仍领河东。按：北汉刘崇，于后周太祖广顺元年据太原称主，统州十二，迄刘钧四世二十九年，至是降宋。太宗凡得州十，县四十，户十三万五千二百二十。如是河东悉定。静轩有诗曰：

投降敌国胆生寒,圣主驱随驾两骖。
总为吊民非好战,马前不信是张堪。

太平兴国四年,太宗下议班师。潘仁美进曰:"河东地控幽州,契丹屡为边患。今陛下车驾在此,军士效命。可乘破竹之势,平定辽东,诚千载一时之功也。"道未罢,杨光美进曰:"河东初定,军士披坚执锐者日久,且粮饷不继。陛下宜回车驾,徐定进取。"是时众论纷纷,太宗未决,起入行宫,召八王、郭进、高怀备一班战将入议其事。先是,围太原时,从军或不知太宗所在,军中或欲议立八王,八王不肯。及太原既定后,太宗闻之,故意久不行赏。八王曰:"太原之赏,不及将帅;今又将有大辽之行,军士不堪。莫若依光美之议,班师回京,诚为上计也。"太宗怒曰:"待汝有天下,当自为之。"高怀德曰:"潘招讨所论,欲建边防之大计。此去幽州,咫尺程也,若使功成,太平指日而见矣。望陛下从其议。"太宗意乃决。次日下命,以礼部郎中刘保勋知太原府事,车驾离太原,遂伐辽。分遣诸将及杨家兵,望幽州征进。

时值暮春天气,但见:

山桃拥锦,岸柳拖金。时闻村酒出篱香,每见墙花沿路吐。丝鞭袅袅,穿红杏之芳林;骢马驰驰,嘶野桥之绿水。随驾心忙嫌路远,从征意急恨行迟。

大军一路无词,不日来到易州下寨。潘仁美遣人下战书于城中。守易州者,辽之刺史刘宇。听知宋兵来到,正与牙部郭兴议战守之策。忽报宋营遣人下战书。刘宇得书,回问郭兴曰:"公所见何如?"兴曰:"据小可之见,宋师即日平定河东,乘此胜气来到,安能拒之?不如遣人前诣军中,察彼动静,献城纳降,可保万全也。"刘宇曰:"此行非公不可。"

小圣感梦取太原　太宗下议征大辽

郭兴慨然领命，径赴宋营，见高怀德端坐帐中，兴心甚恐。及入帐，怀德问曰："大军临城，汝来见我，有何高论？"兴曰："天兵如雷霆，逆而当者，无不齑粉。今主将特遣小可陈乞降之状，以救一城生灵也。"怀德大喜，即引见潘招讨，道知其由。仁美曰："彼既投降，当令明日开城，迎接车驾。"郭兴拜辞而去。次日，与刘宇开城出降，迎接太宗车驾入府中驻扎。凡得兵二万，粮草一十五万，骏马六百匹。太宗封刘宇官职如旧。下令进取涿州。

守涿州者，辽判官刘厚德，已知宋兵下了易州，召部下商议。部署詹廷珪进曰："宋君仁明英武，统一有机。不如开城迎降，以图富贵。"厚德闻言，即遣人于宋营中乞降。潘仁美得报，次日，护车驾进涿州。厚德拜于堂下请罪，太宗抚而纳之。是时太宗军马出师二十余日，平定二州。后人有诗赞曰：

干戈一指入辽封，敌将开城节使通。
圣主威风千里远，黎民争应道途中。

消息传入幽州，萧太后大惊，亟聚文武商议。左相萧天佑出奏曰："陛下不劳惊虑，臣举二人可敌宋兵。"萧后问曰："卿举谁人？"天佑曰："大将耶律奚底、耶律沙，智勇足备；若使部兵迎敌，必能成功。"萧太后允奏，即令耶律休哥为监军，耶律奚底、耶律沙正副先锋，统领五万精兵前行。休哥等得命，部兵出城。南北营寨，旗鼓相接，兵势甚盛。哨马报入潘招讨军中，仁美集诸将议战。呼延赞曰："小将先试一阵，以挫辽兵之威。"仁美允之，付与步军八千。高怀德曰："小将前往相助，共建功勋。"仁美亦与马军八千。赞与怀德皆引军去了。分遣已定。

次日，鼓罢三通，列阵于幽州城下，宋军北向，辽军南迎。辽将耶律奚底全身披挂，跃马当先。宋将呼延赞横枪勒马，立于门旗之下，问曰："来者何人？"耶律奚底怒曰："萧太后驾下大将耶律奚底是也。"赞骂曰："辽蛮匹夫！敢来争锋耶？"即跃马举枪，直取奚底。奚底绰斧迎战。两下呐喊。二将战上数合，不分胜负。番将耶律沙一骑飞出，双战呼延赞。呼延赞力敌二将不退。忽宋军中銮铃响处，高怀德纵骑当先，舞枪抵住耶律沙交锋。四匹马踏动征尘，南北军箭矢交射。从早晨战至日午，胜败未决，两下互有相伤。呼延赞扬声曰："马力已乏，明日再战。"乃各收军还营。

第 十 二 回

高怀德幽州大战　宋太宗班师还汴

却说呼延赞与高怀德归至营中，道知辽将英雄，未决胜负。仁美曰："耶律沙乃辽之骁将，汝等当慎而战之。"赞等退出。仁美入奏太宗曰："辽兵势锐，今日之战，恐不能取胜，臣甚忧虑。"太宗曰："朕亲临战阵，与番将一决雌雄。"八王进谏曰："陛下当保重，自有诸将出力，不必亲犯矢石也。"太宗不听，次日，竟下命督诸将来战。

却说耶律休哥正与众将议敌宋兵之计，哨报："宋兵倾营而来，要与元帅决一胜负。"休歌闻报，谓耶律沙曰："大将耶律学古屯守燕地，正扼宋师之后，可令其出兵，袭宋兵后阵，吾与诸将整兵于高梁河。"北兵刚列开阵势，望见宋兵漫川塞野而来。前锋呼延赞跑马出阵，高叫："番将选勇者来斗。"话声未绝，北阵中耶律沙横刀而出，厉声喝曰："宋将速退，免受擒戮。"呼延赞挺枪直取耶律沙。耶律沙抡刀来迎。两马相交，连战三十余合，不分胜负。北将耶律奚底飞骑挥斧，从旁攻入。高怀德一马当先抵住。两下金鼓齐鸣，旌旗乱滚。

四将鏖战之间，忽宋军阵后数声炮响，如山崩海涌之势，辽将耶律学古部劲卒冲击而来。宋军正不知何处兵马，先自溃乱，阵脚团结不住。耶律休哥在将台上，望见宋阵已动，出一支生力军马，直冲其中。太宗急下令诸将护驾。潘仁美闻此消息，骤马拚死来战，正遇耶律休哥兵到，交马只一合，将仁美截于马下。郭进看见，一骑抢出，救之而还。是时连营去远，诸将逢着敌手，战之未下，及闻太宗有难，乃各抛弃来救。太宗已单骑杀出围中，落荒望汾坝而走，被耶律休哥部将兀环奴、兀里奚二骑乘势追逼。

　　南营杨业看见，顾诸子曰："主上有难，何不救之？"杨延昭匹马当先，喝声："辽蛮慢走！"兀环奴激怒，抡刀便砍。延昭挺枪迎敌。战不两合，被延昭当胸一枪，刺落马下。杀散追兵，见太宗立于坝上。延昭曰："陛下之马何在？"太宗曰："已被乱矢所伤，不堪骑乘。"延昭曰："可急乘臣马，臣当步战杀出。"太宗恐延昭无马，不能胜敌，乃曰："卿当乘马而战，吾只乘驴车而走。"延昭曰："敌兵来得多矣，陛下速上马，宁可伤臣，望勿顾惜。"正在危急之际，适杨七郎单骑杀入，见延昭曰："宋兵战阵已乱，哥哥何不急保主上而走？"延昭曰："汝以所乘马与圣上骑，吾当先杀出。"七郎扶太宗上马。延昭怒声如雷，突出重围，正被兀里奚众军拦住。延昭咬牙觑定兀里奚，一枪刺去，正中咽喉而死。绕过西营，北兵矢石交下，延昭透不得重围，恰遇杨业、高怀德、呼延赞三将冲溃杀来，救出太宗，走奔定州。此处可见杨延昭之勇。后人有诗赞之曰：

　　　　斩坚入阵救君王，敌将争迎致灭亡。
　　　　未入中朝先建绩，将军名望至今香。

　　潘仁美收拾残军，但见尸首相叠，血流满野，宋兵折去八九万，丧其资械不可胜计。于是，易、涿等州复归于辽。耶律休哥已获全胜，乃收军还幽州。不题。

　　却说太宗走入定州，众将陆续都到。八王等进前拜谒。帝曰："今日若非杨业父子力战，朕几一命难保。"八王曰："陛下百灵相助，贼兵自不能伤。自今还当保重圣躬，不宜亲冒险地。设使诸将一时不及救应，谁为陛下计哉？"太宗点头以应。即召杨业入帐中，赏以缎帛二十匹，黄金四十两。因谓之曰："权以赐卿，聊为相信之礼。候班师之日，再议报功。"杨业再拜受命而出。八王奏曰:"运饷不给,军士凋丧,乞陛下班师还京,以慰臣民之望。"太宗从其议,即日下诏班师,以潘仁美为前队,杨业为中队,其余诸将各以所部护驾在后。旨令既下,诸将准备起发定州,望汴京而还。有诗为证:

泽国江山入战图,生民何计乐樵苏?
凭君莫话封侯印,一将功成万骨枯。

大军一路无词,不日归到汴京。文武群臣朝见毕。太宗曰:"朕以幽州之辱,常悬胆以报雪。汝众臣各陈所见,为朕熟筹之。"司徒赵普与参知政事窦偁、郭贽等奏曰:"陛下以甲兵之利,府库之富,何患丑贼不灭哉!但以军士围太原已久,疮痍未复,须待秋高马肥,蓄威养锐,徐图进取,未为晚也。"太宗从其议,下命宴征太原将士于崇元殿。是日,君臣尽欢而散。

次日降敕:封杨业为代州刺史兼兵马元帅之职,其长子以下,俱封代州团练使。居第于金水河边无佞宅,赐赉甚厚。群臣奏以杨业未立大功,封赐过重。帝曰:"朕以信义处人,岂可有失于臣下?"竟下命。杨业复上表,辞其众子之职。表曰:

臣杨业稽首拜言:窃谓圣明在上,万物同春。臣僻生边鄙,赋性粗率。文不能立国,武不能定乱。蒙陛下覆载之仁,浩荡之德,赐第宅于金水之河,授敕命以代州之任。于此宏恩,使臣虽碎骨捐身,莫能效命于万一。日夜怀惧,惟思报本。臣愚蠢之子,未见寸功于朝廷,而皆得团练使之职。恩命既下,中外骇焉,臣何敢当。乞陛下以赏罚为慎,追还众子之诰,使臣得免滥受之罪,以图尽职。频思致命,不胜幸甚。

太宗览表降旨，准其所请，杨业谢恩而退。是时边警暂息，烽火不闻。太宗日与群臣在宫中，讲论治道，计议藩镇将帅，或升或调，皆得其宜。

话分两头。却说耶律休哥自胜宋师以归，颇有张大之志，萧后甚倚为重。正值萧后设宴以待文武诸臣，耶律休哥进曰："往者以陛下福荫，出军迎敌宋师，臣仗诸将用命，杀之败衄而去。今臣欲乘宋师走归之后，人怀内惧，谨领精兵，直捣汴京，以报围困幽州之辱。乞陛下允臣所请。"萧后曰："以卿所论，诚忠言也。只恐宋师人强马壮，未可进取。"燕王韩匡嗣曰："臣愿与耶律将军同出兵伐宋，审机而进，自有成绩。"太后依奏降旨，以韩匡嗣为监军，耶律休哥为救应，耶律沙为先锋，率精兵十万伐宋。匡嗣等受命，即日兵出幽州，望遂城进发。

时值九月天气，但见：寒风落叶秋容淡，鸿雁声悲旅思中。辽兵进发数日，始至遂城西北五十里下寨。守遂城者，宋将刘廷翰，听得辽兵骤至，与副将崔彦进、李汉琼等议曰："辽人以主上兵败而回，乘此锐气，特来围城。将何以退之？"彦进曰："若与之战，胜败不可知。当用诡计，竖起降旗，诱其入内擒之，可一鼓而成功也。"廷翰曰："此计固妙，但恐其有疑，不纳我等降如何？"汉琼曰："先以粮饷进之。彼见我情之真，决无不纳。"廷翰大喜，则遣人入燕营中济饷请降。韩匡嗣曰："汝主来降，将何为信？"差人曰："先献钱粮与元帅，充军饷之用，然后率众纳款。"匡嗣信而允之。耶律休哥进曰："宋军气势不弱，今未交锋而请降，此诱我之计也。元帅宜整军待之，勿信其言。"匡嗣曰："彼以粮饷与我，岂有不真？"遂不听休哥之谏。

次日，兵泊城下。廷翰得差人回报之语，即整点军马，令崔彦进率马军一万，屯城东门，待辽兵入城后，斫破其营。彦进领兵去了。又唤李汉琼领步兵一万，屯城西门，敌人若到，放下闸桥，乘势擒之。汉琼亦领命而行。廷翰分遣已定，自率劲卒，密出南门，作救应之兵。

第 十 三 回

李汉琼智胜番将　　杨令公大破辽兵

却说韩匡嗣遣人缉探动静,回报:"宋人大开西门,并无只骑来往。"匡嗣不信,自率轻兵来看。首先进入壕堑,见吊桥装点齐备。燕护骑尉刘雄武进前谏曰:"元帅不可轻入,适望城中,隐隐似有刀兵之状,若不亟退,堕其计矣。"匡嗣猛省曰:"汝之言是也。"即令后军慢进。忽门闸边数声炮响,如天翻地塌之势。李汉琼引步军抽起壕闸,当先杀出。韩匡嗣大惊,勒马便走。汉琼提刀追来,辽将刘雄武奋勇迎敌。二骑相交,战不数合,被汉琼一刀劈于马下。宋兵竞进。辽兵大败,自相践踏,死者不计其数。耶律沙一骑飞来,保救匡嗣,杀向旧营。崔彦进引马军斩坚而入,正遇耶律沙交锋。耶律沙见宋兵势大,不敢恋战,拼死与匡嗣夺围走奔易州。彦进掩兵追击。辽师拔营而逃,遗弃辎重殆尽。刘廷翰从城南绕进,与彦进等合兵追赶。独耶律休哥以中军力战不退。廷翰乃收军还城。休哥引残骑回见匡嗣,言宋兵太甚,一时无策,可亟转幽州,再作商议。匡嗣忧惧无已,只得率众归奏萧后。

萧后闻知败兵折将之由,急召耶律休哥问曰:"出师未逢大敌,如何便致丧败?"休哥以宋人用诈计相诱奏知,后曰:"军中有汝在,何不参其议?"休哥曰:"臣亦曾谏,匡嗣以臣所料太过,乃致误遭奸计也。"后大怒,下旨斩韩匡嗣,以正国法。耶律沙等力救曰:"匡嗣之罪,本不容辞,念其为先帝之臣,乞陛下赦之。"后怒稍解,乃削其官职,黜退为民;下令着耶律休哥为主帅,耶律斜轸为监军,再统十万精兵,伐宋报仇。旨令既下，休哥等克日出师征进。

忽哨马报入遂城，刘廷翰集诸将议曰："辽兵乘锐而来，要与我等死战，只宜坚守。一面遣人申报朝廷，待救兵一至，而后议战，则破辽兵如拾草芥耳。"众人遵令，各分门而守，按兵不出。

是时汴京已有边报奏入："近日宋辽鏖战，宋师大胜。"君臣正在议论间，忽奏："辽兵又犯遂城，乞发援兵相济。"太宗闻奏，谓众臣曰："遂城乃幽燕之咽喉，辽兵既出，势所必争。若使遂城有失，则泽、潞二州亦不可守。谁领兵救之？"杨光美进曰："杨业父子，常欲立功，以报陛下。若委之以此任，破辽师必矣。"太宗依其议，即授杨业幽州兵马使，部兵五万，前救遂城。业得命，欣然而行。令长子杨渊平监领余军，自率延德、延昭，克日兵离汴京，望遂城进发。来到赤冈下寨，隔遂城不远，先使人报知城中。刘廷翰知是杨业来救，大喜，召诸将议曰："杨业世之虎将，辽兵非其敌也。汝等但整饬器械相应。"彦进等各去整备，不题。

却说杨业部父子之兵，于平原旷野，排开阵势。忽见一彪军，旌旗蔽日，尘土漫天。杨业出阵视之，一员大将，唇青面黑，耳大眼睁，乃耶律沙也。横刀勒马，上前曰："来将是谁？先报姓名。"杨业笑曰："无端逆贼，妄生边衅。今日救死且不暇，尚敢问吾大名哉？"耶律沙顾谓军中曰："谁先出马，挫宋师一阵？"言未罢，骑将刘黑达应声而出，纵马舞刀，直取杨业。杨业正待亲战，五郎杨延德一骑飞出，抡斧抵住交锋。两下呐喊，二将鏖战。刚刚战到第七个回合，延德卖个破绽，转马绕阵而走。黑达要建首功，骤马追来，马尾相接。延德绰起利斧，回马当面一劈，黑达连头带盔，撞翻马下而死。番将耶律胜纵骑提刀，要来报仇。杨延昭挺枪迎战。两马相交，杀做一团。延昭奋枪一刺，耶律胜翻鞍落马，血测尘埃。正是：

阵上番官拚性命，征场宋将显威风。

李汉琼智胜番将　杨令公大破辽兵

杨业见二子战胜，驱动后军，冲入北阵。耶律沙舞刀力战，不能抵敌，跑马望中军逃走。杨业一骑，左冲右突，如入无人之境。番兵大乱，死者无数。刘廷翰开了西门，引兵抄出。耶律斜轸拔寨走奔瓦桥关。廷翰与杨业合兵进击，杀得番兵尸首相叠，血荡成河，得其辎重衣甲极多。

杨业既获全胜，驻师遂城之南，与诸将议曰："辽将走据瓦桥关，我当乘此锐气，剿灭番兵。"刘廷翰曰："耶律休哥智勇之将，今既远遁，元帅暂且息兵遂城，审机而进。"杨业曰："兵贵先声，使敌人不暇为谋，此取胜之道也。公等勿虑，只管进兵。"诸将得令，直杀奔瓦桥关；扬旗鼓噪，列阵于黑水东南，兵势甚盛。

是时，耶律休哥等听知宋师长驱而来，与耶律斜轸议曰："杨家父子真劲敌，杀我将如斩瓜切菜，无人敢当。今来攻围瓦桥关，只可据守，不可与战。待彼粮食将尽，而后战之，可雪前耻矣。"斜轸然其议，下令诸将，协力坚守关口，按甲不出。宋师乘势攻击，关上矢石交下，人不能近，惟远远哦围而已。一连攻打十数日，不能成功。杨业亲引数十骑，出关审视地理。远望靠左一带，尽是草冈，乃辽将屯粮之所，右边通黑水，番兵皆据岸而营。

杨业看了一遭，入军中召刘廷翰议曰："贼兵坚守不出，其志将待我食尽，而为攻袭之计。乘今北风夜作，寒冬天气，关左草木焦枯，若用火攻之计，可破此关也。"廷翰曰："令公之论，与小将暗合，惟虑耶律休哥测破。"业曰："吾自有智伏之。"即令军人捉一乡老来问之曰："瓦桥关左侧，有小路可入否？"乡老曰："止有一条樵路，人马不堪行。只今辽兵用木石塞断其处，难以通透。"令公听罢，以酒食赐乡老而去。召过延德谓曰："汝引步军五千，卸去戎装，秘密偷出樵路，人各带火具，候在交兵之际，即便举起。"延德领计去了。又唤延昭入曰："汝带马军五千，乘黄昏直渡黑水；敌贼必出兵半渡来袭，便复登岸而走，吾自有兵应接。"延昭亦领计而去。杨业复谓刘廷翰曰："公与崔彦进率所部,待吾儿退走,沿岸接战。敌兵若见关后火起,必先慌乱,可获全胜。"廷翰慨然而行。杨业分遣已定,自引中军在高处了望。

却说耶律斜轸见宋兵攻关不下,自与诸将谈论饮酒,遣人缉探宋师动静。回报:"宋师将渡黑水,暗袭燕城。"斜轸笑曰:"人言杨业善用兵,徒有虚名耳。"因遣耶律高领精兵五千,据岸而守,乘敌半渡逆击之,可破其众。耶律高领兵去了。又遣耶律沙、韩遥部兵一万,袭宋营垒。分拨已定,自与休哥等整兵接应。将近黄昏,杨延昭引兵直趋黑水,众人各携土囊,从下流而渡。未过一半,耶律高即率精兵乘势杀来。延昭军马复奔回南岸。辽将已渡过水,与延昭交锋。延昭且战且走。俄而信炮响亮,两岸箭弩如雨。刘廷翰等斩坚而入,正迎着耶律高交锋。耶律沙与韩遥二骑冲突宋营,喊声如雷,奋勇而进。杨延德步兵已偷过樵径,听得前面金鼓不绝,知是交兵,令部下点起火具。正值夜风骤起,火势迸发,一时满天红焰,番兵守粮者各自奔溃。耶律高见关后火起,急杀回原路,被廷翰赶近前,斩落水中。比及耶律沙已知中计,复引兵来救,杨延昭、刘廷翰等合兵进击,辽兵大败,各抛戈弃甲逃生。杨延德引兵从关后攻出。耶律休哥保斜轸杀奔蓟州,宋师遂乘机夺了瓦桥关。天犹未明,烟焰正炽,杀死番兵无数。次日平明,诸将各上其功。杨业曰:"乘此破竹之势,数节之后,迎刃而解,可进兵围燕城。"廷翰曰:"令公威名已振,辽将已皆胆落。然今粮饷不继,未可深入敌境。"令公然其言,遂驻师于瓦桥关。

却说耶律斜轸又败一阵,不胜愤怒,与众将整兵欲来决一死战。休哥进曰:"胜败乃兵家常事,元帅不必深耻。可奏知主上,得助兵来应,然后宋师可破也。"斜轸从其言,即差人来奏萧后。萧后闻奏屡败,乃大惊曰:"宋师是谁用兵,能如此胜敌?"来军奏曰:"河东山后令公杨业也。"萧后曰:"久闻此老号'杨无敌',名不虚传矣。"即遣大将耶律奚底率兵五万救之。奚底得旨,即日兵出幽州,不题。

第 十 四 回

犒将士赵普辞官　　宴群臣宋琪赋诗

却说哨马报入杨业军中，业与众将议曰："既辽兵复出，且缓其战。待我报捷朝廷，粮饷充足，须平定燕幽，然后班师。"廷翰等然其议。业即遣团练使蔡岳归奏太宗。太宗闻知连胜辽兵，且大军直进燕幽，心中大悦，因问辽之消息如何。岳曰："辽将不胜其辱，今复益兵来战。杨主帅屯扎瓦桥关。近因粮食不充，未敢进兵，特遣臣赴阙奏知。"太宗与群臣商议，欲亲征大辽。枢密使张齐贤上疏奏曰：

圣人举事，动出万全。百战百胜，不如不战而胜。若重之谨之，戎狄不足吞，燕蓟不足取。自古疆场之难，非尽由戎狄，亦多因边吏扰而致之。若缘边诸塞，抚御得人。但使峻垒深沟，蓄力养锐，自逸以处，宁我致人！所谓择卒未如择将，任力不及任人。如是则边鄙宁，而河北之民获休息矣。臣又闻：家六合者，以天下为心。岂止争尺寸之土，乘戎狄之势而已。是故圣人先本而后末，安内以攘外。是知五帝三王，未有不先根本者也。尧舜之道无他，广推恩于天下之民尔。推恩者何？在安而利之。民既安利，则戎狄敛衽而至矣。

疏上，太宗以示赵普、田锡、王禹偁数臣。赵普奏曰："齐贤所陈，当今之急务也。乞陛下召还杨业之兵，敕帅将严设边备，则幽燕不能为中原患矣。"太宗允议，即日下诏遣使，召还伐辽之师，不题。

却说杨业在关中得圣旨来到，与诸将议曰："朝廷既有班师之命，可将将士分作前后而行，以防北兵追袭。"延德进曰："所难得者，机也。大人连胜辽敌，再假十数日之程，直捣幽蓟，取其地舆而归，以报朝廷知遇厚恩，岂不美哉？"业曰："吾亦有志如此，奈何君命既下，若不还军，反有违抗之罪；纵建微功，亦不足偿也。"延德乃不复敢言。次日，令刘廷翰等因守遂城，自率所部离了瓦桥关，径望汴京而回。静轩咏史诗曰：

功在垂成诏即行，堪嗟机会竟难凭。
陈家谷口忠勤念，千古今人恨不平。

杨业既至京都，朝见太宗。太宗深加抚慰，赐赉甚厚。因令设宴犒赏征辽将士，君臣尽欢而散。

次日，赵普辞罢丞相之职。帝曰："朕与卿自布衣知遇，且朝廷赖卿扶持，何以辞职为哉？"普曰："臣已老迈，不能理繁，乞陛下怜臣枯朽之体，允解政事，则生死而肉骨矣。"太宗见其恳切，遂允其请，罢普为武胜军节度使。普拜受命，即日辞行。帝于长春殿赐宴饯行。酒至半酣，帝于席中谓普曰："此行只遂卿之志，遇有急事商议，卿闻命之日，当即随使而来，勿负朕望。"普离席领命。帝深有眷恋之意，亲作诗以送之曰：

忠勤王室展宏谟，政事朝堂赖秉扶。
解职暂酬卿所志，休教一念远皇都。

普奉诗而泣曰："陛下赐臣诗，当勒之于石，与臣朽骨同葬泉下。"太宗闻其言，亦为之动容。君臣各散。赵普至中书省辞僚属宋琪等，因道主上之恩，不胜感慕。琪曰："主上以公极知之爱，而有眷恋之情。此去不久，当复召也。"普取出御诗涕泣曰："此生余年，无由上报，惟愿来世，得效犬马之力。"琪慰抚甚至，送之而出。普径赴武胜。不题。

翌日，太宗设朝，群臣朝见。帝谓宰相曰："普有功国家，朕昔与游。今齿发衰谢，不欲劳以庶务，择善地以处之，因赐诗以道其意。普感激泣下，朕亦为之堕泪。"宋琪对曰："昨日普至中书省，与臣道及陛下之恩，且言来生愿效犬马之力，今复闻陛下宣谕，君臣始终，可谓两全。"帝然之，以宋琪、李昉知平章事，李穆、吕蒙正、李至参知政事，张齐贤、王沔同金署枢密院事，寇准为枢密直学士。琪等拜受命而退。

是岁改元为雍熙元年。冬十月，太宗想起华山隐士陈抟。抟，亳州真源人，尝举唐长兴中进士不第，遂不复官禄，以山水为乐。因服气辟谷，日饮水数杯而已。历二十余年，乃隐华山云台观。每寝处，多百余日不起，故俗人有"大睡三千，小睡八百"之语。先是，抟乘驴过天津桥，闻太祖克汴，乃大笑堕驴曰："天下自此太平矣。"至是太宗遣使，召之赴京。陈抟得诏，随使朝见。太宗待之甚厚，谓宰臣曰："抟独善其身，不干势利，所谓方外之士也。"乃遣中使送抟至中书省。宋琪等延接殷勤，坐中从容问曰："先生学得玄默修养之道，亦可以教人乎？"抟答曰："小道山野之人，于时无用，亦不知神仙炼丹之事，吐纳养生之理，非有方术可传。假令白日升天，亦何益于世？今主上龙颜秀异，有天人之表；博达古今，深究治乱，真有道仁圣之主也。正是君臣协心同德，兴化致治之秋。勤行修炼，无出于此。"琪深服其言。次日奏对，以陈抟所言上陈，太宗诏赐号"希夷先生"，亲书"华山石室"四字赠之，放还华山。抟再拜受命，即日辞帝而出，自回华山。不题。

却说太宗以边境宁静，与臣民同享太平之盛，因下诏赐京师百姓饮酒三日。其诏曰：

王者赐酺推恩，与众共乐，所以表升平之盛事，契亿兆之欢心。累朝以来，此事久废，盖逢多故，莫举旧章。今四海会同，万民康泰；严禋始毕，庆泽均行。宜令士庶，共庆休明，可赐酺三日。

诏旨既下，京都士民，无不欢跃。至期，太宗亲自与群臣登丹凤楼，观士民乐饮。自楼前至朱雀门，设音乐，作山车、旱船往来。御苑至开封诸县及诸军，乐人排列于通路。音乐齐奏，观者满城，富贵无比。后人有诗断曰：

> 烽火烟消镇节安，君臣作乐夜深阑。
> 幽辽未下中原患，忘却当年保治难。

时雍熙二年春二月也。

次日，太宗宴群臣于后苑，召宰相近臣赐酒赏花，谓之曰："春气暄和，品物畅茂，四方无事。朕以天下之乐为乐，宜令侍宴诸臣赋诗赏花。"玉音既下，一人进曰："小臣不才，愿承命赋诗。"乃平章事宋琪也。即展花笺，援笔立书七言八句以进。其诗曰：

> 圣主飞龙俗美淳，乾坤总是一般春。
> 四方风泽被休教，万国怀来慕至仁。
> 浩浩舜恩邦尽戴，巍巍汤惠士皆亲。
> 微臣有愧无能补，鼓舞升平沐化新。

太宗览诗大悦，命取玉觞赐酒。李昉继进一首曰：

> 侍班上圣拟旒疏，融煦昭然德意孚。
> 饱暖四方咸底定，供输百姓自无虞。

犒将士赵普辞官　宴群臣宋琪赋诗

　　仰风琛贡来蛮貊，披泽讴歌沸道途。
　　际遇太平何以报？凤麟为瑞有珍符。

参知政事吕蒙正亦进一律曰：

　　恩敷喜动万方民，御极龙飞际圣人。
　　圣治及将休运启，嘉祥日送好音频。
　　均沾有域皆怀德，一视无邦不遂臣。
　　盛世愿赓儒馆颂，德音荣对玉墀春。

　　帝览罢三诗，乃曰："宋平章之诗，词语优游，太平气象也；李昉诗，清丽可爱；吕蒙正诗，品格清高，忠勤度量。皆可为法，然视宋平章气魄绝伦，自与二人不同。"因令中官，将三人之诗，勒于赏花亭下，以记君臣共乐之胜。中官承命而出。太宗又曰："国家虽值暂安，而武事不可息荒。辽蓟未平，朕日夕为忧。当今在席武臣及诸王，各务走马射箭，以较武艺。"宋琪曰："陛下所虑甚远，诚社稷之福也。"帝即命军校于后苑隙地，立起箭垛，离百步为界。武官分为两队，诸王穿红，将帅穿绿。诏旨既下，各带雕弓长箭，跨鞍立马听候。帝传令曰："能有射中红心者，赏其骏马、锦袍，射不中者，降出藩镇调用。"道声未罢，红袍队里一人，骤马持弓而出，众视之，乃秦王廷美也。勒动其骑，弯弓架箭，指定红心发矢，正中其处。看者暗暗称奇。廷美射中红心，竟跳下马，于太宗御前请命。太宗喜曰："吾侄技擅穿杨，真可御武。"遂赐袍、马，廷美谢恩而退。忽穿绿班中一将，涌身而出曰："小将愿试一箭。"视之，乃是大将曹彬。纵马开弓，拈弦架箭，一矢正透红心。观者无不叹羡。曹彬亦下马，拜伏于御前。太宗深加抚劳，赐马、袍而退。是日君臣尽欢而散。
　　秦王等既出后苑，暮过楚王元佐门首。元佐，帝长子，少聪慧，貌类帝,帝钟爱之。后发狂疾,时以新瘥不预。闻乐声透于堂中,问左右曰:"是谁夜过府门,而乐音透彻?"左右曰:"今日圣上宴诸王、武臣于后苑,皆较射为乐。适秦王射胜,赏赉马、袍而出,经过门首,送从之乐音也。"元佐怒曰:"他人皆得侍上宴赏,我独不在,是弃我也。"因发愤饮酒。至夜深,放火焚其宫室。城中大惊,官军一时赴救不灭。可惜雕梁画栋,绣阁琼楼,尽成灰烬。次日,太宗知其由,下诏废元佐为庶人,迁于均州安置。旨令已下,元佐怀惭无及,带从人径赴均州,不题。

第 十 五 回

曹彬部兵征大辽　　怀德战死岐沟关

却说耶律休哥等以宋师既退，欲报遂城之耻，未得机会。每遣人入汴京缉访，回报宋朝日以赏玩为乐，君臣酣饮之事。休哥闻此消息，入奏萧后曰："臣以出师未得其利，致败衄之罪，诚该万死。且臣职在戎伍，近闻宋朝君臣纵逸欲之乐，不修国政。今将部兵直捣汴京，定其疆界，庶报前日之耻。"后闻奏，乃曰："卿连年出师不利而还，宋之天下，未可即图，须徐议进取。"耶律沙又奏曰："难得者机会，易失者时月。正当乘其无备，一举可以成功。"萧后见众臣意向如此，乃下旨，以耶律休哥为监军，耶律沙为先锋，其下将士，各依调遣。休哥得旨，即日辞萧后，率精兵十万，由朔、云等州征进。

消息传入汴京，太宗闻知怒曰："丑羯奴恣生边衅，朕当亲征之。"因下诏示知。宋琪等奏曰："辽众犯边，帅臣云集，何劳陛下亲冒矢石，以损威重乎？只须遣大将御之足矣。"帝意未决。张齐贤亦力陈："若使车驾再动，则百姓劳苦，乞陛下念之。"帝允奏，乃以曹彬为幽州道行营前马步军水陆都部署，以招讨使潘仁美、呼延赞、高怀德等副之，率兵十五万众，征讨大辽。曹彬等得命，分遣诸将，克日入辞太宗。太宗谓曰："潘仁美但先趋云、朔，卿等以十万众声言取幽州，且宜持重缓行，不得贪利。彼闻大兵至，必悉众以救范阳，不暇援山后矣。"彬等受命而出。大军离了汴京，潘仁美、杨业、高怀德率兵三万，由寰州征进，曹彬、呼延赞由新城进发。正值暮春天气，但见：

路上残花随马足，原中飞絮点春衫。

且说曹彬部大众，来到新城五十里下寨。守新城辽将贺斯，听得宋兵来到，即引骑出城迎敌。两阵对圆，曹彬盔甲整齐，精神抖擞，立于门旗之下，谓辽将曰："吾主仁明英武，统一天下，为何不速降，以图富贵？"贺斯怒曰："汝无故兴入吾境，赢得手中刀，即便投降。"彬顾谓诸将曰："谁去擒此贼？"一将应声而出，乃呼延赞，挺枪跃马，直取贺斯，贺斯纵骑舞刀来迎。两下呐喊，二将战上三十余合，贺斯力怯，拨回马便走。呼延赞奋勇追上前去，兜背一枪，刺落马下，辽兵遂溃。曹彬驱动后军，乘势取了新城。

次日，兵进飞狐岭。守将吕行德听知宋兵已到，与招安使大鹏翼等计议曰："宋军势大，难以迎敌，不如解甲投降，庶免军士之苦。"鹏翼等曰："宋兵远来，必然疲乏，正好破之，如何便思屈膝？"遂帅所部军马迎敌。远见宋兵漫川塞野而进，鹏翼令军士团住阵脚，当先出马，大骂宋军："贪心无厌，深入吾境，杀得汝片甲不回。"宋阵中呼延赞挺枪出战。大鹏翼抢斧来迎。两马相交，战上五十余合，赞乃佯输，走入阵中。鹏翼骤马赶来，赞冷眼窥其渐近，大喝一声，鹏翼措手不及，被赞捉于马上。宋师涌进，贼兵降者无数。曹彬将鹏翼斩于城下号令。

次日，吕行德举关迎降。宋师又下飞狐岭，长驱进围灵丘。守灵丘辽将胡达引兵迎战。宋将呼延赞跃马厉声出曰："来将速下马投降，免受诛戮；不然，视前日为例。"达怒曰："猖狂匹夫！擒汝以献吾主。"即抢刀直冲宋阵，呼延赞举枪交还。二将战上一百回合，不分胜负。赞思："此贼勇力过人，须以智胜。"即勒回马绕阵而走。胡达拍马追之，转过东垒，赞按下长枪，掣出金鞭，敌将追骑刚到，呼延赞睁睛举鞭，劈脑一声响，胡达一命悠悠，死于鞭下。曹彬驱军掩击，贼兵大败，遂袭了灵丘，得其降卒五千，牛马辎重无算。曹彬谓赞曰："近来之战，将军功绩居多，吾固不及也。"赞曰："皆出元帅之妙算，小将何功之

曹彬部兵征大辽　怀德战死岐沟关

有？"彬大服其量。因遣人报捷于太宗。太宗惊曰："彼安得进兵如是之速耶？"乃遣使诣灵丘，令彬待仁美之众，一同进兵，庶能克敌。曹彬得旨，正在沉吟之间，忽报："潘招讨大军已出雄州，特来与元帅相会。"彬大喜，即遣骑军迎候。翌日，仁美来到灵丘，入见曹彬，道知已克寰、朔等州，降其刺史赵彦章、节度副使赵希贤等十数人。彬曰："此皆出于招讨致胜之功。今主上有旨，候在齐发，我等当整兵前进。"仁美然其言，即日领军望涿州而行。

却说耶律休哥等兵屯云州，听得宋师已进涿州，下令众军亟进，于涿州城南下寨，与宋营只去五里之地。休哥召耶律沙入谓曰："宋师深入吾地，势必跋涉。汝引马军二万，屯于城南，坚壁而守。候其用力稍竭，出劲兵袭之。"耶律沙依令去了。休哥又谓华胜曰："汝以步兵一万，屯灵丘险地，设伏于林中，以绝宋之粮道。"华胜亦领计而行。休哥分遣已定，夜则令轻骑入宋营掠其单弱，昼则以精锐张其声势。

是时，曹彬督诸将于城下搦战。辽兵按营不出。宋师望见辽师精锐，不敢轻进，夜间不胜其扰。一连驻了十数日，军中粮饷不继。遣人打探，回报曰："近日粮草屡被辽兵所掠，不能前进。"曹彬大惊，与仁美等议曰："吾众深入敌境，粮草不继，倘被辽帅得知，出兵来袭，是自取其败也。不如撤围退雄州，以待运饷充足，再议进取。"仁美然其言，即下令将军马退入雄州，遣人入汴京奏知，以援馈饷。

太宗闻奏，大惊曰："岂有敌在前，反退军以援刍粮？失策之甚也。"急遣使止曹彬等，令其引兵沿白沟河而进。使者得命，径诣雄州见彬，传示敕命。彬等闻命，与诸将商议进兵。潘仁美曰："贼势方锐，且地理不熟，莫若据雄州待之，为上计也。"高怀德进曰："若逗留不行，使敌人知吾粮尽，乘虚来袭，反为失计；不如先声而进，或可得志。"彬见众论纷纷，不得已，乃下令，军士各裹粮带食而进。将近涿州，耶律休哥听得宋师骤至，令人道知耶律沙等，乘虚出兵。又遣耶律呐部兵一万，埋伏巢林待敌。休哥分遣已定，自与耶律奚底引劲卒，出歧沟关迎战。

将近日午，宋师行了一日一夜，且兼暑月，人马饥渴。恰遇耶律休哥军马一齐摆开，威势甚壮，宋师颇有惧怯。南将高怀德首先出马，大骂："辽贼速降，饶你一死。"耶律奚底激怒，纵骑舞斧，直取怀德。怀德举枪来战。两马相交，战将五合，奚底拨马便走，怀德引骑追之。曹彬催动中军而进，耶律休哥接住交锋，且战且走。宋师已入关口，忽巢林一声炮响，耶律呐伏兵齐起，将宋师冲作两截。曹彬大惊，跑马便回，番兵万弩竞发，彬所坐马已中流矢而倒。正在危急之际，呼延赞一骑冲到，急叫曰："主将可随吾杀出。"赞在前，彬在后，拚死杀透重围。时耶律沙之兵，抄入潘仁美南营，将仁美围在垓心。高怀亮力战不退。赞保彬走回本阵，见南方杀气连天，谓彬曰："必是宋师遭围，吾往救之。"即勒马而进。正遇仁美头盔尽落，徒步而来。赞杀散追兵，保仁美而回。怀亮与耶律沙大战，后面无接应军马，被耶律沙赶到关口，一刀斩之。比及高怀德冲围来救，耶律休哥挥动辽兵追杀。怀德血映袍铠，从骑丧折殆尽。耶律呐部兵又到，箭如飞蝗。怀德臂中巨弩，拔矢洒血复战，手斩番兵数十，见势危迫，料不能退，乃思曰："吾为宋朝大将，莫被敌兵所辱。"遂马上自刎而亡。可怜高怀德兄弟二人，竟死于难。静轩读史至此，有诗曰：

血战当年报主忠，斩坚入阵几千重。
英雄功绩今何在？回首沉吟夕照中。

高氏兄弟阵亡之后，耶律休哥等合兵一处，乘势追赶。又值暑雨暴下，宋师无复行伍。呼延赞保着曹彬、潘仁美等，走到马河，闻后军报道："高怀德兄弟二人俱战死阵中。"彬等不胜哀感。忽听战炮连天，耶律休哥追兵杀来。曹彬不敢停留，连夜渡河而走。辽兵已追及，杀死及溺河中者不计其数。休哥等以宋师已渡河去，乃收军还营。次日，河中

曹彬部兵征大辽　　怀德战死岐沟关

浮尸蔽满，水亦为之不流。岐沟关下，委弃盔甲辎重，积如丘山。曹彬等退保新城。计点将士，折去六万余人。遣人入汴上表请罪。太宗闻奏大惊，曰："此是寡人虑事不周之过矣！"即下诏遣使，召曹彬班师。使臣领旨，到新城宣知。曹彬得旨，以副将米信守新城，自与大队回汴京，朝见太宗，伏于阶下。太宗慰之曰："不知地势，遭贼兵所算，卿等今后当以是为戒。"彬谢恩而退，帝下诏，令呼延赞屯定州，田重进屯灵丘，以防辽兵再入。赞等领命而去，不在话下。曹彬自以出师无功，闷闷不悦，因上表力辞兵柄。太宗允奏，乃降彬为房州刺史。又追念高怀德之功，官其二子高麟、高凤为代州团练使之职。曹彬既受命，即日赴房州而去。自是闭门读书，不与人事相接。

却说耶律休哥大胜宋师，遣人奏捷于萧后，且请欲举兵南下。萧后得报大悦，因遣使诣涿州止之曰："须候秋高马肥，然后进兵。"休哥等得旨，乃按兵不行。边报传入京师，已知辽兵留镇云州，将为再寇之计。太宗得报，与群臣商议拒御之策。八王进曰："辽兵势颇猖獗。陛下只须敕边将修理战具，随机剿捕，使敌人疲于奔命，边患自息矣。"太宗然之，即下诏传谕近边帅臣，不题。

一日，太宗坐朝元殿，与侍臣议曰："先帝在日，于五台山许一香愿未酬，临崩之际，嘱朕亲往还之。今值国事少息，将备法驾一行，卿等当为朕料理。"玉音既下，寇准出奏曰："先帝虽有此命，然事当急其本而缓其末。近来与辽兵战斗连年，士马不宁。且五台山实乃辽之限界，耶律休哥拥重兵于云、朔等州，倘陛下车驾一动，敌人窥知，乘势来阻我众，那时谁为陛下计哉？宁可迟缓数年，候边境安息之时，还之未晚。此时决不可行也。"太宗半晌未应。潘仁美奏曰："臣举一人，保陛下前往，万无一失。"太宗问所举是谁？仁美曰："代州刺史杨业长子杨渊平，此人文武兼全，敌人畏惧。若护车驾而行，犹如泰山之安。"太宗大悦，遂下诏，以杨渊平为护驾大将军，带禁军二万，前往五台山。渊平得旨，准备戎伍伺候。不日，太宗车驾离汴京，三军迤逦望太

原进发。时值初秋天气,但见:

落叶萧萧风乍冷,雁声悲切客情孤。

第 十 六 回

太宗驾幸五台山　　渊平战死幽州城

却说太宗车驾既离汴京，一路行来，看看望见五台山不远。寺僧智聪长老率众迎接于龙津驿。车驾来到寺门外，引班官迎太宗进入方丈中龙椅坐定，文武列于两班。帝因下命，着仪司官赍过香礼与寺僧，于供佛案前摆列齐备。群臣随帝诣佛殿中。寺僧敲钟擂鼓，太宗躬下拜祷曰："朕今此来：一者为先帝之愿，今特来赛还；二者为生民臻太平之福，仰仗洪慈；三者乃愿皇图巩固，四海清宁。"帝祝罢，主典僧宣读诰文毕。是夕，太宗宿斋于元和宫。

次日，众臣奏曰："陛下香愿既酬，车驾当即还京，恐有细作不便。"太宗曰："朕深居九重，难得来此，与卿等暂留一日而行。"众臣再不敢奏。太宗遂令寺僧引路，邀侍臣步出寺外，观望景致。果见一座好山，前控幽州，后接太原，端然限界，中耸出一奇峰，层峦叠翠，万峰在目。有诗为证：

拥翠拖蓝叠秀奇，巍然势下别华夷。
分明指处尖峰顶，缥缈云霞接汉齐。

太宗看之不足，因指前一望之地问曰："野草连天，却是何处境？"潘仁美奏曰："此幽州也，古来建都之地，最是好光景。"太宗曰："朕当与文武诸臣，前去游玩一回。"八王急奏曰："幽州乃辽主萧后所居之地,陛下若往,是自投机阱也。速宜整车驾还京,免遭耻辱。"太宗曰:"昔者唐太宗平定辽东,未尝不亲临战阵。今朕有千军万马在此,岂惧萧后哉!汝众臣但随朕去无虑。"八王再不敢谏。

即日车驾离五台山,前至邠阳城地面。忽见旌旗蔽日,尘雾遮天。哨报:"前有番兵拦路。"太宗问:"谁可去探视?"一人应声而出,身长七尺,威风凛凛,乃保驾将军杨渊平也,奏曰:"臣前去擒取阻兵。"太宗允奏,渊平率马军杀奔前来。番阵旗门开处,一员辽将,生得面如黑铁,眼若流星,使一柄大杆刀,跨一匹赤鬃马,乃耶律奇,高叫:"宋人好好退去,饶汝一死。不然,自取擒戮矣。"渊平怒曰:"蠢尔番蛮,尚不缩头远避,敢来阻驾寻死耶?"即挺枪跃马,直取番将,番将舞刀来迎。两下呐喊震天,二将战做一块。耶律奇力怯,拨马便走,宋兵乘势赶入,番兵大乱,自相践踏,死者无数。渊平追去五里,回见太宗,奏知杀败番兵之事。太宗大悦,车驾遂进邠阳驻扎。

耶律奇收残军入幽州,奏知萧后:"今有宋帝车驾,驻在邠阳,臣被杀败而回。"萧后大惊,因问帝驾何以来此?近臣奏道:"前日在五台山还愿,顺便来此游玩。"后曰:"往者众臣尚要兴师去伐宋地,今有此机会,何不出去擒之?"言未毕,天庆王耶律尚奏曰:"臣愿部兵前往,擒取宋帝以献。"后曰:"更得一人助卿为上。"马鞑令公韩延寿进曰:"臣愿同往。"后大悦,即与骑军一万前去。耶律尚即日部军出幽州,前抵邠阳城下,围城四匝,水泄不通。

太宗车驾困在邠阳,深自悔恨,因令杨渊平出兵退之。渊平奏曰:"辽众初至,其势甚锐,若即与交锋,必不能胜。须停数日,一战可退。"太宗允奏。是时耶律尚亲督番兵,于城下紧攻,喊声雷动,城中震骇。太宗登敌楼观望,只见四下番兵,乌屯云集,连营数里攻击,谓侍臣曰:"番兵众甚,如何脱离此处?"潘仁美奏曰:"陛下勿忧。今有杨业,屯坚兵于代州与幽州连境地方,得一人前往谕救,必能退敌。"太宗问曰:"谁可往代州谕救于杨业?"渊平应声而出曰:"臣当一往。"

太宗驾幸五台山　渊平战死幽州城

太宗即付与敕旨。渊平密藏，披挂上马，开东门杀出。正遇番将刘弼拦住，渊平更不打话，奋怒一枪，刘弼翻鞍落马。渊平乘势杀出重围，径投代州，来见父亲。将敕旨进上，道知："圣上被围邠阳，四面皆是番兵，父亲当尽引代州之众，前去救驾。"令公得旨，遂发兵起行。父子八人，离了代州，望邠阳而来。

　　哨马报入番营，告知天庆王。天庆王集诸将议曰："杨业乃劲敌也，此来救驾，父子必将死战。我众人谁敢抵当？不如将军马撤退，放他入城，然后复兵围之，不消一月，将他君臣尽困死于城中。"众然其计，乃下令将军马撤围，退离五里之地。哨骑报入杨业军中。杨业闻此消息，乃曰："番人不战而退，必有谋矣。我众人且入城见驾，徐图脱离之计。"渊平道："父亲所见极明。"即整军马入城中，朝见太宗。太宗大喜曰："不是卿来赴援，敌人安肯退去？朕闻卿名为辽人所畏，信不诬矣。"业奏曰："番人夷狄之性，意不可测，此去必将复兵来困。望陛下即整车驾，臣父子拚死杀出。"太宗曰："朕明日准定回驾。"话声未绝，忽报："番兵长驱复来，仍旧围了城郭。"太宗惊曰："不出卿之所料。"业奏曰："番兵众盛，车驾难以轻出。待臣审视敌人声势，然后定计破之。"太宗曰："卿当尽心筹度。"业承命而退。

　　次日，杨业率众子登敌楼观望，见番兵八面分布齐备，军马雄伟。令公叹曰："若此坚兵，吾父子虽能杀得出去，如何能保众文臣无伤？纵使诸葛复生，不能施其计矣。"渊平曰："终不然束手于此而待毙耶？"令公曰："计策虽有，只是难得尽忠之人耳。"渊平笑曰："大人往日常言，要以死报宋君。今吾父子自到宋朝之后，主上设极富贵之第宅相待，思无以报德；今遇患难，若有计可施，不肖情愿舍死向前。"令公喜曰："汝若肯成吾计，可保君臣无虞。我明日奏知主上，即便主行。"渊平全无难色，凛凛然下了敌楼。

　　翌日，令公朝见太宗，奏曰："臣昨观敌兵，甚是利锐。陛下若要脱此灾厄，除非学汉朝纪信救高祖离荥阳之计，诈献降书与番人，在西门迎受；臣保车驾与侍官，从东门而出，则可保矣。"太宗曰："此计虽妙，谁肯学纪信所为乎？"令公曰："臣长子渊平愿承此计。乞陛下急作降表，遣人通知番营。若更迟缓，恐事有漏泄不便。"太宗听罢，恻然曰："朕以汝父子侍寡人，未沾大恩，今日何忍损卿之至亲以救孤？非仁者之所为也。"渊平进曰："事已急促，若待城破之日，玉石俱焚，虽留臣之父子，亦无益于事。今若救得陛下出此重围，留万代之名，是臣子当行之事，又何惜焉？"语未毕，守城军来报："南门渐崩，番人将攀堞而上。"渊平曰："陛下快脱下御袍。臣父与六郎延昭、七郎延嗣保车驾出东门。小臣与弟二郎延定、三郎延辉、四郎延朗、五郎延德出西门诈降。不然，君臣难保。"太宗不得已，卸下御袍，龙车、法驾之具，尽付渊平。先遣人赍降书前去。番将天庆王接得宋帝降文，与众人商议。韩延寿曰："宋人遭困出降，此事必实。然不过与其讲和放回，宁有加害之理？亦请回书，与使者复命。"

　　次日，宋军于城西插起降旗。番众遂远离一望之地，等待宋君出城。太宗急同文武，率轻骑出东门，望汴京而走。于是渊平端坐车上，黄旗数面，前遮后拥，隐隐而出。番将天庆王率众将，戎伍齐备，于城西旗下高叫："既宋朝天子情愿纳降，请出车驾相见，决无伤害之意。"渊平在车中听得，令左右揭起罗幔，见番王坐于马上，旁若无人，大怒曰："不诛此贼奴，何以雪吾耻也！"即拈弓搭箭，指定项下射去。一声响处，天庆王应弦而倒。正是：

　　　　　一时主将成何事？顷刻番臣箭下亡。

　　渊平既射死番王，闪出驾外，厉声叫曰："吾乃杨令公之子渊平是也！有勇者来战。"番兵大惊。激怒了韩延寿，下令番兵齐起，捉此匹夫，即挺枪跃马，直杀过宋阵。渊平鞍马未备，迎敌不及，被延寿一枪刺落车下。延定正待来救，耶律奇拍马而出，二将交锋。延定虽勇，部下先溃，被番兵争前涌进，斩断马足，掀翻战场，千军乱蹂而死。延辉见势不利，冲出重围而走，不上一里，芦苇草内长钩套索，一齐并起，先把延辉坐马绊倒。延辉身离雕鞍，已遭番兵所屠。延朗知兄被伤，慌忙杀出，背后韩延寿、耶律奇精兵皆至，四下围绕。延朗冲突不透，遂被北众所获，部下骑军战死殆尽。

第 十 七 回

宋太宗议征北番　柴太郡奏保杨业

却说杨延德冲出围中，后面喊声不绝，回望番兵乘虚赶来。延德转过林边，自思："当日在五台山，智聪禅师独遗小匣与我，分付遇难则开，今日何不视之？"即由怀中取出抽开，乃剃刀一把，度牒半纸。延德会其意，遂将阔斧去柄，纳于怀中；卸下战袍、头盔，挂于马上；截短头发，轻身走往五台山去了。

却说番军东冲西击，杀至黄昏，始知宋君从东门而去，已离二百里程途矣。韩延寿等懊恨无及，乃收军还幽州，奏知萧后："宋帝用诈降之计，遁出东门，只杀宋将三员，又生擒一将，现在大获全胜而回。"萧后大喜曰："既胜得杨家将帅，宋人已自丧胆，再议征取未迟。"因令解过捉将问曰："汝系宋朝主将，现居何职？"延朗挺身不屈，厉声应曰："误遭汝所擒，今日惟有一死，何多问为？"后怒曰："罕见杀汝一人耶？"令军校押出。延朗全无惧色，顾曰："大丈夫谁怕死？要杀便请开刀，何须怒起？"言罢慨然就诛。

萧后见其言语激厉，人物丰雅，心中甚不忍，谓萧天佐曰："吾欲饶此人，将琼娥公主招为驸马，卿意以为可否？"天佐曰："招降乃盛德之事，有何不可？"后曰："只恐其不从耳。"天佐曰："若以诚意待他，无有不允。"后乃令天佐谕旨。天佐传旨，告知延朗，延朗沉思半响，自忖道："吾本被俘，纵就死，亦无益于事。不如应承之，留在他国；或知此处动静，徐图报仇，已不是机会乎？"乃曰："既娘娘赦我不死，幸矣，何敢当匹配哉？"天佐曰："吾主以公人物仪表，故有是议，何故辞焉？"直以延朗肯允奏知。后遂令解其缚，问取姓名。延朗暗忖："杨氏乃辽人所忌。"即隐名冒奏曰："臣姓木，名易，现居代州教练使之职。"后大喜，令择吉日，备衣冠，与木易成亲，不题。

却说太宗既回汴京，文武朝贺毕。太宗宣杨业于便殿，慰劳之曰："朕脱此难，皆卿父子之力也，然不知渊平等消息如何？"业奏曰："臣长子性刚不屈，必遭其擒。"言未毕，近臣奏入："渊平因射死番帅天庆王，全军皆没。"太宗闻奏，惊叹曰："使良将陷于死地，寡人之过也！"因而下泪。杨业曰："臣曾有誓，当以死报陛下。今数子虽丧于兵革，皆分定也，陛下不必深忧。"太宗抚谕再三，乃遣杨业退出。次日设朝，与文武议报杨业父子之功。潘仁美奏曰："边境多事，杨业父子忠勤之将，陛下宜授帅臣之任，以显其才。"太宗允奏，即封业为雄州防御使。业将辞行，帝出殿面谕之曰："卿此行，但为朕专备边事。有召则至，无旨不宜轻离。"业顿首受命而出。到无佞府，分付八娘、九妹，好生看待母亲；自与六郎、七郎，父子三人，前赴雄州，不题。

话分两头。却说耶律休哥等听得宋兵杀败于邠阳，屡遣人奏知萧后，宜乘时进兵，以图中原。萧后因与群臣商议征伐之策。右相萧挞懒奏曰："臣虽不才，愿率兵进取。"萧后曰："卿此去，先问讨取金明池、饮马井、中原旬三处，与我屯军。若允暂且回兵，不允则举兵有名矣。"挞懒领旨，即日与大将韩延寿、耶律斜轸部兵二万，从瓜州南下，但见：

　　　　旌旗闪闪乾坤暗，戈戟层层白日昏。

人马到胡燕原下寨。

声息传入汴京，侍臣奏知。太宗怒曰："辽兵累次犯边，朕当御驾亲征，以雪邠阳之耻。"寇准奏曰："陛下车驾才回，岂宜辄也？只须遣将御之，足退其众也。"太宗曰："谁可代朕行者？"准曰："太师潘仁美，素知边情，可当此任。"太宗允奏，即下旨，授仁美招讨使之职，部兵前御番兵。仁美得旨，回至府中不悦。末子潘章问曰："大人今日何故不悦？"仁美曰："主上有防御番兵之命，圣旨又不敢辞。即去亦无妨，只是没有先锋，因此迟疑不决。"章曰："先锋在眼前，大人何不举之？"仁美曰："汝道是谁？"章曰："雄州杨业父子，可充先锋。"仁美悦曰："汝若不言，我几忘之矣。"次日侵早，入朝启奏太宗曰："此行缺少先锋，除非雄州召回杨业父子，则可破番兵矣。"太宗允奏，因遣使臣，径诣雄州，来见杨业，宣读诏曰：

朕以国运艰难，乃忠臣义士立功之秋。近日边报，北番大举入寇，军民惊扰。诏命潘仁美为行营招讨使防御之。惟尔杨业，辽人所仰，是宜充行。朕命到日，作急赴阙，计议征进，不得稽延谋事。故兹诏示。

杨业得旨，即日率兵就道，入汴京朝见太宗。太宗赐赉甚厚，乃封为行营都统先锋之职。

业受命而出。进府中见令婆，正值令婆与太郡柴夫人在堂中闲遣。令公相见毕，令婆曰："老将军因何回朝？"业曰："北番犯边，主上有诏来取，任老将为先锋之职，克日征进，特来见夫人一面。"令婆曰："谁为主帅？"令公曰："潘仁美也。"令婆愀然不悦曰："此人昔在河东，被公羞辱，尝欲加害于公父子，幸主上神明，彼不能施其谋耳。今号令在其掌握，况长子等五人，已各凋零，只有公父子三人在，此去难保无相害之意，令公何不省焉？"业曰："此事吾所素知，然主上之命，宁敢有违？"太郡曰："媳明日亲为具奏，求一朝臣保令公而行，彼则不敢生谋矣。"令婆曰："我与太郡同往。"令公大悦，因具酒食相叙。

过了一宵。次日，杨令婆与太郡夫人赴朝。近臣先为奏知，太宗降阶迎接。何以君王若是尊敬令婆？因他手上拿一条龙头杖，上挂一小牌，御书八个字："虽无銮驾，如朕亲行"。是太祖皇帝遗敕所赐，以此敬重之也。太宗接上殿前，命侍官赐二人绣椅坐定，问曰："朕未有命，令婆与郡夫人趋朝，欲建何议？"太郡先起奏曰："闻陛下命将防御番兵。主帅潘仁美，素与杨先锋不睦，此行恐非其利。须念其父子忠勤于国，陛下当善遇之。"太宗曰："此王事耳，他人则不可行，太郡有何良策？"太郡曰："陛下若必欲其行，须于廷臣中，举有名望者保之同往，则无虑矣。"太宗曰："此议甚高。"遂下诏，令文武举择谁可保杨业出征者。诏命才下，八王进曰："臣举一人，可保同往。"帝问是谁。八王曰："行营都总管呼延赞，此人忠义一心，可为保官。"帝大悦曰："卿此举甚称其职。"即日下命，着呼延赞保杨业一同出师。令婆与太郡辞帝而出。是日朝罢，杨业闻赞为保官，不胜之喜，复往雄州，调发所部军马征进。

第 十 八 回

呼延赞大战辽兵 李陵碑杨业死节

且说潘仁美大军已离汴京,迤逦望瓜州进发,来到黄龙隘下寨,分立二大营,呼延赞屯东壁,自屯西壁。仁美乃与牙将刘君其、贺国舅、秦昭庆、米教练四人议曰:"我深恨杨业父子,怀恨莫伸,此一回欲尽陷之,不想有保官呼延赞在,又难于施计矣。"米教练进曰:"太师勿忧,小将有计,先去了呼延赞,然后除杨家父子,有何难哉?"仁美曰:"公有何妙策教我?"米教练曰:"对垒即是番兵屯营之所,彼听我军来到,必出索战。太师须下令:先锋未到,当着保官出阵。赞虽雄勇,奈今年纪老迈,不能久战。待他交锋之际,按兵莫救,必被番兵所擒耳。"仁美曰:"此计极妙,准定明日行之。"

果然番兵听得宋师来到,率所部围合而来,人马雄壮,声势甚盛。哨马报入仁美营中,仁美遣人请呼延赞入军中商议曰:"番兵长驱索战,先锋军马未到,公有何计退之?"赞曰:"兵来将对,水来土掩。既承主命征进,当尽忠所事,与番兵决战,更何待哉!"仁美曰:"公先上阵,我率军后应。"赞慨然请行,披挂完全,率所部扬旗鼓噪而出,正遇番将萧挞懒出马。赞厉声骂曰:"番兵速退,免受屠戮。不然,殄灭汝等无遗类矣!"挞懒怒曰:"老迈之将,养死且不暇,敢来争锋耶?"即舞刀跃马,直取呼延赞。呼延赞举枪迎战。两马相交,二人战上八十余合,番将力怯,拨回马便走。赞骤骑追之。四下番兵散而复聚,赞回头,不见后军接应,恐入深地,乃勒回马,走入林中。一彪军马截出,

呼延赞大战辽兵　李陵碑杨业死节

乃耶律斜轸，叫曰："宋将下马受缚，免遭诛戮。"赞激怒，奋刺斜轸杀出，番兵众盛，透不得重围。赞部下折伤大半，欲从僻路而走，骑校曰："小路恐有埋伏，不如走大路为愈。"赞乃杀奔大路。萧挞懒复兵赶来，赞前后受敌。

正在危急之间，忽正东旌旗卷起，鼓震连天，一彪军当先杀出，乃杨业也。策马提刀大叫："番将休走！"挞懒部将贺云龙纵马迎敌。战不数合，杨业手起刀落，斩云龙于马下，番兵大溃。杨业父子冲入中坚，救出呼延赞。杨延昭挺身力战，独当其后，保护赞回至营中，卸下盔甲。赞曰："今日若非将军来救，几致丧命。"业曰："小将来迟，致总管惊恐，望乞恕罪。"赞乃令业屯止本营。

次日，人报太师："杨先锋军马正从东杀来，救了总管呼延赞回营。"仁美闻之，愤恨无及。刘君其曰："杨业违令来迟，太师若以军法从事，杀之有名矣。"道未罢，杨业进中军参见，仁美问曰："军情之事，汝何得后期而至？"业曰："主上令末将回雄州调集军马，于十三日起程。"仁美怒曰："番兵寇边至紧，汝为先锋，稽延不进，尚以主命来推。"喝令左右，拿下处斩。军校顿时将杨业绑缚于辕门。业厉声叫曰："我死不足惜，敌人在境而戮良将，非为国家计也。"道声未罢，时从人已报知东营，呼延赞跑马来到，喝开军校，将绑缚解了。领入帐中，见仁美曰："汝居招讨之职，昨日交兵，坐观胜败，不发一骑相应，若非杨将军奋勇力战，几致败事。今日何得擅自诛之？老将临行，主上亲赐金简一把与我，专保其父子回京。不然，翻转脸皮，先与汝放对。"仁美满面通红，不敢答应。赞邀杨业抽身出帐中，愤怒而去。

仁美自觉羞惭，半晌无语。米教练进曰："太师勿忧，小将另施一计，去了呼延赞，则杨业死在旦夕矣。"仁美曰："公再有何计？"米教练曰："即日军中缺少粮草，可令呼延赞前去催运。待他离了边境，业再犯令，谁复保哉？"仁美然其计，即发帖书，着令呼延总管，前往运粮。差人持帖文到东营，见赞道知。赞得此消息，闷闷不悦。杨业进曰："军粮实乃重事，非总管去，他人不能当是任也。"赞曰："我非不肯前行，只有一件：潘仁美狼子野心，常有害君之意；恐我去后，以非理虐将军，谁能保耶？"杨业曰："小将观番兵亦是劲敌，须待总管到来，然后出战。招讨纵要害我，彼亦无计可施。"赞曰："此去未定几时粮到，君父子坚守东营，待我复来，再议出兵。"杨业应诺。赞即日领轻骑五千，回汴京催粮去了。后人咏史诗曰：

忠勤王命领征师，何事英雄不遇时？
边境未宁良将灭，令人览此重伤悲。

西营潘仁美探知呼延赞已回汴京，不胜之喜，因与众将商议出战。米教练进曰："招讨可发战书于番人，约日交战，徐好定计。"仁美即遣骑将，赍战书去见番将萧挞懒。萧挞懒得书怒曰："明日准定交锋。"批回来书，召众将议曰："潘仁美不足惧，杨业父子，骁勇莫敌，近闻与主将不睦，正宜乘其隙而图之。离此一望之地，有陈家谷，山势高险。得一人部众埋伏两旁，诱敌人进于谷中，团合围之，必可擒矣。"耶律斜轸应声而出曰："小将愿往。"挞懒曰："君若去，足能办事。"斜轸即引骑军七千余人前行。挞懒又唤过耶律奚底曰："汝引马军一万，明日见阵。杨家父子深知战法，须缓缓佯输，引入伏中。号炮一起，截出力战。"奚底领计去了。挞懒分遣已定，着骑军前诣宋营缉探动静。

潘仁美已得回书，与刘君其议曰："明日谁当初阵？"君其曰："杨先锋出战，招讨率兵应之。"仁美召业入，帐中问曰："番将索战，先锋不宜造次。倘有疏虞，堕君之锐气也。"杨业禀曰："明日是十恶大败日，出军不利；且呼延总管催粮未到，番兵势正锐；须待省机而进，则可成功矣。"仁美怒曰："敌兵临寨，何所抵对？倘总管一月不到，尚待一月耶？今若推延不出，我当申奏朝廷，看汝能逃罪否？"业知事不免，乃曰："番将此来，奇变莫测。他处平坦之地，不足提防。此去陈家谷，

呼延赞大战辽兵　李陵碑杨业死节

山势险峻，恐有埋伏。招讨当发兵于此截战，末将率所部当中而入，庶或克敌。不然，全军难保也。"仁美曰："汝但行，吾自有兵来应。"杨业既退，贺怀浦进曰："既杨先锋要如此行，招讨可遣将于陈家谷相应，庶不误事。"仁美曰："正无机会，今乘此不发兵应之，看他如何设施？"怀浦曰："招讨若是，惟报私怨，不以朝廷为计矣。"仁美不听，起入帐中去了。怀浦叹曰："竖子几误国事，吾安忍坐视不救？"遂率所部，来见杨业曰："公此行，得非利乎？"业曰："吾非避死，盖时有不利，徒伤士卒而功不立。今招讨责业以不死，当为诸公先行。"怀浦曰："潘招讨之兵，难以指望。小将愿与将军同行，庶得相援。"业曰："当与公分左右翼而出。"商议已定。

次日黎明，杨业率二子与贺怀浦列阵于狼牙村。遥见番兵漫山塞野而来，鼓声大震。耶律奚底横斧出马，立于阵前，厉声曰："宋将速降，免动干戈；不然，屠汝等无遗类矣。"杨业激怒，骂曰："背逆蠢蛮，限死临头，犹敢来拒敌天兵耶？"言罢舞刀跃马，直取奚底，奚底绰斧迎战。两下呐喊。二人战上数合，奚底拨马便走，业骤马追之。杨延昭、贺怀浦催动后军，乘势杀入，番兵各弃戈而遁。奚底见杨业赶来，且战且走。杨业以平野之地，料无伏兵，尽力追击。将近陈家谷口，萧挞懒于山坡上放起号炮。耶律斜轸伏兵并起，番兵四下围绕而来。杨业只料谷口有宋兵来应，回望不见一骑，大惊，复马杀回，已被斜轸截住谷口。番众万弩齐发，箭如雨点，宋军死者不计其数。比及延昭、延嗣二骑拼死冲入，矢石交下，不能得进。耶律奚底回兵抄出东壁，正遇贺怀浦，二骑相交，战不两合，被奚底一斧劈于马下，部众尽被番兵所杀。延昭谓延嗣曰："汝速杀出围中，前往潘招讨处求救。吾杀入谷口，保着爹爹。"延嗣奋勇冲出重围而去。

且说延昭望见谷中杀气连天，知是南军被围，怒声如雷，直杀进谷口。正遇番将陈天寿，交马战才一合，将天寿刺落马下。杀散围兵，进入谷中。杨业转战出东壁，遇见延昭来到，急叫曰："番兵众甚，汝宜急走，不可两遭其擒。"延昭泣曰："儿冲开血路，救爹爹出去。"即举枪血战，冲开重围。萧挞懒从旁攻入，将杨业兵断为两处。延昭回望其父未出，欲复杀入，奈部下从军死尽，只得奔往南路，以待救兵。

时杨业与番兵鏖战不已，身上血映袍铠。因登高而望，见四下皆是劲敌，乃长叹曰："本欲立尺寸功以报国，不期竟至于此！吾子存亡未知，若使更被番人所擒，辱莫大焉。"视部下尚有百余人，业谓曰："汝等各有父母妻子，与我俱死无益。可速沿山走回，以报天子。"众泣曰："将军为王事到此，吾辈安忍生还？"遂拥业走出胡原，见一石碑，上刻"李陵碑"三字。业自思曰："汉李陵不忠于国，安用此为哉？"顾谓众军曰："吾不能保汝等，此处是我报主之所，众人当自为计。"言罢，抛了金盔，连叫数声："皇天，皇天，实鉴此心！"遂触碑而死。可惜太原豪杰，今朝一命胡尘。静轩有诗叹曰：

　　矢尽兵亡战力摧，陈家谷口马难回。
　　李陵碑下成大节，千古行人为感悲。

杨业既撞李陵碑而死，番兵喊声杀到。业众力战不止，尽皆陷没。番将近前枭了杨业首级。日将晡，萧挞懒乃收军还营。

第 十 九 回

瓜州营七郎遭射　　胡原谷六使遇救

却说杨延嗣回瓜州行营，见潘仁美泣曰："吾父被番兵困于陈家谷，望招讨急发兵救之，不然，生死决矣！"仁美曰："汝父子素号无敌，今始交兵，便来取救耶？军马本有要备，我营难以发遣。"延嗣大惊曰："吾父子为国家计，招讨何以坐观其败乎？"仁美令左右推出帐外。延嗣立地骂曰："无端匹夫！使我若得生还，与汝老贼势不两立！"仁美大怒曰："乳臭竖子，仇恨莫报。今杀伐之权在我，尔径来寻死路耶？"乃令左右缚于高处射之。军校得令，将延嗣系于舟樯之上。众军齐齐发矢，无一箭能着其身者。仁美惊曰："真乃奇异！何众人所射，皆不能中？"延嗣听得，自思难免，乃曰："大丈夫就死，亦何惧焉？只虑父兄存亡未卜。"因教射者："可将吾目蔽障，射方能中。"众军依言，遂放下，割其眉肉，垂蔽其眼，然后射之。可怜杨七郎万箭着身，体无完肤，见者无不哀感。后人有诗叹曰：

　　　　万马军前建大功，斩坚入阵见英雄。
　　　　如何未遂平生志，反致亡躯乱箭中？

潘仁美既射死杨七郎，令将其尸抛于黄河去了。忽报："番兵困住杨业于陈家谷，杨业已死。今枭其首级，杀奔西营来了。"仁美大惊曰："番兵众盛难敌，若不急退，必遭所擒。"即下令拔营起行。刘君其等心胆坠地，连夜走回汴京而去。番兵乘势追杀一阵。宋兵死者大半，委弃辎重、盔甲，不计其数。萧挞懒既获全胜，乃屯止蔚州，遣人报捷于萧后，不题。

却说杨延昭部下陈林、柴敢，因交兵乱后，逃匿于芦林中，直待番兵退去，二人乃沿岸而出。忽见上流头浮下一尸，将近岸边，二人细视之，泣曰："此是杨七郎小主官，因何遭乱箭所射？"泣声未止，忽岸侧一骑，急跑来到。陈、柴正待走避，骑已近前，乃杨延昭也。因见陈、柴二人，问曰："汝等缘何在此？"陈林曰："战败避于此处，正欲寻访本官消息。不想遇流头浮下一尸，却是七郎君，满身是箭，体无完肤，不知被谁所害。"六郎下马，仰天号泣曰："吾父子为国尽忠，何以遭此劫数？此必是问仁美取救兵，言语相激，致被老贼所害。"因令陈、柴捞起尸首，就于岸上埋讫。陈林曰："本官今日要往何处？"延昭曰："汝二人可随处安身。吾密向小路，探听我父消息。若只困在谷中，须漏夜入汴京取救；倘有不测，此仇亦当报也。"陈、柴从其言，三人洒泪而别。

只说杨延昭单骑入谷中，至半途，遇见二樵夫，问曰："此是何地名？"樵夫曰："转过谷之东壁，乃幽州沙漠之地，前去便是胡原。"延昭听罢，轻骑来到其处。只见死尸重叠，皆宋军部号，嗟呀良久。近李陵碑边，一将横倒于地，留下腰绦一条，延昭细视之，乃是其父所系也，因抱尸而泣曰："皇天不佑吾父子，致使丧于兵革，何不幸若是哉？"乃掩泪，将所佩剑掘开沙土埋之，上留断戈为记。复勒马出原口，已被番将张黑嗒拦住，高叫曰："来将何不下马投降？以免一死。"延昭大怒，挺枪直取番将。二人交锋，战上数合，四下番兵围绕而来，延昭虽勇，寡不敌众。

正在危急之间，忽山后一将杀来，手起一斧，劈黑嗒于马下，杀散番兵，下马来见延昭，乃五郎延德也。兄弟相抱而哭。延德曰："此处贼敌所在，可随我入山中商议。"遂邀六郎到五台山，进方丈中坐定。

瓜州营七郎遭射　胡原谷六使遇救

延昭曰："自与哥哥幽州散失，一向存亡未审，今日如何在此？"延德曰："当日爹爹保銮驾出东门，我同众兄弟与番兵鏖战，势已危迫，自为脱身之计，削发投入五台山为僧。日前望见陈家谷杀气连天，人道辽宋交锋，自觉心动，因下山观视，不想恰遇吾弟在急难中。"延昭泣诉七郎与父之事。延德不胜悲悼，乃曰："至亲之仇，不可不报。"延昭曰："小弟当于御前雪明父、弟之冤。"是夕，在寺中过了一宵。次早辞延德，自投汴京而行。

消息传入汴京，太宗听知杨业战没，宋师败衄，急集文武议曰："杨业父子，忠勤于国。今闻其死于王事，朕甚悼焉。"八王进曰："近有呼延赞回京催办粮草，对臣言：主帅潘仁美，与杨业不睦。臣便虑其败事，今果然矣。陛下当究仁美丧师之由，与后人知所惩戒。"太宗然其奏，因下诏群臣，专究其事。仁美闻此消息，坐卧不安，与刘君其等议曰："今朝廷专要究吾败军之故。人传杨六郎将赴京陈诉其事，倘主上知此情，呼延赞力为之证，我等全族难保矣。"君其曰："事不宜迟，若待举发，百口无以分诉。乘今六郎未到，可密遣人于黄河渡候之，谋死于外，所谓斩草除根，免得萌芽再发。"仁美从之，即遣心腹军人，密往黄河渡等候去了。

却说杨延昭自离五台山，望大路进发。到一山林，忽听数声鼓响，走出二十余人，拦住去路，叫曰："若要经过，留下买路钱！"延昭抬头视之，见为首二人，问曰："来者莫非陈林、柴敢乎？"陈、柴听得，即忙近前拜曰："原来是本官也。"遂邀六郎入寨中，道知："自别本官后，夺得此处安居。不想早是相遇。"延昭将父死情由道知，因言要赴京，于御前告明主帅不应救兵之由。陈林曰："喜得本官道出其事。今有潘招讨正防汝告状，特差数十健军，于黄河渡待等捉汝。此间另有一处可赴汴京，当着人送本官从小路而去，方保无虞。"延昭听罢，乃曰："事不偶然，此贼害吾一家，今又来谋我耶。"遂在寨内过了一宵。次日，陈林令手下密送六郎从雄州而去。

话分两头。却说幽州萧后得萧挞懒捷报，决意要图中原。有内官王钦者，本朔州人，自幼入宫侍萧后，为人机巧便佞，番人重之。钦乃密奏曰："中原一统之地，谋臣勇将，不可胜数。区区一战之功，安能便取天下哉？臣有一计，不消一年，使中原竟归陛下，宋人缩首无计矣。"后曰："卿有何计，若是其妙？"王钦曰："臣装作南方之人，投为进身之计。若得成事，必知彼处动静，兵数强弱，国之利害，密遣人传报陛下。然后乘其虚困，举兵南下，可收万全之功，何患江山不属陛下哉？"后闻奏大悦曰："若果成事，当以中原重镇封卿。"次日，萧后与群臣计议，左相萧天佑奏曰："王钦此计可行，乞陛下允之。"后因下令即行。王钦准备齐整，来辞萧后。萧后看见笑曰："卿装作南人，真无异矣。然此去须宜机密。"王钦曰："臣自有方略。"即日辞后出燕京，径望雄州而来。

且说杨延昭望雄州进发，时值五月天气，途中炎热。来到绿芜亭，歇下行杖，正靠栏杆而坐。未片时，遥见一人来到：头戴黑纱巾，身穿绿罗衣，系一条双鞭黄丝绦，着一双八比青麻鞋，恰似儒家装束。将近亭中，延昭迎而揖曰："先生从何而来？"其人答曰："小可朔州人氏，姓王名钦，字招吉。幼读古今，居于此地。今将往中原，求取进身，不想遇见阁下。动问高姓大名？"延昭不隐，道知本末，且言胸中冤屈之事。招吉听罢，愤然曰："既君父子若此忠义，被人谋害，何不于御前诉雪其冤，而乃徒自伤悲耶？"延昭曰："小可正待赴京诉明，只缘无人会做御状，以此迟疑未决。"招吉曰："此非难事，既足下有此冤枉，小生当罄其所学，为君作之。"延昭下拜曰："君若肯扶持，真乃万千之幸也。"即邀招吉到馆驿中，备酒醴相待。

席上，延昭诉他平日之事。招吉嗟呀不已，乃问曰："君所陈诉，当以谁为罪首？"延昭曰："招讨潘仁美同部下刘君其、贺国舅皆主谋，害我父子，是数人皆难放过。"招吉然其言，乃誊出状稿，递与延昭视之。果是情辞激切，婉转悲悼。延昭视罢，喜曰："此足以雪我冤矣。"

瓜州营七郎遭射　　胡原谷六使遇救

酒阑，招吉辞延昭而去。延昭曰："当与足下于汴京相会。"招吉应诺。二人既别，延昭将状词写正明白，径赴京都。不想缉探人已将此消息报与潘仁美。仁美大惊，乃召刘君其等商议。君其曰："先发者制人，后发者制于人。不如进一道表章，奏知杨业父子，邀功贪战，几败国事，今延昭又越伍逃走。圣上闻奏，必先诛之。"仁美曰："此计甚妙。"即日具表奏知朝廷去了。

当日杨延昭来到京师，正值七王元侃行驾出朝。延昭取出御状，拦驾称冤陈告。左右捉住，正待绑缚，七王喝声："不许动作，且允其告。"侍从即接其状。七王令带入府中。延昭随车驾入寿王府，伏于阶下。七王将口词审过一遍，再将御状细细视之，内中词语明切，刀笔精利。叹曰："作此词者，真有治世之才。"因问："此状出谁之手？"延昭不敢隐，将王钦来由道知。七王喜曰："孤正要得如此之人，既他来求进身，当取用之。"又问："此人今在何处？"延昭曰："寓居汴京东角门龙津驿中。"七王听罢，乃曰："汝之冤枉，实是国家重事，此处难以决问，可于阙门外击登闻鼓，与圣上知之，则可为理矣。当速去，勿被奸人所觉。"延昭接过御状，拜辞七王，径趋阙门外来。七王自遣人于驿中寻取王钦。不题。

第二十回

六使汴京告御状　王钦定计图八王

却说杨延昭来到阙边，击动登闻鼓，声言欲面圣上陈告，被守军捉送提狱官。提狱官审问明白，将状奏请太宗。太宗以状展于御案之上，视曰：

诉冤枉人杨延昭，为毒谋深害、陷没全军、欺君误国事：臣父杨业，生自太原，世仕河东，深荷先帝之垂青，继承皇上之招徕。臣父子心矢忠贞，情甘效死。近因契丹犯边，兵寇瓜州，以潘仁美整防御之师，蒙敕臣父当冲锋之职。此正九重宵旰之时，边臣尽瘁之日也。不意潘仁美向怀私怨，包藏祸心。用计遣回保官，致书暗挑敌战。逼孤军而临绝险，假皇命以利词锋。狼牙村兵交马斗，主帅则宴坐高谈，不发一卒相援；陈家谷矢尽力穷，番将则乌屯云集，遂致全军皆陷。臣父杨业，捐躯命于李陵碑下，虽臣节之当然；臣弟延嗣，遭乱箭于西壁营中，何私仇之必报！丧师辱国，由其自坏长城；饰罪蒙奸，思维闭塞言路。破巢不留完卵，遣健卒径阻黄河；剪草不教蔓延，逞巧言章呈魏阙。可怜臣父子八人，忠勤为国，欲图报于陛下，先见陷于帅臣。臣飘流独自，孤苦无依，击廷鼓以诉冤，乞天恩而明审。若使臣之父兄有灵，致陛下开日月之明，拘证奸人，断省深冤；使九泉者得以瞑目，臣即死于九泉地下，无所憾矣。

六使汴京告御状　王钦定计图八王

太宗看罢状情，不胜愤激。忽枢密院牒上潘仁美表章，称道杨业父子邀功失机之由。太宗得奏，沉吟半晌曰："潘仁美以杨业有邀功之罪，杨延昭以仁美有陷害之情。各执一词，孰为轻重？"南台御史黄玉奏曰："阃外之事，任在帅臣。若使号令不行，何以办事？于今杨业父子，违令邀功，以致全军陷没，其罪本有；今被番人所屠，而乃诬告主帅，是罔陛下也。死者则止，当以杨延昭押出朝门，明正其罪斩之。"盖黄玉本潘仁美内兄，故力救之。时八王急出奏曰："杨业父子，有功于朝。先帝尚以不次之位待之，今被奸人所陷，陛下宁不为之雪其情哉？此事臣知久矣。乞拘潘仁美于法司衙门，着落有职官与延昭对理，鞫问明白，取自上裁。"太宗依奏，即敕参知政事傅鼎臣，鞫问潘仁美一案。

鼎臣领旨，遂开衙府，拘到潘仁美、刘君其、贺国舅、米教练一干人，都在阶下。鼎臣问曰："潘招讨往日同僚相待，今乃君命也，难以容情。果违法律，明招其由，勿使动用刑法无益。"仁美曰："小可承君命，防御辽兵。彼父子自失机宜，致被陷没，反来诬陷我等。若朝廷不察其详，屈坐帅臣，则后人何敢任是职哉？乞大人明鉴，为申上知。"鼎臣半晌无言，令左右将一干人拘于狱中，退入后堂。

忽报："潘府黄夫人遣使女来，说有机密事要见大人。"鼎臣令唤入后堂。使女跪在阶下曰："夫人以太师发问于参政台下，没甚孝顺，薄奉黄金一百两，玉带一条，望大人善觑方便，再得重谢。"鼎臣本是好利之徒，见着此物，不胜欢喜，令左右收起，谓使女曰："汝归拜上夫人，不须挂念，参政自有分晓。"使女拜辞而出。不想八王得知鼎臣好财，恐潘家有人通传关节，乃密遣手下在府门缉探；比见使女进府，走报八王。八王随即来到，恰在府门外捉住使女；提着金简，入后堂来。鼎臣见着，吓得面如土色，连忙下阶迎接。八王厉声曰："汝为朝廷显官，何得私受潘府贿赂，要害杨家？"鼎臣曰："小官并无是情，殿下何以出此言？"八王乃令从人将潘府使女，跣剥阶下拷讯；使女抵赖不过，只得实招。八王怒曰:"傅参政尚能强辩乎?"鼎臣哑口无言,自脱去冠带,伏于阶下请罪。八王令备马,随即入见太宗,奏知其事。太宗惊曰:"若非卿有先见之明,险被奸臣卖弄。"因问:"鼎臣当拟何罪?"八王曰:"私受贿赂,其情尚未行,当得枉法之罪,该拟罢职为民。"太宗允奏,即下旨,罢鼎臣官职,发归乡里去了。八王又奏:"西台御史李济,忠诚公正,可问仁美一案。"帝允奏,敕命李济承问施行。

李济领旨,开御史台,端坐于堂上;左右军尉威风凛凛,排下刑具之类,见者无不骇然。正是:

生死殿前难抵讳,血冤台上不容情。

一伏时,狱官解过仁美、延昭等到阶下,审问一遍。仁美力推:"杨业自家战死,与我等无干。"李济怒曰:"汝为主帅,败衄而回,反以彼自家战死抵讳。杨七郎有何罪,汝用乱箭射之?且傅参政因汝送了前程。今日好好招承,免动刑具。不然,休怪下官酷虐也。"仁美低头不应。李济喝令军校,将刘君其、贺国舅、米教练一起,推于甬道,极刑拷打。三人受苦不过,只得将陷害杨业并射死七郎情由,逐一供招明白。吏司呈上,李济审案录奏。仍将犯人监禁,候旨发落。李济离了御史台。

次日,以仁美招由,奏知太宗。太宗视毕,大怒曰:"朕以仁美先帝功臣,屡恕容之。今如此侮法,不正其罪,何以激励边将?"因问八王:"当何以处治?"八王奏曰:"潘仁美该处斩罪;陛下以后妃之故,减二等,罢职为民。刘君其、贺国舅、米教练等,得通谋之罪,亦该处死,减一等,调边远充军。杨延昭有失军机,发问配所。其余干犯,随旨发落。"太宗允奏下敕,着李济照原拟遣。李济领命,于府中将文案覆视,罢黜仁美为民外,刘君其问淄州军,贺国舅问莱州军,米教练问密州军,杨延昭配郑州。拟议已定,将刘君其等决杖讫,依期起行。不在话下。后人咏史诗曰：

党恶害人何所益？试看今日配君其。
皇天有眼应无误，只在斯须与报迟。

次日，李济以发遣仁美一起，奏知于上。上谓侍臣曰："往者杨业父子，屡立奇功，不期死于王事，朕甚怏怏，欲将恩典旌之，卿等以为何如？"直学士寇准奏曰："陛下念及功臣，以慰其后，为社稷计也，有何不可？且杨业父子，忠勤为国，人臣所难。今只有延昭一人在世，正当厚恤之，使边将知所观感。"太宗然其议，因遣使臣于郑州取还延昭去了。

忽近臣奏知："武胜军节度使赵普卒。"太宗闻奏震悼，谓群臣曰："赵普能断大事，尽忠国家，真社稷臣也。"寇准曰："诚如陛下所言，臣等多不及也。"按赵普素性深沉，刚毅果断；虽多忌克，而能以天下事为己任。故其当揆，惟义是从；偃武修文，慎罚薄敛；以立弘功于后世，其功大矣。少习吏事，寡学术。太祖劝以读书，遂手不释卷；每归私第，阖门启箧，取书诵之竟日。及次日临政，处决如流。既卒，家人发箧取书视之，则《论语》二十篇也。尝谓帝曰："臣有《论语》一部，以半部佐太祖定天下，以半部佐陛下致太平。"普相两朝，未尝为子弟求恩泽。卒年七十一岁。后谥文献公，封韩王。

是时太宗在位既久，未立东宫。冯拯等上疏，乞早定太子。帝怒，贬之于岭南。自是中外无复敢言者。七王知此消息，密与心腹王钦议曰："君父春秋已迈，未肯立皇太子。廷臣谏者，遂遭贬黜。莫非因八王之故，欲以天下还之耶？若果有此意，则我失望矣。"钦曰："殿下所言，正合我意。且主上以遗言为重，必将天下还八王无疑。若不预定其事，噬脐无及。"七王曰："君有何策教我？"钦曰："除非谋死八殿下，则大事定矣。"七王曰："八殿下君父至爱，如何谋得？"钦曰："臣有一计，不知殿下肯依否？"七王曰："君试言之。"钦曰："可召精巧银匠一人入内府来，打造鸳鸯壶一把，能贮两样之酒。当遇春景，百花盛开，特请八王于后苑赏玩。令庖人进食，侍官斟酒。先藏毒酒于外，后放醇酒于中。八王饮之，不消半钟即死于非命矣，有何难哉？"七王听罢，大喜曰："此计极妙。然事不宜迟，即须行之。"乃遣军尉往城西召胡银匠进府中，打造鸳鸯壶。

不出数日，其工完全，银匠将壶献与七王。七王视之，果是精巧，人不能测。谓王钦曰："器物已造完备，当在何时行之？"钦曰："殿下先将匠人诛之，以灭其口。"七王然之，因赏以醇酒，顿时醉倒，七王令左右丢入后苑井中去讫。王钦曰："殿下当发书于八王府中邀请，明日辄行此事。"七王乃遣内官赍书，径诣八王府中进上其书曰：

> 弟元侃以春光明媚，花柳芳妍，适朝廷优暇之际，与兄连日间阔，乞车驾于后苑赏玩片时，庶慰伊弟之怀，以酬春光之盛。

八王得书，着内官覆命，明日准来赴约。内官拜辞，归见七王，道知八殿下许允赴约之故。七王得报，分付庖人厨宰，准备筵宴齐整。

次日，八王车驾来到，七王亲出府门迎接。进于堂中坐定，各诉相爱之情。茶罢三钟，七王邀兄入后苑来，只听得乐工歌女，丝竹品奏。八王与七王分宾主对席而坐。七王笑曰："兄弟之爱，喜乐相同。难得如此春光，今特与兄少尽一日之欢，以慰生平之念。"八王曰："多蒙雅召，安敢推辞！争奈数日因寒暄失调，腑脏颇觉不安。然而兄弟之情，只得赴命，酒实不敢饮。"七王曰："纵兄不十分饮，今日亦且开怀饮数杯。"一伏时，庖人先进品味。七王因令侍官行酒。侍官提过鸳鸯壶，先斟一金钟，进于八王面前。药酒才入金钟，毒气冲逼，八王本自身子未瘥，闻此酒气，掩鼻不迭。忽筵中一阵狂风过处，吹倒金钟，将酒倾翻泻地。但见毫光迸触，侍从皆有惧色。八王即离席，分付从人准备车驾,辞七王径回府去了。七王以计不成,懊悔无及。王钦曰:"殿下勿忧,八殿下不知王之所为,谅亦无怪,俟再图之。"七王闷闷不悦。

第二十一回

宋名臣辞官解印　萧太后议图中原

却说太宗尝以后事决之赵普。普曰："先帝既误，陛下岂容再误？金匮之盟，未可全执。"于是太宗因有立子之心。至是，偶沾重病不起，召寇准、八王等入嘱后事。太宗曰："先帝以天下付朕，掌理二十二年矣。今当以此位还于八王，庶不违皇太后之命。"八王奏曰："陛下皇子长成，人心所属，谁敢有异议？惟陛下善保龙体。臣决不愿为君，须与七王为正。"太宗良久问寇准曰："卿且言孰可付神器者？"准对曰："陛下为天下择君，谋及妇人中宫，不可也；谋及近臣宰辅，亦不可也；惟陛下择所以副天下望者而立之。"太宗乃曰："既八王不肯为君，当以元侃主社稷。"准拜贺曰："知子莫若父。圣虑既以为可，愿即决定。"太宗又谓八王曰："朕此病莫保，卿善辅汝弟。先帝尝言：'当代代有谗臣，以乱国政。'今赐汝铁券头免死牌十二道，若遇奸臣当国，得专制之。且杨业有子延昭，此人必能定乱，须重用之，勿弃也。"八王拜受讫。俄而帝崩，寿五十九岁，时改元至道三年三月日也。后人咏史诗曰：

混一中原志亦勤，堪称美政化维新。
苍天若假当年寿，竟使黎民望太平。

太宗笃前人之烈，成未集之勋，混一中原，并包四海；中外宁谧，偃武修文；礼乐文章，焕然可述。时既晏驾于万岁殿，众文武乃立七王元侃即位于福宁殿，是为真宗皇帝。群臣朝贺毕。尊母李氏为皇太后。命中官奉太宗灵柩于偃陵。封王钦为东厅枢密使，谢金吾为枢密副使，进八王爵为诚意王。其余文武，升职有差。

次日，参知政事宋琪奏曰："臣蒙先帝之恩，在位已久，无益朝廷，乞陛下允臣解职归乡，不胜感激。"真宗曰："朕初即位，正赖卿等相扶，如何便舍朕而去？"琪曰："朝廷清贵无数，区区微臣，何足念哉？"帝见其意真切，遂准奏。宋琪辞帝而归。越数日，吕蒙正、张齐贤等封章迭至，各称辞官解职。帝俱允之。自是朝廷重事，专委枢密使王钦所理。

却说八王趋朝而出，忽一人拦住车驾，喊冤告状。八王问曰："告状者是谁？"其人哭曰："小人胡银匠之子。日前我父被新王召入府中打造鸳鸯壶，欲以谋害殿下。数日不出，被王枢密恐外人知觉，谋死于府中。小人有冤无处诉，只得投殿下作主。"八王听罢怒曰："日前斟酒之际，吾意亦猜至几分。当时惟见王钦在旁调度是事，不想起此毒意也。"乃令左右接过状纸，取黄金十两与告状人而去。复命回车驾入朝，正遇着王钦与帝在便殿议事。八王直前奏曰："臣于午门接得一纸冤状，告称王枢密私谋胡银匠。臣已准理，特来奏知陛下。"真宗听罢大惊，乃曰："王枢密常在朕旁，那得此事？王兄勿听奸人之言。"八王笑曰："谋杀胡银匠，本为臣之故也。臣以忠心待陛下，陛下何用疑心，听信谗言，要害自家骨肉？若非太祖皇帝有灵，社稷何如？臣若有意为君，不到今日矣。"王钦忙进前奏曰："八大王以势压臣，故来于此说词。岂有谋杀人命，往日不告，而待陛下已立大位，敢向午门谤天子耶？"帝未答。八王大怒，抽出金简，望王钦劈面打去。王钦躲避不及，正中鼻准，血流满面而走。八王一直赶去。真宗忙下金阶劝救曰："万事看朕之面，饶他一次。"八王乃住步，指王钦骂曰："汝若再为恶，吾即诛之，今姑缓汝之死！"言罢，愤怒而退。王钦乃伏于帝前请死。真宗曰：

"八王先君爱臣，朕且让之，何况于汝。今后凡事但宜避之。"

王钦顿首辞去。归至枢密府中，深恨八王，欲思报怨之计；乃修下密书一封，遣心腹人，漏夜送入幽州见萧后，奏道："宋朝太宗晏驾，新王即位，朝中无甚良将。若发遣人马入寇，则中原可图。"萧后得奏，与群臣商议。萧天佑奏曰："耶律休哥屯兵云州，屡请举兵伐宋。既宋朝遇丧，正宜乘其无备，一举可以成功。"道声未罢，卷帘将军土金秀出班奏曰："宋君善能用人，边庭帅臣，皆是雄虎之将。王钦所言，未见的实。若即举兵南下，难定输赢。臣有一计，能使宋朝献纳山后九州之地，与陛下掌管，不劳兴军动众也。"后曰："卿有何计？"金秀曰："陛下今可遣人赍书一道，与宋朝通知：臣与麻哩招吉、麻哩庆吉部五千骑，于河东界，约与宋人比试。臣之箭法天下无双，招吉善枪，庆吉善刀。若宋朝知此消息，定选武艺出众者，来与臣等放对。果是臣之对手，则迟数年征伐；如对臣等不过，则知宋朝无人。那时陛下御驾亲征，直抵汴京，宋之江山不难夺矣。"萧后闻奏大悦，即遣使臣赍书，径赴汴京，进上真宗。书曰：

幽州君后萧，书奉大宋皇帝陛下：兹者孤闻贵朝有丧事，未及吊慰，负罪负罪。近因通好之议，自古为美。往年兵革不息，民遭荼毒，孤甚悯恻。今特遣驾下小臣三员，于晋阳分界，与宋之君臣会猎一番；且讲息兵之由。早定封疆；庶免边衅日生，军士震骇。千载之遇，惟国君留意焉。

真宗得书，与群臣商议。寇准奏曰："观萧后来书，词倨不逊，多是邀陛下观兵之意。逆料北之来将，不过试刀箭而已，堂堂天朝，岂无敌手哉？须下圣旨，选有文武充足者，与之会猎。"真宗曰："先辈良将，已皆老迈。惟杨业父子，尚有杨郡马在，先帝曾遣使于郑州调回，至今未见消息。其他帅臣恐不能胜来将也。"准又奏曰："陛下当再遣使于郑州征取。"帝允奏，仍遣中官赍敕旨，径诣郑州寻问，不知下落。郑州太守因言："先帝曾赦取回朝去了。"中官只得复命，奏知真宗，真宗忧闷累日。八王奏曰："臣往无佞府察探动静如何？"帝曰："此系紧关大事，兄宜用心体问。"

八王即日出朝，来到无佞府，见令婆与太郡夫人，访问杨郡马消息。令婆曰："六郎犯罪，发配郑州，再不见回来。殿下今日寻讨，老妾诚不知也。"八王曰："新主在位，既有赦文召取，当今投赦入朝，而与国家出力，何必匿隐？"太郡曰："尚容数日，待令人于郑州跟寻，来见殿下也。"八王会其意，遂辞却令婆，回朝奏知："实不知郡马下落。"

真宗闻奏，正忧虑间，边臣告急："辽兵于晋阳屠劫军民，甚为深患，乞陛下早议定夺。"真宗问曰："文武中谁堪此行者？"寇准奏曰："禁军教练使贾能，文武足备，可称是职。"帝允奏下敕，以贾能充亲军使，带领骑兵一万，同寇准赴晋阳会猎。贾能得旨，辞帝离汴京，望河东进发。

是时，无佞府密遣人缉探，得官军起身消息，来报杨令婆。令婆与六郎议曰："贾教练非辽将之敌，国家新立，我儿只得赴难。"六郎曰："母亲不说，儿有意久矣。更得一人相助尤妙。"道未罢，八娘、九妹进曰："我二人陪哥哥同往。"六郎曰："汝等女流也，如何去得？"八娘曰："姊妹装作从军而行，人所不觉。"六郎依其言，即日辞令婆，带二妹赴晋阳，不题。

却说辽将土金秀于河东地界立起一大营，朝夕劫掠边民，纵乐饮酒。忽报宋兵将到，金秀听得，即与麻哩招吉等议曰："我量宋人无杨家父子，则他将不足惧矣。若遇比试之际，当要用心，以慰吾主之望。"招吉曰："仗平生之所学，务要大胜宋人而归。"金秀下令已定。次日，于平川旷野，立起红心，将所部骑军，分布齐整。遥望见正南旌旗闪烁，杀气连天，宋兵已到。两阵对圆。对面辽将土金秀全身贯带，立于门旗之下，上首麻哩招吉，下首麻哩庆吉，三匹马齐齐摆开。宋阵中寇准先出，贾能戎装，立于阵后。寇准曰："汝幽州自为君后，华夷有限，何故屡次犯境，扰我生民？"土金秀答曰："吾主以宋帝新立，欲与晋阳会猎，将议息兵之盟，宋君如何不自来耶？"寇准厉声曰："今新天子即位，皇风披振，无不仰服；特与文武论治尚且不暇，宁有隙时与汝等会猎乎？"土金秀语塞。

第二十二回

杨家将晋阳斗武　杨郡马领镇三关

却说左翼麻哩招吉，挺枪跃马，跑出阵前叫曰："宋将有勇者出马比试，勿徒讲口。"道未罢，寇准背后一将应声而出，乃大将贾能，舞枪纵骑，绕出阵来，喝声："吾与汝比试。"两下各按住营寨，金鼓齐鸣。麻哩招吉与贾能，在战场中斗上十数合，不分胜败。招吉枪法精熟，贾能终是惧怯。辽将用赚敌之计，佯输走入本阵；贾能拍马追之。未及辕门，被招吉回马一枪，刺落地下。番兵大振，宋兵尽皆失色。招吉欲冲宋阵，宋队中走出一女将，跳上青骢，出与招吉交锋。斗不数合，女将抛起红绦，将招吉绊于马下。宋军一齐向前捉住。寇准大喜，便问："女将是谁？"女将下马答曰："妾乃杨令公长女女八娘也。"准曰："将门之女，亦劲敌矣！"因令记功官录其名字。

土金秀见折去招吉，大怒；正待出马，麻哩庆吉一骑跑向前曰："杀兄之仇，如何不报？"抡刀要来比试。宋阵中牙将赵彦，亦舞刀还战。二人战上数合，赵彦力怯，拨回马便走，麻哩庆吉直逼入中军。宋队中又走出一少年女将，乃九妹也。舞刀跃马，抵住追将。二人斗上二十余合，九妹挥起杆刀，喝一声，劈庆吉于马下。正是：

　　徒恃英雄来斗武，不期鲜血染红尘。

九妹既斩了庆吉，下马来见寇准，道知名字。准曰："杨家尚有汝等在，实朝廷之福也。"仍令记录其功。

番将土金秀跃马出曰；"谁敢再来比箭？"宋骑将杨文虎出曰："我来与汝较射。"土金秀先拈弓搭箭走马，指定红心射去，三箭皆中。众人喝采。文虎亦走马，连放三矢，止有一矢中红心。金秀曰："汝输我二矢，当以捉将还我。"文虎曰："箭法虽输与汝，敢来斗武乎？"金秀怒曰："待斩此匹夫，以与庆吉报仇。"即绰方天戟，便来交战，文虎舞斧迎之。两马相交，未及数合，文虎左臂被戟所伤，负痛跑马而走。土金秀怒声如雷赶来，宋军中恼了杨六郎，绰枪上马，迎住番将交锋。土金秀力不能敌，回马叫曰："宋将且缓斗武，先与汝比箭。"六郎按住枪笑曰："汝之箭法有甚高处，敢在军前夸大口耶？"因令左右取过硬弓，马上一连三矢，并透红心。观者无不称赞。六郎曰："汝莫想要射，试看能开得此弓否？"从军传递与土金秀开之。金秀接弓在手，睁目咬牙，尽力扳扯，不动半毫。乃惊曰："能开若是硬弓，真神人也。"宋军一连胜却番将，威声甚盛，辽兵垂首丧气，只待要走。寇准出阵前扬言曰："今捉得斗将，且把还汝。归见萧后，休得妄生边患；天兵一至，屠汝辈无遗类矣。"因令解麻哩招吉回北营。土金秀羞惭无地，部军径回大辽去了。后人有诗为证：

气势南来恃勇雄，一时失计斗酣中。
军前自有杨家在，为辅皇朝建大功。

只说寇准召杨郡马入军中，甚加慰劳曰："今日若非将军等助阵，险被番人所辱。可随我入朝，见帝面奏，以封公职。"郡马拜谢。准即日下令，拔营回汴京，入见真宗，奏知："已得杨家兄妹等斗胜番兵而回，诚赖陛下之洪福也。"真宗闻奏大悦，下诏宣杨延昭上殿，面谕之曰："卿父子忠勤国家，先帝称羡不已。今尚有汝在，足为边境捍蔽也。"延昭叩首请罪。真宗问准："当封郡马何职？"准曰："高州缺一员

杨家将晋阳斗武　杨郡马领镇三关

节度使，陛下可封此职。"帝允奏，颁旨封杨延昭为高州节度使。六郎得旨，辞曰："臣父子有败兵之罪，蒙陛下赦臣不死，恩亦厚矣，安敢受官爵哉？"帝曰："先帝在日，尚要旌表汝父子，今又有退番将之功，当受实赏，何必辞焉？"郡马力请曰："既陛下赐臣之官，情愿受佳山寨巡检之职，节度使诚不敢当。"真宗曰："卿居节度，则可与同列齐名，巡检卑陋之官，卿何愿为是职？"延昭奏曰："臣为巡检有二便：一者，闻彼处有几员好将，臣欲招而用之；二者，佳山乃三关冲要之地，与幽州隔界，欲往把守，使番人不敢南下，故愿居是职也。"真宗闻罢大悦曰："卿真忠义臣也。"即允其请。着东厅王枢密发军兵与郡马，赴佳山寨镇守。郡马谢恩而退。

　　王枢密承旨，到府中拨应军兵三千，尽是老弱不堪战阵之人，付与郡马。郡马怒曰："朝廷以佳山寨近番兵地界，着我镇守，如何尽拨此无用军人随行？"时军中有岳胜，齐州人，武举出身；生得面如傅粉，唇若涂朱；使一柄大刀，有万夫不当之勇，军中号为"花刀岳胜"。因见六郎道众士卒老弱，乃出军前叫曰："将军是将家出身，欺天下无敌。今日敢来比试么？"六郎曰："我先与汝斗武，然后赛刀。"言罢，绰枪跃马，出辕门搦战。岳胜披挂齐备，提刀纵骑来斗。两下呐喊。二人战上七十余合，不分胜败。六郎叹曰："此人刀法纯熟，勇力过人，真烈丈夫也。"岳胜愈斗愈劲。六郎佯败，跑出赛场。岳胜曰："待擒此匹夫，以抑其夸。"即骤马追之。不想六郎所乘，走得慌忙，前蹄已失，将六郎掀翻在地。岳胜挥起钢刀，连盔劈下。忽一声响处，六郎头上现出个白额虎，金睛火尾，突来相交。岳胜惊惧半晌，即跳下马，扶起六郎曰："小将肉眼不识神人，望本官恕罪。"六郎曰："君可同吾赴佳山寨镇守，共建功勋。"岳胜曰："小将情愿以所部伏事本官。"

　　六郎得了岳胜，不胜之喜，回无佞府辞令婆、太郡而行。令婆问曰："汝父为代州刺史，汝为佳山巡检，岂不有辱先人乎？"六郎曰："吾非好为此小官，今值国家多事之秋，佳山寨实近番之地界，今儿于此处立功,足可以显能也,何必居清要之职哉?"令婆然其言,即备酒送程。六郎是日领了令婆酒席,宿过一宵。明日,望佳山进发。时值二月光景,路上风和日暖,百花竞开。但见:

酒旗开处行人喜,芳草丛中去马嘶。

六郎众人一路无词。

不日来到佳山寨,原有官军俱来迎接。入帐中,称贺已毕。六郎下令曰:"今朝廷以辽兵屡寇边界,此处实控幽州咽喉,汝众人各宜整饬戎伍,谨守烽堠,勿使敌人窥伺。用命者,则有重赏;退缩者,以军法从事。"众人领命而退。

次日,岳胜因出寨闲行,遥见对面一座大高山,树木苍阴,林峦叠翠。乃问土人曰:"前面那一座峻岭,是何所在?"土人答曰:"将军休问那里,说起来胆亦惊破。"岳胜曰:"莫非有猛兽乎?"土人曰:"比猛兽还狠百倍哩!"因指曰:"走过转弯,一山过去,有胡材涧。倚山有可乐洞,洞有寨主,姓孟名良,邓州人氏,使一柄大钺斧,无人敢敌。聚集数百人,专一打官劫舍。那一个敢正视其山?"岳胜听罢,归见本官,道知其事。六郎曰:"吾久闻此处有勇士孟良,若得此人归顺,诚壮此寨威风。"岳胜曰:"小将轻骑前往,哨探一回,徐定擒捉之计。"六郎依其言,即遣岳胜前到可乐洞。正值孟良部下刘超、张盖与众喽罗,各将金银缎匹,在洞中赌赛。岳胜拴住马,佩短刀入洞中,大喝一声。刘、张惊疑官军来到,各四散奔走。岳胜近前,一连砍死十数喽罗,尸横倒地,流血惊人。岳胜曰:"不如留下姓名,报与他知,好来寻我。"即蘸血大书于壁上曰:

寨前列枪刀,洞口布旗帜。杀了你家人,便是杨六使。

岳胜题罢，径上马回佳山寨去了。

却说孟良归至洞中，见杀死十数人，大惊，问手下："是谁到此？"众喽罗对曰："适有少年将军，单骑来到寨中。众人疑是官军，不敢与争，被其乘虚杀死十数人。临去，留血字于壁，大王看之便知端的。"孟良看壁上所题，乃曰："吾闻杨家有名之将，来日与他放对，定报此仇。"

却说岳胜回见六郎，道知杀死部下，并血书题壁之事。六郎曰："孟良若知，必来厮闹。汝等须防备之。"道声未罢，忽报："孟良于寨外讨战。"六郎即与岳胜部众二千，出寨迎敌。遥见孟良生得眉浓眼大，人物雄壮，果是好员将家。六郎马上谓之曰："君有堂堂之貌，何不纳降于我，同把番界，立功朝廷，图名目于后世，岂不胜于为寇哉？"孟良怒曰："汝父子八人，弃河东而归中原，今皆作无头之鬼。我在此处，与汝无冤，何故杀我部下，而来相扰耶？若胜得手中利斧，则降于汝。不然，捉归洞中，取汝心肝烹酒，为众人报仇也。"六郎大怒曰："无端匹夫，辱人太甚！"即挺枪径取孟良。孟良舞斧交还。二人力战四十余合，不分胜负。六郎佯输，绕平原而走。孟良激怒，拍马追之。岳胜当中冲出，又战数合。六郎见岳胜敌住孟良，按住枪，弯弓架箭，射中其马，将孟良掀跌于地。众军一齐向前擒住，押赴寨中，来见六郎。六郎曰："汝已被吾擒，肯降伏否？"孟良曰："汝暗箭伤我坐骑，误遭汝擒，如何伏耶？"六郎笑曰："汝既不伏，吾放汝去何如？"孟良曰："汝若放我回去，必再整顿部下，与汝决胜负。若能擒吾，方肯伏也。"六郎曰："只今便放汝去，纵能走归天上地下，亦能擒之。"随即放起，令人送出寨外而去。

第二十三回

樵夫诡计捉孟良　六使单骑收焦赞

却说孟良去后，岳胜曰："孟良贼之渠魁，今幸成擒，本官何以放去？"六郎曰："吾与此人连斗数十合，武艺不弱，心甚爱之。且今英雄难得，吾欲他心服，收为部将，非徒捉之而已。汝等试看，孟良不久又被我众所擒也。"岳胜曰："彼今此去，必再整众来战，本官用何计捉之？"六郎曰："孟良勇力虽有，终是寡谋。离此佳山之南五里，皆峻岩峭壁，无路可行。汝引骑军二千，于此埋伏。敌人若进其中，然后绝其回路，吾自有计较在也。"岳胜引军去了。又唤过健军五人，分付曰："汝几人先往山谷，装作樵夫。待敌人问路之时，汝等便如此如此答应。"军人各领计而行。

六郎分遣已定。人报："孟良部众于寨外索战。"六郎即披挂上马，出寨高叫曰："今汝用心交锋，若再被擒，更无轻放之理。"孟良曰："此来定报昨日之辱。"言罢，舞斧纵骑，直奔六郎。六郎举枪迎之。二人战上数合，六郎拨回马，望山路而走。孟良怒曰："汝复能以箭射我乎？"径骤马追之。六郎且战且走，赚孟良赶至山谷，故作慌张之状，头盔堕落，因弃马缘山逃奔。

孟良性如火烈，亦下马绰斧赶去，转过山坳，不见了六郎。良惊曰："又中其计矣。"连忙杀出。忽岩后一声鼓响，岳胜伏兵将谷口紧紧把住。孟良见有伏兵，迤逦投西，入山谷，依小径而走。见山岭有四五个樵夫，良问曰："此处还有路透得那里？"樵夫道："岩上却有小路出

樵夫诡计捉孟良　六使单骑收焦赞

得胡材涧。"良曰:"汝众救得我,愿以金珠相谢。"樵夫曰:"本欲相救,但恐将军不从。"良曰:"只图有生路,如何不从?"樵夫将麻绳一条垂下,曰:"将军把此绳系于腰间,我等齐力吊将上来,将军便可以脱矣。"良心中自忖曰:"事急且相随,权从其言,未为不可。"便双手接过绳头,拦腰紧系。众人并力扯至半岩,将绳缠缚大藤,不上不下,停而不动。良叫曰:"何故只在半空,不复吊上?"樵夫曰:"将军少待,且待吾邀众人来。"孟良听罢,忧疑无定。一伏时,六郎引岳胜等都到岩上,叫孟良曰:"此一番在天上捉汝,还不伏乎?"良曰:"汝诡计算我,非战败之罪,要杀便杀,决不心服。除非和你大战一场,阵上擒得我时,方才心死,然后归降。"六郎曰:"且放你去,必要地下捉汝,毋得再悔。"即令军人,依前放下孟良去了。

　　六郎与岳胜等归至寨中,商议曰:"孟良被吾连擒二次,彼今不敢再战,必来劫寨。此回捉之,看他再有何辞?"岳胜曰:"本官奇谋妙计,非他人所能及,只恐其不来也。"六郎曰:"准定今夜至矣。"因令众人于帐前掘下地坑,可深五六尺,上用浮木铺定。着军士远远埋伏,只留八九人藏于帐前,候敌人中计,即出擒之。众人依令而行,整顿齐备。

　　是夕,六郎独坐于帐中,秉烛观书。将近二更左侧,孟良果部军士悄悄来到佳山寨;遣人缉探,回报寨中军人各安歇去了。孟良喜曰:"今番报其仇矣。"径到寨边,着手下停止于外,自轻骑杀入帐中,见六郎隐几而卧,更无一人。孟良手提巨斧,乘力向前,喝声:"六郎休走!"举斧未落,忽一声响处,孟良连人带马,陷入土坑中。帐前健军一齐抢出,用搭钩擒住。孟良带来部下二千余人,被军士围裹将来,不曾走得一个。众人押过孟良,六郎谓之曰:"量君见识,出不得我神机。放汝回去,在意招集人马来战。"因令左右放之。孟良曰:"我虽为贼,颇知礼义;只缘顽性未除,蔽却本来羞耻。将军神人也,我安敢不服?情愿倾心以事本官,无他念也。"六郎大喜曰:"君若肯归顺于我,久后终得好名目矣。"

次日平明，孟良禀过六郎，回本寨召集刘超、张盖、管伯、关钧、王琪、孟得、林铁枪、宋铁捧、丘珍、丘谦、陈雄、谢勇、姚铁旗、董铁鼓、郎千、郎万共一十六员头目，都来归顺。六郎于寨中摆设犒军筵席，与岳胜等欢饮。酒至半酣，孟良曰："离此六十里，有芭蕉山，地势极恶。内聚强人，扰乱山庄，专一劫掠放火，官军无奈何他。为首乃鸦州三元县人氏，姓焦名赞，性好食人。生得面如赤土，眼若铜铃，四肢青筋突起，遍身肌肉，块垒无数；使一柄浑铁飞锤，万夫莫近。若得此人来降，尤为吾党生色。"六郎听罢，欣然起曰："吾当亲赍空头官诰，招来为将。"孟良曰："此人至顽，本官不可轻往，须部众而去。"六郎曰："吾以诚信待人，何以兵为哉？"是日酒散，已交三鼓。

次早，六郎令岳胜等守寨，自引骑军数人，单马来到芭蕉山。将近山隘，隘口坐着一人，形容怪异，似樵夫装束。六郎问曰："此处是芭蕉山否？"其人起身答曰："汝是何人，单马来此？"六郎曰："小可姓杨，名延昭，杨令公第六子也，近授佳山寨巡检。闻此处有焦赞，勇力无双，我特来相招为将。"其人曰："君要寻焦赞，吾素相识。君可随我来，引汝见之。"六郎喜不自胜，即同其人进入山中，但见石壁巍峨，树林丛杂。将近洞边，其人曰："汝且停待于此，我先入通报。"六郎允诺。其人进洞中；一伏时，走出数十喽啰，将六郎捆缚了，捉入洞去。见上面坐着一人，正是方才引路者。那人笑曰："我焦赞未尝请汝，汝自来寻死，复有何词？"六郎颜色不动，厉声应曰："大丈夫视死如归，凭汝如何处置。"焦赞曰："吾啖着多少好汉心肝，罕见汝一个乎？"即令手下吊起，亲自下手开剥。正待举刀，忽六郎顶上冒出一道黑气，气中现出白额虎来，咆哮掉尾。焦赞大惊曰："原来此人乃神将也。"即便叫手下放宽吊索，亲解其缚，纳头便拜曰："小可不识神人，情愿归顺。"六郎曰："君若肯归于我，不失官职，胜于为寇多矣。"乃取过空名官诰，付与焦赞。焦赞大悦，令手下都来拜见，分付备设筵席相待。

樵夫诡计捉孟良　六使单骑收焦赞

六郎正待饮间,忽洞外喊声大振,金鼓不绝,人报入寨中。六郎出洞视之,乃岳胜、孟良一起。众人见着六郎,乃各下马相见,因说从骑回报,本官被贼人所捉,特来救取。六郎道知收伏焦赞之事,众人皆悦,入洞中依次序而坐,尽欢畅饮。次日,六郎率众人离芭蕉山,焚其洞巢,径回本寨而来。后人以六郎连收三员勇将,有诗赞曰:

　　天下英雄角逐秋,一时豪杰总归投。
　　三关兵马中原盛,威震番庭志气酬。

　　是时杨六郎招伏三员大将,遣人申报朝廷,欲求定封,以安其下。真宗得奏,与群臣商议。寇准奏曰:"延昭既招伏群寇,陛下当允其请。"帝准奏,乃遣使赍敕,加封延昭为镇抚三关都指挥正使;岳胜、孟良、焦赞等共一十八员并授指挥副使。诏旨既下,使臣领命,径诣佳山寨传宣。六使与众人拜受命讫。款待朝使已回,遣人往胜山寨招取陈林、柴敢来到。自是壮勇并集,兵马强盛,于关上扯起杨家金字旗号。从此番人畏服,边患少息。

　　时值八月中秋佳节,六使在寨中与众将赏月饮酒。怎见得中秋好景?有前人《念奴娇》词为证:

　　凭高眺远,见长空万里,云无留迹。桂魄飞来光射处,冷浸一天秋碧。玉宇琼楼,乘鸾来去,人在清凉国。江山如画,望中烟树历历。我醉拍手狂歌,举杯邀月,对影成三客。起舞徘徊风露中,今夕不如何夕。便欲乘风,翩然归去,何用骑鹏翼?水晶官里,一声吹断横笛。

　　是夜,酒至半酣,六使于席上谓岳胜等曰:"吾父子八人,自归大宋以后,与北番世仇。我父令公,因瓜州之战,丧身于胡原谷,当时暂埋骸骨于李陵碑下。每欲遣人取回，葬于先茔，少尽人子之道。奈无心腹之人，代我前去，心常怏怏，不知何日得伸此志也。"岳胜曰："本官此意，诚乃大孝至情，争奈番兵阻道，四下皆贼敌，难以亟取，须迟缓数年，则可计较。"六郎因潸然出涕，遂撤席而散。

时孟良因听本官席上所言，自思曰："我蒙三次不杀之恩，今日要人出力，所在无一人敢承其志者。不如乘今夜悄悄偷出营寨，密往胡原谷，取得骸骨而归，少报本官之万一。"孟良准备已定，不与众人知道，径望胡原谷而去。次日平明，寨中不见了孟良，众人报知六使。六使大惊曰："昨日在席上饮酒，今日却缘何不见？"岳胜等曰："孟良终是贼性，莫非逃奔他处，不与本官知道？"六使曰："我观孟良，其性虽粗，志如金石。既降于我，宁肯私奔他适乎？"众人狐疑未定，六使亦闷闷而已。

第 二 十 四 回

孟良智盗骕骦马　岳胜大战萧天佑

却说孟良装作樵人,来到胡原谷,寻觅令公骸骨,全无下落。忽遇一老番卒经过,孟良作番语问曰:"此处有杨令公骸骨,今缘何遗失无存?"番人答曰:"一月之前,幽州萧娘娘已令人掘取,迁葬于红羊洞去了。"孟良听罢,思忖曰:"专来干此功劳,若不得骸骨,亦难以回去;不如径入幽州,徐图计较。"遂假装番人,望幽州而行。数日之间,将近其境,遇见一渔父来到。孟良问曰:"汝要入城否?"渔父曰:"赶明日献鱼,如何不入城?"孟良曰:"献甚么鱼?"渔父曰:"八月二十四日,乃萧娘娘寿诞,例当进献鲜鱼奉贺。今朝是二十三日,明日侵早要进。"孟良听罢,暗喜曰:"中我计矣。"乃曰:"我番帅喂马者,亦要入城,当与公同往。"渔父在前,行不数步,孟良抽出利刃,将渔父一刀杀死,撇了尸首,剥下渔人衣服、牙牌穿带着,提鱼在手,径入城中。守门番军见孟良称说进鱼贺诞者,搜检牙牌是实,径放他进。

次早,萧后设朝,众文武称贺毕。阁门太使奏曰:"今有黄河渔父进上鲜鱼,未敢擅入。"萧后下旨,召入金阶下。孟良献上其鱼。后曰:"此鱼比往年小,鳞又不新鲜,如何敢进于我?"孟良奏曰:"臣每年进者虽大,皆非美味。此鱼极是难得,近日于河中网取,养之池内数日,盖因天气乍热,其色不鲜。然滋味实与凡品不同,请万岁试尝之,便见端的。"后喜而笑曰:"言之有理,汝且退,须待过却圣节,各员役一同赏赐,然后回家。"孟良喜不自胜,拜辞而出。萧后令有司官排下筵宴,赏赐在廷文武。是日，宫中大吹大擂，丝竹和鸣，君臣尽欢而饮。前人曾有《西江月》词为证：

> 断送一生惟酒，摒除万事无过。远山横黛蘸秋波，不饮防人笑我。花病等闲瘦弱，春愁没处遮拦。杯行到手莫留残，不道月斜人散。

群臣夜静乃散。

次日，众官趋朝谢宴毕。忽近臣奏知："今有西凉国进贡中朝骍骝良马一匹，路经幽州地界，被守官夺得送来。"萧后命牵进其马，视之，果是好匹骏骑：碧眼青鬃，毛卷红纹，四蹄立处，高有六尺。后曰："此马果然难得。"下命有司，用心喂养，以备出入。有司承命牵出，不题。

孟良闻此消息，密往厩中视之，称赞不已。自思："先偷取骸骨，然后计较此马。"径抽身来到红羊洞中，旷野所在，见一土墩，旁有小碣，上写了"令公冢"。孟良待至昏黑，掘开冢墩，下有石匣安贮。孟良解了包袱，开匣取骨，包藏停当，忙走出洞中。却被番人捉住，搜检包裹，问曰："汝是何人，敢来做此勾当？必是宋朝细作。汝从何处发掘而来？"孟良泣曰："小人不是细作，乃渔父矮张也。日前献鱼上朝庆寿，蒙太后敕旨，留我父子赐宴。吾父因见皇封御酒，多吃了几杯，不料醉死。路途遥远，只得将尸首焚化，带取骸骨归葬。岂有细作，敢来此处寻死？"言罢哭之甚哀。番军信其言，遂放之，令其速走。

孟良得脱，急归至驿中，将骸骨藏好。次日，带些毒药，复来马厩边，见番人正值煮豆喂养。孟良装作番人一般，近槽边撒下毒药，径回去了。其马中着毒药，即时不食。喂养军人报知司官。司官急奏萧后知道。后曰："此马不食，莫非汝等调养失宜之故？"司官奏曰："贵相良马，本难调护；既不食，必有病。乞陛下圣旨，召募有能医治者，重赏

孟良智盗骕骦马　岳胜大战萧天佑

以爵，或得识其性者，用之保护，庶可万全矣。"萧后允奏，即出下榜文，召募善能医马之人。

旨令既出，孟良听此消息，思曰："此计若成，带得此马回朝，诚大宋之福力也。"径来揭取榜文。守军捉见萧后。萧后问曰："汝能医治骏马耶？"孟良曰："臣即前日进鱼之人，亦晓医理。不消一二日，管保医好此马。"后曰："汝若医得平复，当封汝重职。"孟良拜命而出。有司引良到厩里看视马病。孟良既到，细看，乃曰："此马中毒已深，当急治其标，然后调其本。"有司然其言。原来孟良所放药末，只是一味麻药。若教中了，即不能开口。便似有病。直至将麻药洗去，撒下香豆，那马立地吃尽。过了一宵，平复如初。司官奏知萧后："其马已平复无恙。"萧后大悦，即宣进孟良，谓曰："医好良马，卿之功也。燕州缺一员总管，就封卿此职。"孟良谢恩。自思："我本为此马之故，费却几多心力。总管非我所愿。"即生一计，奏曰："蒙陛下深思，赐臣官职。缘此马尫瘠初瘥，血脉未固，若不随宜调之，恐又再发，便难疗治。当与臣带往州所，驰骋几日，方保无再发之虞。"太后曰："卿言极有理。"因令将此马与孟良带往燕州而行。孟良得旨，领命辞出，就往驿中取过骸骨，跨马跑出幽州，星夜逃回佳山寨而去。有诗为证：

骕骦良骥带将来，壮士奇谋亦勇哉！
本为忠勤能报主，临行又得令公骸。

逻骑报入幽州，萧后知之大惊曰："却被奸人所算矣。"即遣萧天佑率轻骑五千追之。萧天佑得旨，部骑出幽州，如风送行云赶来。

却说孟良此时已离幽州二百里程途，望三关不远。回顾后面，尘土遮天，旌旗蔽日，知是番人追赶，急走至关口。早有哨军认得孟良，连忙报入寨中知道。六使闻此消息，急令岳胜、焦赞等出兵接应。岳胜部众前来，恰遇孟良走得汗流满面而来，叫曰："后头番兵追紧，汝宜仔细。"岳胜曰："汝先上关，我自抵住敌兵。"孟良径跑马入寨中去了。

岳胜摆开队伍。霎时间，番帅萧天佑挺枪跃马而来，厉声大骂曰："贼人盗我大辽骍骊良骥，好好献还，饶你残生。不然，踏上关来，寸草不留。"岳胜怒曰："番蛮敢来相撩耶？"即舞刀跃马，直取番将。萧天佑举枪还战。二人斗上四十回合。焦赞喊声如雷，率轻骑从旁攻入。番将前后受敌，势力不加，拨马走回。焦赞乘势掩之。北兵大败，自相蹂踏，死者不计其数。岳胜等直追至澶州界，乃收军回营，来见六使，道知杀败番兵之事。六使既见孟良，又闻杀赢番人，大喜，问孟良因何私往幽州，孟良将其本末详细道知。六使拜谢孟良曰："既蒙大德，取还吾考令公之骸，即当与吾母令婆知道，然后安葬先茔，并将此马献与主上请功。"分遣已定，差人带领骍骊，径诣汴京，进见真宗。真宗得此良马，大悦，谓群臣曰："延昭才守三关，近得捷音，收伏良将三员；今又夺得良马来献，其功不小，朕当重赏之。"八王奏曰："杨郡马忠勤为国，陛下赏之实当。"帝径遣使臣，赍缎匹羊酒，前诣佳山寨，赏赐郡马，不提。

忽近臣奏知："番兵寇打澶州，为边庭患，乞朝廷定夺。"真宗问曰："番兵犯界，当今谁部兵退之？"八王曰："澶州近三关地方，若敕郡马退敌，管教成功。"帝允奏，乃下敕，着杨六郎抵御北兵。使臣领旨，径诣佳山寨宣读。六使得赐缎匹羊酒，尽俵分部下。召诸将议曰："今番兵屯止澶州，近为边患，朝廷敕我等御之。汝众人当用力向前，不宜造次。"孟良进曰："此患是小人惹来，我当率兵迎敌。"六使曰："萧天佑北番名将，汝引兵先行，吾率众相应。"孟良领兵去了。又唤过岳胜谓曰："汝引马军一千出关，俟战酣力乏，可冲阵击之。"岳胜引众而行。杨六使分遣已定，自领步军二千，随后救应。

飞骑报入番帅军中。萧天佑与耶律第议曰："太后令旨，着我部兵来追贼人，今已走入关中，访得乃是剧贼孟良也，今要来与我放对。汝众人各宜用力，取得马复回，主上必有重赏。"耶律第曰："主帅不须挂

孟良智盗骕䯄马　岳胜大战萧天佑

念,凭我众人之力,务要大功而回。"天佑下令已定。

次日平明,于平川旷野,排开阵势。宋兵摇旗鼓噪而来。孟良全身贯带,绰斧立于阵前,高叫曰:"番贼不即退去,必来丧其命矣。"萧天佑怒骂:"偷马之贼,尚敢来斗耶?"即举枪直奔孟良,孟良舞斧迎之。两下呐喊,二人战上三十余合,不分胜负。番将耶律第提刀纵骑,冲出助战。忽山后一声鼓响,岳胜一军杀出。萧天佑力敌孟良,岳胜战住耶律第,四将鏖战。天佑勒马佯走,孟良不舍,骤马追去,抡巨斧望番将劈面砍落。萧天佑金光灿起,斧不能伤。孟良大惊,跑马走回。番将复马杀来,宋兵披靡,四散逃走。岳胜部下先溃,抛了敌将,与孟良径奔关下。天佑见前面杀气连天,知有伏兵,乃收军还营。孟良回至寨中,见六使,道知萧天佑之事。六使曰:"世上有此异事?吾明日亲上阵,便知端的。"着令陈林、柴敢守寨;岳胜率刘超、张盖先战;孟良、焦赞领王琪、孟得等分左右翼而出。众将得令,各整备交锋,不题。

却说萧天佑在军中召部下同议曰:"孟良、岳胜,英雄之将;且部下皆八寨强徒,都能争斗。若不以智胜之,徒战无益也。离此三十里,有双龙谷,两边山势险峻,只有一条小路可透雁岭,岭下便是幽州之野。先得一人引步军埋伏于此,赚敌人进入,即出围之,不消半月,皆饿死于谷中矣。"耶律第应声出曰:"小将愿往。"天佑曰:"汝去最好。"即付步军二千与耶律第前去。又召过黄威显曰:"汝率骑军一千,于雁岭下多张旗帜;候敌人进入谷中,垒断其路。"威显亦领计去了。

第 二 十 五 回

五台山孟良借兵　三关寨五郎观象

却说萧天佑分遣已定,人报宋将扬声搦战。天佑披挂上马,率番兵列下阵势。对面岳胜舞刀先出,大叫:"番将速退,免伤和气。不然,自取灭亡耳。"萧天佑大怒,挺枪直奔岳胜。岳胜抡刀来战。未及数合,孟良、焦赞左右冲出,接住番兵交锋。萧天佑力战数将,佯输而走。六使从旁追及,挺枪刺之,金火迸起,枪不能入。六使且惊且疑。岳胜、孟良等催兵而进,被天佑赚到谷口。六使见山势峻恶,停住马曰:"众人且慢追赶,恐敌人用埋伏之计。"进退不决。孟良曰:"此处我素惯熟,里头乃绝地,只有小路可通雁岭。番将不知路径,走入谷中,正好乘势擒之,如何不进?"六使然其言,率众赶入谷中,不见番将人马。六使惊曰:"敌人已有计谋,若不急退,定遭其困。"道未罢,谷口金鼓齐鸣,喊声大振,耶律第伏兵齐出,将南兵尽皆困了。孟良、岳胜等拚死来战。山上矢石交下,宋兵伤者无数。直待寻雁岭杀出,已被番兵垒断路径。山后旌旗乱滚,那一个敢近前。

六使与众人困在谷中,无计能脱。焦赞进曰:"小将愿部兵冲开谷口,救着本官出去。"六使曰:"番兵甚众,如何抵当?倘伤士卒而无益,不如停待几时,乘势或可走脱。"岳胜曰:"寨中不知我等被困,倘若外无救援,内绝粮草,番兵乘疲杀入,岂不坐而待毙。趁今人马尚强,依焦赞之言可也。"六使曰:"救援之处本有,奈无人通透。此去五台山,一望之地,若得一人前去,报与吾兄杨五郎得知,内外夹攻,则

五台山孟良借兵　三关寨五郎观象

可脱此厄矣。"孟良曰："本官与众人忍耐在此,待我装作番军,偷出山谷,前往五台山求取救兵。"六使曰："汝去须用机密。见了吾兄,求他作急而来。"孟良遂解下盔甲,装作番人,辞六郎。深夜偷出雁岭,恰遇巡营番兵,被孟良一刀斩之,取其铁铃,满营闯去,口内番语不休云:

牢把寨,牢把寨,莫教走了杨都大。

又云:

牢把险,牢把险,莫教走了杨巡检。

时番兵并无猜疑,任从孟良来往。巡至三更,走出岭外,大踏步望五台山而行。

　　不消一日,孟良来到山门之下,见一侍者,问曰："汝师父在寺中否?"侍者曰："君从何处而来?"孟良曰："杨六使将军差遣,特来见禅师,有急事报知。"侍者闻是杨家将,即引孟良进入方丈中,禀知师父。出来相见毕,五郎问曰："汝来寺中,有何高论?"答曰："小人姓孟名良,近归杨巡检,镇守三关。盖为北番犯边,本官与其交战,不期中了敌人之计,被困于双龙谷;外无救援,粮草且尽,特遣小人来求师父,出力相助。"五郎笑曰："我出家之人,岂可复临阵相杀乎?且戎伍久荒,武艺俱废,纵去亦无益矣。君可往汴京,求救于朝廷,庶不误事。"孟良曰："此去京师,程途遥远,知他几时出兵?望师父念手足之情,亲劳一行,以救众命,便是活佛出世,万勿推辞。"五郎沉吟半晌,乃曰："去则容易,奈我战马已死,少一匹骑骏,难以果行。"良曰："师父若肯相救,小可即往寨中取得马来。"五郎曰："吾所乘骑,最难中意。除非八大王千里风、万里云二马,若得其一,则可前行。"孟良曰:

"此亦没奈何，小人只得星夜入汴京，问八王借得来用。"五郎曰："若有是马，当胜番兵矣。"

孟良即辞五郎，径往汴京而来。不日到京城，进八王府中拜见，道知借马之由。八王曰："别事皆可，惟此二马，吾看之未饱，岂肯借人临阵哉？不必再说，决难允许。"孟良闷闷而退，赴无佞府，来见杨令婆，道知六郎被困。令婆洒涕曰："吾夫君率诸子归于朝中，今只有六郎一人能承父志，今又为番兵所困，倘有不测，使我倚靠于谁？"九妹进曰："母亲不必深忧，既哥哥有难，我当同孟良前去救应。"令婆曰："汝去最好。边庭之事，须宜谨慎。"九妹领诺。孟良曰："请小姐先出汴京，于二十里之外等候。小人今夜往八王府中，偷得其马，即来相约。"九妹依其言，先自整备，辞母亲去了。

只说孟良复来八王后花园，蓦地越入。将近黄昏左侧，向御书楼边放起火来。一伏时，烟焰张天，满处通红，军校急报入府中。八王大惊，即令人赴救。孟良乘其慌乱，闪入马厩，偷得千里风一匹，从后园门，径跑出城。比及救灭火势，中军传说：有一壮士，乘千里风走出东门而去。八王怒曰："必是孟良用此计较也。"即令牵过万里云，挥鞭赶去。天色已黑。时孟良偷马出得汴京城，不胜之喜，不知八王所乘，如腾云雾，顷刻间追至。孟良正行间，听得后面如风过之声。八王骂道："逆贼速留下马还我，饶汝性命。"孟良大惊曰："彼来何速耶？"辄心生一计：将千里风推落泥泽中，自躲入松林里瞭望。适八王追赶近前，见马陷在泽中，笑曰："此贼没奈何，生支节推落泽中。且待从军来到，救起而去。"遂跳下所乘，近前视之。孟良在星光之下张见，即跨上万里云，叫声："八大王休怪，吾借此马，退番兵便送还矣。"言罢，挥鞭勒辔而去。八王悔恨无及。正在懊恼间，后头随军已到，八王道知被孟良诡计脱去万里云。随军曰："殿下勿忧，待其救出杨郡马，必当送还。"八王只得令人救起千里风，复回汴京，不题。

将近平明，孟良恰与九妹相会，说知盗得万里云而来。九妹喜曰：

"既得此马，君往五台山求五哥出力相救，我先去三关俟候。"孟良领诺，径来五台山见五禅师，告知："借马已到，又与九令妹同来救援。"五郎曰："看你为主，志亦勤劳，当得下山相救。"即点起头陀五六百人，扯起杨家旗号，离了五台山，到三关与九妹等相见。九妹曰："六哥被困日久，乘今便杀入救之。"五郎曰："番兵众盛，待遣人缉探消息，然后出兵。"众人然其言，乃按甲而待。

消息传入萧天佑军中，天佑召诸将议曰："杨五郎救兵来到，此人雄勇莫敌。吾有一计，可使救援自退，宋兵尽死于谷中矣。"耶律第曰："元帅有何妙策？"天佑曰："今军中捉得一边民，面貌极似六郎。可杀之，以头悬于高杆，只说昨日被番兵所擒，部下诛戮殆尽。彼若见之，必信而退矣。"耶律第曰："此计甚高。"萧天佑即将其人诛之，斩其头；令番兵悬出阵前，传说六郎被杀，今以首级号令。

哨军报入关中，五郎闻此消息，大惊曰："吾弟遭困，为番兵乘虚所杀，此理有之。"即令九妹出关下认之。九妹连忙披挂，来关下视之。先令军人前往通知番帅："若果是杨家首级，即便退兵。"军人于阵前传说。萧天佑得知，令部下献出辕门与视。九妹看时，见面貌颇似六郎，遂号泣不止，遥指番兵而骂曰："杀兄之仇，定要报复！"乃回马入关中，报知五郎。五郎叹曰："本为来救吾弟，谁想已遭擒戮，真乃杨门之不幸也。"惟有孟良不信，乃曰："五将军，此事可疑。当日小人离双龙谷之时，本官部下尚有许多人马，既被其杀，岂无一人走漏者乎？此事未可便信。"五郎亦疑信不决。

是夜，秋风微动，月明如昼。五郎披衣出帐外，观望星斗，见将星明朗，正照于双龙谷。自思："六郎必然尚在。"次日谓九妹等曰："我夜观星象，知汝兄无恙。今得一人通知消息才好。"孟良曰："小可复入谷中，体探动静。"五郎曰："得汝去极好。"孟良径辞而行。九妹曰："孟良既去，小妹亦往左近访问其事。"五郎曰："汝去须用机密，勿被敌人测破。"九妹曰："自有方略。"即辞却五郎，装作打猎小军行至天马山，路径丛杂，进入林中，却有番兵无数来到。九妹转出后山而走，见着小茅庵。九妹抽身入庵中，恰遇庵主，迎问之曰："汝是何人？独自来此深山？"九妹答曰："实不相瞒。小可是杨家女流，盖为哥哥六郎被番兵所困，今来访问的实。走错路径，却遇番人追逼，特投庵主相救。"庵主曰："此是番邦境界，汝缘何轻进？速卸去弓箭，取道服穿着。"

一时间，番兵都赶到庵中，捉住九妹。庵主曰："是我弟子，在此出家，汝等何以捉之？"番兵曰："既是出家，缘何带有弓箭？"庵主笑曰："汝本不知，我居此山，不时有猛兽伤人，适才弟子出外打猎而回，弓箭何足为怪。"番兵遂放了手。因曰："汝既能射，必有勇力；若斗得我众人过，则放汝。不然，定要捉去，见我娘娘也。"庵主曰："汝等如何出此言？"番兵曰："近因南朝孟良过界，偷去骗騙御马，今下令各处巡视，恐防南人入界。人等疑他亦是细作，故要比试也。"九妹曰："师父且待我与他比试。"言罢，即出草坪中比斗，番兵无一人能近之者。番兵斗他不过，各自回营去了。庵主曰："且待几日，我令人探问令兄消息，行之未迟。"九妹依允，就留止庵中。不题。

第二十六回

九妹女误陷幽州　杨延德大破番兵

却说巡视番兵回幽州见丞相张华，道知："天马山庵中有一壮士修行，端的弓马精熟，武艺超群，我等十数人不能近之。"张华听罢大喜曰："既有此人，当遣人领诰敕前往，召他来见。"番官领命，赍诰敕复往庵中见庵主，道知其事。庵主与九妹商议曰："幽州张丞相有诰命来召，汝肯去否？"九妹曰："既来相召，安敢相辞？"庵主愕然，邀九妹往庵后谓之曰："君乃女流，若被他识破机关，命亦难保，如何许其前行？"九妹曰："蒙庵主相待，足见庵主好心。此去自有方略，内中用事，救得哥哥，亦机会也。"庵主曰："亦宜谨慎而行。"

即日九妹辞庵主，与番官径赴幽州。进张丞相府，参见毕，张华问曰："壮士何处人氏？须先通姓名，而后录用。"九妹答曰："小可祖贯太原人氏，姓胡名元。幼年曾习武举，屡科不第，因弃家居庵修养。昨承钧旨相召，只得赴命。"张华爱其言词清利，人物出众，不胜之喜。乃令人整顿净房一所，与其安置。九妹辞出。张华入后堂与夫人商议，要将月英小姐招胡元为婿，夫人允许。

次日，张华命番官通知胡元。九妹曰："此事大好，蒙丞相见爱。但今宋兵在境，干戈未息，凭小可生平所学，建立微功，然后允之。"番官回报张丞相。丞相曰："且看他武艺如何。"即整朝服入奏萧后曰："臣召募得一壮士，英雄俊伟，要与陛下立功。乞宣授其职，以退宋军。"萧后允奏，下命封胡元为幽州团练使，付兵五千，前助萧天佑。

九妹得旨，拜受命讫，领兵辞张丞相，径到澶州来，与萧天佑兵会合一处，屯扎西营。正遇杨五郎催军索战。九妹披挂上马，跑出阵前大叫："宋将速退，免受其戮。"五郎马上认得，大惊曰："贤妹如何在彼引军相争？"九妹打暗号曰："五哥诈败，我自有计较。"五郎会其意，舞斧便战，斗不数合，大败而走。九妹追出数里乃回。

哨马报入萧天佑军中："新收将大胜宋军一阵。"天佑大悦，即遣人请入帐中，商议破宋之策。营里番兵有认得九妹者，密谓天佑曰："此人前日在宋阵中看六郎首级，元帅须用提防。"天佑大惊，遂令番众拿下胡元。九妹不知其由，乃曰："吾有杀退宋军之功，元帅何故拿我？"天佑曰："汝本南朝杨家之将，敢欺我耶？"不由分辩，将囚车陷了，遣军校解回幽州见萧后，具奏其情。后得奏，乃宣张丞相问之。张华奏曰："臣亦未知真实。乞发下牢中，待擒得杨家将来，一齐斩首。"太后允奏，遂命将胡元监于狱中。正是：

本为成谋全骨肉，谁知先自受悲辛。

却说消息传入三关，杨五郎闻知其妹有难，亟与众人商议曰："六郎近闻无事。如今九妹被系狱中，当先设计救之。"陈林曰："将军有何妙计？"五郎曰："幽州右控西番，实唇齿之邦。吾诈作西番人马，前去相助，萧后必信；从中举事，可救之矣。"陈林曰："此计极妙！本官先去，吾亦引军于中路相应。"五郎分布已定，扯起西番旗号，部军来到幽州，遣人通报萧后。萧后下命侍臣，宣西番国统兵主帅入见。杨五郎承命，进于金阶，称呼毕。萧后曰："有劳将军，跋涉风尘不易。"五郎曰："西番国王以娘娘与南军交战，胜负未决，特遣臣部兵相助。"萧后不胜之喜。即令设宴相待，亲举三觞，赐赉甚厚。五郎曰："军情事紧急，臣明日当出师以退宋敌。"萧后曰："远来疲乏，尚待数日而行。"五郎谢宴而出，在城南扎营。下令军中："乘番兵不知提备，今夜杀入皇城。"众军得令，各整备，不题。

是时九妹在狱中，得狱官章奴知其为南人，十分相待，每要放他走脱，未遇机便。九妹因谓章奴曰："蒙君相待甚厚。我适间占卜六壬课，今日当脱此难，不如与君同奔南朝，当有酬报也。"章奴曰："我有此心久矣，只缘无人提携。既将军肯带下官同去，今夜可越狱而出。"九妹整点停当。将近黄昏左侧，城南数声炮响，杨五郎引七百头陀，杀入城中，如入无人之境；后面马军一涌攻入，四下鼎沸。近臣报入宫中："反了西番国军马。"萧后大惊，亟令紧闭内城。当下杨五郎先杀入狱中，恰遇杨九妹从狱中杀出。番官各自逃生，那一个敢来争锋？南朝人马蹂踏而进，杀死番兵不计其数。

五郎与九妹左冲右突，大闹了幽州城，放火烧着南门，复军杀奔澶州。萧天佑不知军从何来，部下大乱。耶律第一骑先出，正遇五郎。两马相交，战不两合，被五郎一斧劈落马下。陈林、柴敢部兵夹攻。天佑不敢恋战，弃营逃走。杨五郎骤骑追之。萧天佑回马力战。二人斗上二十余合，五郎挥起利斧，当头劈下，忽金光灿起，不能伤之。五郎曰："师父曾说番邦萧天佑，铜身铁骨，刀斧不能入，留下降龙咒一篇，嘱咐交锋则诵之，待我念动此咒，看是如何？"五郎才刚诵了，忽狂风大作，飞砂走石，半空中降下金甲神人，手执降魔杵大叫："逆妖好好回去，饶汝万刀之诛。"萧天佑滚落下马。五郎再复一斧，忽声响处，火光满地，不见了萧天佑。一伏时，天地清朗，月色如昼。五郎杀入番营，提兵抄进双龙谷。孟良听得外面金鼓不绝，引众人当先杀出，正遇番将黄威显，一斧砍之。杨六郎等乘势突出，与五郎军马合为一处，杀得番兵四分五落，尸首堆积，夺其牛马无数。正值四更时分，五郎收军还佳山寨安下。

次日平明，众人相见。六使曰："若非五哥出力救援，几被番人困杀矣。"五郎曰："九妹反为北番所囚，不施此计较，险些亦难保也。"六郎嗟呀不已。九妹曰："多得狱官章奴与我杀出狱中，却被乱兵所伤，深感此人，难报其恩。"五郎因问被囚之故。九妹将庵中相救，及往番邦之由，一一道知。五郎曰："深山幽谷，亦有此好人。可令人送缎匹往庵中答谢。"是时六郎于寨中，广设筵席，犒赏诸将。酒至半酣，五郎曰："贤妹依前回去奉侍母亲。我亦领众转五台山。六弟用心守此三关，继吾父之志。"九妹领诺，酒罢即辞行。六郎亲送兄妹离寨数里之程而别。

不说九妹与五和尚自回。且说六使回至寨中，遣人送万里云还八王。八王笑曰："前日我不借马，非是吝惜，盖试孟良之能耳。今既得此捷胜，马亦无恙，真国家之福也。可令杨六将军下令军中，整饬戎伍，紧守三关，招募英雄，为进取之计。"

话分两头。却说宋真宗闻捷报："杨郡马大胜番兵。"与八王议曰："六使新建奇功，当何以报之？"八王曰："陛下须赐以犒军之礼，候再立功，则升官职。"帝允奏，即遣使臣，赍花红缎匹，前诣佳山寨，犒劳六使部下诸将，不题。

是日朝散，王钦归至府中，自思曰："杨家有此英雄，如何能遂吾志？"一时无计，遂请谢金吾来商议。差人去不多时，邀得谢副使到府中，分宾主坐定。茶罢，谢副使起曰："不知枢密见招，有何教诲？"王钦答曰："下官蒙主上顾宠，八殿下屡怀不平。前日下官因公务过无佞府，至滴水天波楼前，不曾下得马，被杨家大辱一番。待奏圣上知之，八殿下又来放对。没奈他何，思量不如辞官归乡，杜门不出，省得吃此烦恼也。"谢金吾笑曰："王大人何以自堕其志？今朝中先朝旧相，已皆凋谢，只有我数人而已。虽八殿下权势尊隆，然不理政事。杨家父子，并作无头之鬼，一门唯寡妇耳。先帝在日，重其恩典，起立无佞府、天波楼，以引诱之。当今主上，宁以此当事耶？下官试往过之，若彼省改则止，不然即令手下拆之。"王钦暗喜曰："中我计矣。"复以言激之曰："谢副使休要争闲气，若拆其楼，杨令婆必来相闹；圣上为他作主，我等反受辱矣。"金吾曰："且看下官为之。圣上若问，吾自有计策答奏。"王钦佯意然之，因留酬饮。日晚，金吾辞去，王钦直送出府门而别。

第 二 十 七 回

枢密计倾无佞府　　金吾拆毁天波楼

却说到了次日，谢金吾摆列队伍，前经无佞宅门首而过。近天波楼边，令手下敲动金鼓，喝道连声。谢金吾端坐马上，过却楼前。正值杨令婆与柴夫人在厅上闲坐，闻府外乐声响亮，令人出府探视。回报："谢副使径乘马喝道而过。"令婆怒曰："满朝官宰，让得我杨家。谢金吾何等人，特来欺凌？"即令备车马，趋朝来奏于帝。令婆以龙杖而入。真宗降阶而迎，列坐，因问曰："朕未有宣命，夫人造朝，将奏何事？"令婆起答曰："妾先夫蒙先帝厚恩，曾赐无佞宅、天波楼等第宅，使臣妾诸子荣耀莫加。宰官经过者，俱下马回避，非是敬老妾，盖重君命也。今者谢金吾，动用鼓乐，不下马而过，分明轻慢陛下，欺侮老妾耳。"真宗闻奏，即宣谢金吾入，责之曰："先帝遗旨，汝何独违今？今夫人劾汝轻侮朝廷，该当何罪？"谢金吾奏曰："臣非敢有慢国法，容奏其故。前日陛下以敕命旌赏杨郡马，臣领敕经过天波楼，亦下马而过，斯时君命反甚轻亵。臣等以为相碍，正欲会同文武具奏，未敢擅进。且其楼离无佞宅一望之地，实当南北要道，遇圣节朝贺之日，由此而过，深为未便。乞陛下毁拆其楼，使朝廷知所尊重，千载盛事也。"金吾奏罢，真宗默然。王钦迎风旨进奏曰："谢金吾所陈，极当于理。且无佞宅与天波楼隔越，拆之诚便于事。"真宗曰："卿等且退，待朕再与文武商议。"令婆闷闷而出。私地，王钦又力奏其事。真宗允旨下敕，就着谢金吾监众拆毁之。旨敕既下，王、谢不胜之喜。

消息传入杨府中,令婆与郡夫人议曰:"不想谢金吾劾奏朝廷,要拆天波楼。王钦亦互同此主意。今圣上允其奏,此贼必来毁拆。若不能作主,深贻夫君羞也。"郡主曰:"待见八殿下商议,再奏圣上,或能挽回天意。"令婆曰:"事不宜迟,太郡当即往。"柴氏径辞令婆,来八王府中,相见毕。柴氏曰:"主上听信谢金吾罔奏,要拆毁天波楼。且此楼创始,乃先帝之命。望殿下念其父子忠勤于国,复奏止息其事,则杨家必深报德矣。"八王曰:"圣旨既下,难以即奏,且此楼不便于天使,主上有意去之。如今之计,谢金吾好利人也,汝归商议,多用金宝,买贿与他,宽容数日,遇有机会,我当奏于主上。"

柴太郡领命辞归,见令婆,道知嘱买之事。令婆曰:"若得此楼不拆,安惜金宝为哉?只恐谢金吾不肯接受。"太郡曰:"可令心腹付之,无有不接。"令婆然之。即整备黄金四十两,玉带一围,遣人往谢府送去。果然金吾见杨府礼物,便自心动,乃作傲曰:"彼恃朝廷只在他一家而已,今日亦识谢某乎?"知心人刘宪进曰:"既杨家服输,小心于枢密,正做个人情,缓缓拆之。待朝廷意阻,若留得不动,则令婆正有孝敬在后,岂不两全其美?"金吾曰:"汝言有理。"遂受下礼物,遣人于杨府回复。令婆闻知,私喜曰:"若金吾肯息此事,圣上必不深较。"乃遣人于八王府中,缉探复奏消息。

不想谢金吾所受贿赂,已漏于王钦知道,乃力奏真宗,亟行是事。真宗得奏。复敕谢金吾作急回报。金吾领旨,不得已,督率人夫,将天波楼上层拆去,尚留中层未拆。八王遣人报知令婆:"圣意难回,可星夜往三关与六使商议,则能计较。"令婆得报,忧闷不已。八娘进曰:"母亲只得依殿下所言,令六哥回来计较。不然,滑滑之势莫遏,恐后日无侫宅亦难保也。"令婆曰:"汝言虽是,谁去报知?"九妹曰:"女儿曾识三关路径,愿走一遭。"令婆曰:"汝即去便回。"

九妹装点齐备,辞别母亲,望三关而来。时值五月天气,途中暄热,九妹趁早而行。不消一日,到三关寨,见六郎,道知:"谢金吾奏主上拆毁天波楼,母亲着兄星夜回去计较。"六使惊曰:"朝中文武不谏,八殿下亦坐视耶?"九妹曰:"八殿下力谏不允。是他着人来说,要与哥哥商议。"六使忧愤无地。密令九妹入后寨议曰:"我镇守此处关隘,职责亦重,朝廷又无诏命;倘被知觉,则有擅离之罪。进退两难,如何处置?"九妹曰:"母亲立待,哥哥只得私离数日,待事定之后,仍复回寨。"六使乃唤过岳胜分付曰:"母亲有大事商量,着人来召,只得私下三关数日,事定后即便到此。汝与孟良等,谨慎边境,遵守号令。待焦赞问我所在,只说往眉山打猎未回,不可漏此风声与知。"岳胜领诺而出。是夜,六使辞岳胜,悄悄离佳山寨,望汴京而来。有诗为证:

单马宵征恨不平,君王何以重奸臣?
谁知祸起萧墙内?诈死埋名不忍闻。

二骑行了半夜,将近乌鸦林,忽一人跳出林外,拦住去路叫曰:"本官分付,不与焦赞知之。我已听得多时。"六使大惊曰:"汝不守关寨而私来此。"焦赞笑曰:"本官亦是私离三关,如何反说我来?小可闻得东京最好光景,平生未睹,今日特来跟本官同走一遭。"六郎曰:"汝真恼杀我矣。此来正怕人知,汝心性又急,若到京城,必生出祸患,那时谁任其咎?作急归寨,我回来重赏于汝。"焦赞曰:"若不允我去,先到汴京,扬说本官私离三关。"九妹曰:"只一个人,哥哥便带他同去,叮咛勿使生事便了。"

六郎依九妹之言,带焦赞一同来到无佞府中,入见令婆,拜礼毕。令婆见六使,汪然泪下曰:"汝父子八人,投入中朝,于今凋零,只有汝在。先帝敬我杨府,建设第宅相待。今被谢金吾欺虐,奏毁天波楼。若不早为定议,后日无佞宅莫得安矣。"六使曰:"母亲勿忧,待不肖密进八殿下府中商议。我父子有死难之功,主上宁肯相忘?"令婆乃令柴太郡等相见。太郡曰:"八王若肯主张是事,决有好消息。"六使然其言。因安顿焦赞在偏房居住，着府中军校防守，勿令出去生事。

时焦赞初到，亦且过得。一连数日，便坐卧不住，与军校议曰："我随本官到此，正待看汴京风景。今着人监守于我，莫若不来，犹得散诞。汝等若肯带我向城中游玩，多买酒食相谢。"军校曰："去且无妨，只恐你生面，被人识破，那时连累着本官也。"赞曰："自有方略，决不与人识破。"军校乃背了六使，开后门，与焦赞出得无佞府，大踏步望汴京而来。果然好一座城郭，有《西江月》词为证：

堪羡京师形胜，朱门十万人家。汴京自古最繁华，弦管高歌月夜。市列珠玑锦绣，风流人物豪奢。菁葱云树绕堤沙，真是堪描堪画。

焦赞转过仁和门，但见车马往来，人烟辏集，不觉失口曰："若非本官挟带，安得见此光景？"军校惊曰："汝胆好大！此处乃京城地面，缉访军家无数，闻此消息，谁人来救？"焦赞笑曰："便道一声何妨？"言罢，行到歌管巷，见酒馆中摆列齐整。赞曰："相与进里面，沽饮三杯而去。"军校曰："此间不是我等饮酒处。往城东望高楼饮玩。"日色将晚，军校催促回去。赞曰："难得来此，只在城中寻店安下，明日回去未迟。"从人见他性急，只得依从。

近一更时分，焦赞尚未安歇，乘醉与军校闲走。偶经过谢金吾门首，听得府中乐声嘹亮，歌音不辍。焦赞问曰："此是那个家中？风送歌音，如此清亮。"军校笑曰："速行，休问此处。汝本官正因其人要拆毁滴水天波楼，才下三关。此便是当朝宠臣谢副使府中；想必正在欢饮，乐人吹唱，故有此乐音也。"焦赞初未知谢金吾家，则全然无事；听说是本官对头，便怒从心上起，恶向胆边生，谓军校曰："汝二人只在外面等候，我入府中察访消息便来。"军校吓得浑身酥麻，叫苦曰："汝生出事节，我等定遭连累。可急转店中，明日侵早回去，本官亦弗觉。不然，我先走去报知。"焦赞怒曰："任汝二人去，定要依我行也。"径别了军校，闪进谢府后墙门而去。二军慌忙各自逃奔，不题。

第二十八回

焦赞怒杀谢金吾　八王智救杨郡马

却说焦赞抹过东墙,见不甚高,遂攀援而登,踊身跳于后花园内,密进厨下。家人俱各在堂上伏侍谢金吾,只有小使女在灶前烧火。焦赞于皮靴中取出利刀,先将使女杀了。提着死人头,走向堂上。只见谢金吾当席而饮,乐工歌童列于庭侧,径将人头对面掷去。谢金吾吃着一惊,满面是血,即喊:"有贼!众人何在?"焦赞踏进前骂曰:"弄权奸佞!今日认得焦赞么?"言罢,一刀从项下而过,谢金吾头已落地。众人看见,四散逃走。焦赞杀得手活,抢入房中,不分老幼,尽皆屠戮。可怜谢金吾一家,并遭焦赞所害。后人有诗为证:

　　起意陷人终自陷,且看今日谢金吾。
　　谁怜恃宠当朝相?老幼全家被所屠。

将近三更,焦赞取筵中美味恣食一餐。临行自思曰:"谢金吾一家,被我杀死。他是朝廷显官,若知此事,岂不连累地方?不如留下数字,使人知是我杀,庶不祸及他人也。"即蘸鲜血,大书二行于门曰:

　　天上有六丁六甲,地下有金神七煞。
　　若问杀者是谁?来寻焦七焦八。

焦赞怒杀谢金吾　八王智救杨郡马

题罢，复越墙，打从后墙门而出。待寻二军校，不知走往何处。因在城坳边躲过一夜。次日侵早，逃归杨府去了。

却说巡更捕卒，夜来闻说谢副使府中被劫，亟报王钦。钦即进谢府视之，只见杀死一家老幼共一十三口，尸横散地，血污庭阶。检验官录得门上写的杀人凶身名目呈奏。时闹动汴京军民。真宗得奏大惊，下令着王钦体察此事。王钦奏曰："臣缉问杀死谢金吾一家者，乃杨六郎新招将焦赞。"真宗曰："杨六使镇守三关，何得有部将入城杀人？"王钦曰："前日私下三关，带得焦赞同来，有违国法。乞陛下提处其罪。"真宗允奏，敕禁军捕捉杨六郎与凶身焦赞。旨令既下，禁军四十人领命而行。

是时，杨六使在府中，与令婆计议天波楼之事。忽报："昨夜焦赞越墙入府，杀死谢金吾一家老幼一十三口。今朝廷差禁军来捉。"六使大惊曰："狂奴当败吾事！"道未罢，禁军一齐抢进，捉住杨六使。时焦赞在外听得，手执利刀，一直杀入。禁军见其猛恶，那一个敢近前？六使喝声曰："汝生出如此大祸，尚敢来拒捕朝廷乎？好好自缚，同去请罪。"焦赞曰："我平生杀了几多人，希罕一十三个！我与本官回佳山寨去，看他如何摆布我。"六使越怒曰："若不依吾言，今日先斩汝头去献。"焦赞乃放下利刀，唯唯而退。禁军正待来捉，六使曰："不要动手，见天子自有分辩。"

六使乃随禁军朝见真宗。真宗问曰："朕无圣旨召卿，何得私下三关？又带部将杀死谢副使一家，当得何罪？"六使奏曰："臣该万死！乞陛下宽一时之戮，容陈冤苦。臣父子有幸，蒙朝廷厚恩，虽九泉亦思补报。近因主命有拆毁天波楼之诏，臣母忧虑成疾，只得下关省视即回。部将焦赞凶顽之徒，不知几时进城。今杀死谢金吾一家，岂必是臣主使哉？乞圣明体究，如果是的，当就藁街之诛，以正朝廷法令也。"真宗闻奏，半晌未答。王钦进奏曰："杀人者的是焦赞无疑，当日本家侍从及乐工亲目所睹，且临去又留下笔迹。乞陛下将六郎、焦赞押赴市曹处斩，庶警后人。"真宗迟疑不决。八王力奏曰："杨六使罪责本有，其情可原，果然部将杀人，念彼有镇三关功绩，从轻发落。"真宗允奏，敕法司衙门拟定杨六使等罪来奏。六使既退，王钦密遣人于法司官处，嘱咐发配六使等于远恶地方居住。时掌刑名官黄玉，最与王钦相得；依其言语，以六使得私下三关之罪，发配在汝州做工，递年进造官酒二百埕，三年功满则回。焦赞以把边之绩，宽其死罪，发问邓州充军。即日起行。黄玉拟议已定，申奏真宗。真宗依拟下敕，并命收殓谢金吾等尸首以葬。近臣领旨宣示。不题。

只说杨六使闻此消息，不胜悲悼，来辞母亲令婆与柴太郡。令婆曰："此我家大不幸也，使老身晚景倚靠谁人？"六使曰："母亲勿忧，多则二三年，便可回来，母子复相见矣。且儿犯罪发配，八殿下必周全天波楼一事。今焦赞杀了谢金吾，亦为朝廷去除一恶。若不是八殿下力奏，险然性命难保。"道未罢，焦赞入见六使曰："闻朝廷问本官配汝州军，正要邀本官回三关寨。我亦不要往邓州发配，我不晓得充甚么军。"六使曰："圣旨既下，汝只得到其地方，候遇有赦，仍转三关。若使再违法令，得罪反重。"不移时，王钦差解军四十人，来催杨六使等即行。六使先打发焦赞与解军起身，自辞令婆、太郡，亦离杨府。八娘、九妹直送至十里长亭而别。时焦赞在路等候六使来到，乃曰："我此去，不日走归寨中，报与岳胜哥哥等知道，便来取本官也。"六使曰："休得胡说！我罪不至死，汝亦忍耐过一年半载，便得相逢。"焦赞大笑分别，自与解军投邓州，不题。

只说六使随从一起上路，望汝州进发。正值夏末秋初，凉风透骨。正是：

孤雁声中愁莫诉，残蝉树里恨难禁。

不日来到汝州。公人将批文投至府中，见太守张济。张济看罢来文，先

焦赞怒杀谢金吾　八王智救杨郡马

发回公人，邀六使入后堂问之曰："闻将军把守三关，番人畏服，因何又犯发配之罪？"六使答曰："一言难尽！"遂将部下焦赞杀死谢金吾之由，道其本末。张济嗟呀不已，乃曰："将军权且忍耐。此去城西，有万安驿，冲要所在，可以监造官酒，及时而进。多则一年半载，仍复归朝矣。"六使称谢，辞太守，自去做工，不题。

却说王钦探知杨六使已到配所，请黄玉来府中，商议谋害之计。黄玉曰："此事不难。今圣上以酤税为重，六使监造是职，关系最大。枢使上一道本，劾其有私卖之罪，主上必处之以死刑矣。"王钦大喜曰："此计甚妙！"即具酒醴，与黄玉对席酣饮，二人尽欢而散。次日，王钦果趋朝劾奏六使轻玩国法，到汝州未经一月，将酒酤禁令放弛，私鬻钱价，将为逃反之计。"乞陛下早正其罪，免生后患"。真宗闻奏，大怒曰："彼令部下杀死谢金吾一家，朕念其先人有功，姑免其死。今又在配所私卖朝廷之物，难以宽容。"即敕团练正使呼延赞，赍旨到汝州，取六郎首级而回。旨令既下，廷臣愕然。八王力奏曰："杨六使忠诚之臣，岂有此事？陛下勿听一时之言而诛英雄也。"帝曰："卿屡为六使作保。前日屠朕爱卿谢金吾一家，亦该处死否？"八王语塞而出。

是日朝散，寇准曰："幸得领敕命者系呼延赞，可令其见汝州太守计较，以罪人貌类六使者，枭取首级来献纳，令放六使逃走。后日遇国有难之际，又好保举也。"八王然其言，乃与呼延赞道知。赞曰："此事老夫自有主张。"呼延赞即日辞众赍旨，径赴汝州，见太守张济，细说斩六使之由。张济惊曰："彼到汝州未久，焉有此事？主上何故徒要轻损豪杰？"赞曰："此是权臣王枢密劾奏其情，圣上激怒之甚，八王力保不允。今廷臣商议，要求太守如此如此方便。"济喜曰："正与下官之意暗合。值今北番强盛，若无此人，边境怎安？"因令去请六使来，说以朝廷之意。六使曰："小人本无是情，既圣旨问我以死，只得承命，与朝廷回报。"济曰："君勿忧，正在商议，要如此脱君之厄。"六使曰："若得太守方便，当图死报！"张济曰："管保郡马无事。"即令狱官伍荣来商议。荣曰："牢中有蔡权，问实死罪，情真罪当，年久当斩。此人面貌与杨将军无异，可将此人斩首以献，主上必允信也。"济令取出蔡权审视，果然相像。分付伍荣，多讨酒馔赏之。醉于狱中，伍荣密来枭了首级，提见张太守。太守曰："事不宜迟。"便交呼延赞赍着首级，星夜赴汴京去了。张太守唤过六使，教其装作客商，逃往远处避难。六使拜谢出府，换着轻快衣服，悄离汝州，径回无佞府。不题。

却说呼延赞单骑回转汴京，正值真宗设朝，进上六使首级。帝亲下看验，只道是实。群臣见者，无不嗟呀。八王恐将首级号令被人参破，乃进曰："既延昭伏罪被诛，乞将此首级发于无佞府，与其家人埋葬，亦见陛下不忘功臣之意。"帝允奏，因发下首级，着禁军领去。禁军得令，径送杨府中来。府中未知前因，只道是实，举家悲哀，将首级遵旨埋葬。不题。

第二十九回

宋君臣魏州看景　王全节铜台交兵

却说六使被斩消息传入佳山寨，岳胜、孟良等闻知，号咷而哭，声振原野。孟良曰："既本官不幸，我众人难以再守；不如散去，各安生理。"岳胜曰："汝言正合我意。"即令刘超、张盖，于山下创立本官庙宇，傍塑十八员指挥使，递年祭祀。分遣已定，将寨中所积，人各均分，拆毁三关寨。是日，众人四散而去。陈林、柴敢率所部，依前往胜山寨居住。岳胜与孟良等反上太行山，称草头天子，部将仍封为丞相等职，打官劫舍，不在话下。是时焦赞在邓州听知本官遭戮，亦越狱逃走。

话分两头。却说王钦见六使已死，不胜之喜。自思曰："朝廷无了此人，我志得遂矣。"乃修下密书一封，遣心腹人漏夜送往北番，来见萧后。萧后拆书视之，其书曰：

> 臣自辞禁中赴南朝，又是数年。每怀报答君后之恩，无由得遂。今臣颇知南朝强弱，所可虑者，惟杨六使而已。今臣略施小计，枭其首级以献，臣目所睹。可乘南朝无备，整点六师，大兴征伐，边防必望风瓦解。若待京城震骇，臣内中自生支节，复有书来奏知。望陛下与二三文武商议，勿失此机会焉。

萧后得书大悦，因以示文武。萧天佐奏曰："王钦来书，道得详细，乞陛下早定伐宋之计，以图中原也。"后然其奏。忽一人进曰："陛下此举虽善，只是难以取胜。"众视之，乃大将军师盖也。后问曰："孤欲举兵伐宋，卿何以见得难胜？"师盖曰："杨家虽亡，中原一统之盛，边帅拥重兵者不下数十万；若径提兵深入，未能即胜。当用计策赚之，令宋兵首尾不能救应，中原唾手可取也。"后曰："愿闻卿之妙计。"师盖曰："魏府铜台，乃晋帝陵寝之所，近来戍兵凋落，武备不修。陛下可遣人整饬园林，开凿玉池，多植奇果名花；诈称天落祥瑞，池水成醇，树叶藏浆。以此特异之事，扬于中原。再使人令王钦就中哄惑，引诱其君，来此玩景；然后出劲兵，紧紧困之。陛下亲率精兵，乘虚直捣京城。国中无主，那个敢来争锋？此时取宋天下，有何难哉？"萧后闻之大喜，先发密书，入汴京与王钦知道。再遣能干之人，前去铜台修筑陵寝。一面下令萧天佐等整点军马以待。

不一月间，消息传入汴京，近臣奏知："魏府天降奇瑞，池水成醇酒，叶里贮琼浆。附近边民，各移就共饮。"真宗闻奏，问群臣曰："魏府沃野之地，有此奇事？卿等当究的实。"一派武臣皆上表称贺，惟寇准等持疑是事，乃奏曰："魏府晋朝陵寝之所，既有此瑞，何独一境应之？陛下不可深信。"帝未应。王钦迎风旨奏曰："若此异事使天下皆然，又不足为瑞矣。今特魏府有之，正是太平符运，千载难逢。陛下当整六师亲视之，一者巡抚边民，二者使番人不敢南下。"真宗乃悦曰："卿乃忠言也。"即下诏巡幸魏府。八王谏曰："魏境地接辽界，近来帅臣调遣，城郭荒野。值今戎马在郊之日，陛下车驾一动，北番乘虚而入，那时谁为保守京城乎？万望以社稷为重，勿轻信虚诞之事也。"真宗曰："朕命柴驸马、寇丞相领禁军守京，必保无事。"八王见谏不从，怏怏而出。翌早，敕旨已降，以呼延赞为保驾大将军，光州节度使王全节、郑州节度使李明为前后扈从。赞等得命，准备起行。

越数日，真宗车驾发离汴京，八王以下文武，皆随侍而行。但见：

宋君臣魏州看景　王全节铜台交兵

红尘起处兵车盛，白日昏时羽纛多。

大军一路无词，不日间来到魏府境界。时冬十一月，朔风竞起，北方寒冻。车驾进入府中驻扎。次日，真宗与群臣登晋之陵寝看景，果见林中树叶包藏有物，玉池中泉水红润。帝命取而尝之，其味似酒，其淡若醴。军校摘下树叶，揭内视之，俱是时造粟浆。八王奏曰："陛下以祥瑞之故而劳动车驾，使边民供给，不堪其苦。今观此亦何祥瑞之有耶？此必番人之计，赚君臣来此。若不亟还，定落其圈套。"真宗亦疑，因下命退回军马。

不想北番已知消息，萧天佐、土金秀等率马步番兵一十万，将魏府城郭团团围了。飞骑报至驾前，真宗大惊曰："不依卿等所谏，致被围困，将何以为计？"八王曰："番人预定此策，长驱而来，其势正锐。陛下可敕诸将，严守各门，一面遣人星夜往汴京取救兵，待援兵一至，内外夹攻，则可退敌矣。"真宗依奏，即命呼延赞等分门而守。

时宋军于敌楼上望见番兵鸟聚云集，声势甚盛，众皆有惧色。呼延赞按剑而言曰："凡两国相敌，胜负在将，不在兵之多寡。我观番兵虽众，利在急战。明日与其交锋，当尽力而战，必能以胜之。"众军得令。次日，赞请旨，与光州节度使王全节，分前后出战。旗鼓开处，两阵对圆。番将土金秀跑马先出，指宋将谓曰："汝等已中吾计，何不纳降，以免一死？"呼延赞怒曰："腠狗奴速退，尚可留残生，若使邀阻御驾，直待兵指幽州，寸草不留。"金秀大怒，跃马舞刀，直取宋将，呼延赞举枪交锋。两将鏖战四十余合，番将力怯，拨马而走。呼延赞催动后军掩杀。番将见赞赶来，挽弓架箭，一矢恰中乘马，呼延赞被掀翻在地。王全节正待救之，番兵围裹将来，将赞活捉而去。全节不敢恋战，跑马杀入城中。萧天佐从旁攻之，宋兵大败，死者不计其数。全节入见真宗，奏知："番兵众盛，已捉去大将呼延赞，臣战败而回。"真宗闻之，忧愤不已。八王曰："事既急矣！陛下可再遣人于沿边帅臣取救。"帝允奏，手诏遣使臣而行。

却说番将捉得呼延赞，用槛车囚下，待遣人解赴幽州。萧天佐与土金秀、耶律庆分门攻击，宋军震骇。八王曰："番人所惧，惟有杨家。陛下可效汉高祖白登故事，以军中勇壮者，假装六使及部下一十八员指挥使，城上扯起杨家救援旗号，阳使假者于城上走马，番人见之，必引兵退去。我军乘势杀出，可脱此难矣。"帝允奏，下令军中，并依三关将帅装束。次日平明，扯起杨家救驾旗号。番人见着旗号，报入军中。土金秀惊曰："杨六郎已死，如何又来救驾？"即率所部来探。一伏时，城上金鼓齐鸣，炮响震天。假装岳胜、孟良、焦赞等，于城上走马。番兵望见，那知虚实，齐叫："快走，不然，无遗类矣。"萧天佐闻之，拆营而去。王全节与李明开城追击。番兵奔如潮涌，自相践踏，死者无算。宋军直追至数里而回。王钦大怒曰："北番人真乃乳子！恁的怕着杨家。"亟密遣人报与番帅得知。萧天佐闻之，叹曰："假者如是惧怯，若使真的，不战而败也。"复率众围绕而来，攻打越紧。城中见番兵又至，报知真宗。真宗曰："此机已被参透，再有何策可退？"八王曰："朝廷音问不通，那个敢敌北兵！如今不有杨家，臣等亦难为计也。"真宗曰："悔之无及，朕将率众将亲战番兵，溃围而出。"八王曰："北兵众盛，陛下徒损威风，必不能出。只得紧守此城，以待救兵。"

番兵一连围困二十余日，城中危急，真宗亲自登城，见北骑周回围绕，水泄不通。八王曰："陛下要脱此难，除得杨六使来，殄此丑虏，如滚汤泼雪。"帝曰："那里再得此人？"八王又奏曰："可出赦书，遍行天下寻之，恐有六使也。"真宗不答，退入府中，自思："八王所奏可疑。"因召侍臣入内问计。侍臣齐奏："杨六使消息，八王恐知下落。乞陛下发赦书于汝州究之。"帝允奏，问："谁赍赦一行？"王全节曰："臣愿前往。"帝付与赦文。次日，令李明送出，开了城门，李明先杀出，正遇番将耶律庆，战败之。全节乘势杀出重围，投汝州而去。李明退入城中坚守。

第 三 十 回

八王赍诏求六使　　焦赞大闹陈家庄

却说王全节赍赦文，星夜投进汝州，见太守张济，道知："主上被困魏府，官军战败。今众臣保奏，赦了杨六使前罪，着命部兵救驾。今某赍赦文到此，望太守作急根究其人。"张济曰："六使犯罪，首级已献于朝廷，岂复有六使乎？今着下官根究，从那里寻讨？节使可速回奏，庶不误事。"全节听罢，忧闷不已，乃曰："若不得此人，则主上之难万不能脱，下官亦难回奏。"张济曰："君父有难，臣子何安？节使务要追究，除非到无佞府，可知消息。我汝州决无是人。"全节无奈，只得离汝州，径赴无佞府，来见令婆，道知圣上赦讨六使救驾之事。令婆曰："吾儿首级埋葬多时矣，那里复有？此或众臣无计可施，设为此言，暂安主上之心。节使可即回奏，勿误军情。"全节怏怏不乐。

次日，全节只得单骑复来魏州，杀开血路，到东门大叫："开城！"李明听得是王全节声音，即开城杀出，救入城中。全节见真宗，奏知："汝州并无六使消息。臣又投杨府究问，皆道已死多时。"真宗闻奏，长叹曰："堂堂天朝，遇朕有难之际，无一人敢提兵救援。"又问计于群臣。群臣对曰："如此兵势，虽子牙复生，亦无计可施。"真宗纳闷无地，寝食俱废。八王曰："事急矣！臣只得亲往杨府，取讨六使。如果不在，亦召藩镇来援。惟陛下与众将坚守此城。"帝曰："军情重事，兄不宜造次。"八王领命。帝乃令王全节、李明先杀开重围，保出八王而去。二人复杀回城中。不题。

却说八王赍赦文,径赴无佞府,来见杨令婆;说知主上在危急之中,可着六使出来商议救驾。令婆曰:"前日王节使来召,老妾不与其知。既殿下亲到,当令出来相见。"因令手下,于后园地窖中,唤出六使,堂上拜见八王。八王嗟呀良久,乃曰:"若非昔日之计,今日那讨郡马?"六使谢曰:"多得殿下方便,无恩以报。"八王曰:"主上被困魏府,事势已急,今有赦书来到,郡马作急救应。"六使曰:"近闻三关之众,人各散去,如何能够即救?须待小可前往寨中,招集众人,方可议行。"八王曰:"事不宜迟,我进朝中,调拨边师俟候;待君招集众将,一同进兵。"六使领诺。八王既去,六使辞却令婆,前往三关而行。正是:

谁教豪杰依然出,直向铜台救驾回。

六使只一人在路,行了数日。先往邓州界访问焦赞消息,并无下落。行到锦江口,见一伙僧家,唧唧哝哝而过。六使问曰:"汝等要往何处?都有不悦之意。"僧人曰:"君岂解其事?此地方有一癫汉,发作时,便要打人,官司没奈他何。他口中称,有甚么本官被朝廷所诛,但逢僧道,便拿去看经诵偈,那个敢违逆之?昨日来我寺中,着我等去作功果,超度其主;我众人只得赴命。"六使听罢,自思:"此必是焦赞。"乃问曰:"此人今住何地?"僧人曰:"邓州城西,泗州堂里便是他居处。"六使曰:"我同汝等往见之。"

僧人引六使到泗州堂,正见焦赞卧在神案上,鼻息如雷。六使视之不差,近前摇醒。焦赞睡中起来,睁开一双怪眼,大声喝道:"那个不怕死的,却来相撩老爷?"六使喝曰:"焦赞不得无礼!本官在此。"赞听罢大惊,径向前抱住曰:"汝是人耶?鬼耶?焦赞超度本官多矣。"六使笑曰:"岂有白日之鬼来见汝乎?此间不是说话处,可随我来。"焦赞放手便拜,众僧人掩笑而散。六使引焦赞出城西桥,道知:"主上遇难,

八王赍诏求六使　焦赞大闹陈家庄

今八殿下领赦来召救驾,可速往三关,招集众兄弟同往。"焦赞听罢,大喜曰:"我道本官被朝廷所害,撇得众人没主。今日又得相会,真是快活煞我也。"

次日,六使经过汝州,入府中拜见太守,道知八王领赦来取救驾之事。张济大喜,亦以王节度来由告知。六使曰:"军情紧急,我当往三关招集进兵。"张济然之。六使径辞张济出城,与焦赞望三关而行。路上,二人各诉其本末。来到杨家渡,日正当午,遥望水势茫茫,旁无船只。六使等待多时,全没人渡。因令焦赞去问渡船。焦赞领诺,行至上流头,见船夫问曰:"劳汝渡过对岸,多奉渡钱。"船夫曰:"此渡是杨太保掌管收钱,那个敢私渡?汝要去,可往前面亭上见之。"焦赞听罢,径奔亭中来。见一伙强人在那里赌赛。焦赞近前曰:"借用渡船过岸,多奉船钱。"众人抬头,见焦赞生得异样,皆不答言。焦赞又小心问之,众人骂曰:"臭狗奴!说甚么过渡!"焦赞大怒,伸出一对硬拳,打得众人四分五落。正待向前打那太保,太保望后走去。

焦赞回见六使,怒气未消。六使曰:"汝又去生事来?"焦赞曰:"今番好被那伙气也!分明有渡,不肯借我,反出恶言相伤。被我怒激起来,打散众人而去。"六使正没奈何,忽见强人各执短棍赶来。焦赞曰:"待结果此贼,以除其害。"径提大朴刀,当中杀来。那伙强人不能抵当。后面杨太保出,与焦赞连斗数合,不分胜败。六使叫曰:"不要相斗,愿闻壮士姓名。"杨太保乃抽回利刃,立于原上,焦赞亦住了手,太保曰:"我乃邓州人氏,姓杨名继宗,小号太保。且问汝是何人?要过此渡而令手下强取?"六使曰:"小可太原杨令公之子六郎也。今主上被难,要往三关招集部下救驾。来到河边无渡,特借一时,壮士何故不允?"太保听罢,放下刀,近前拜曰:"久闻大名,未得瞻拜。今日幸见,甚慰平生。"六使扶起。太保即邀六使到庄上,设酒醴相待。乃曰:"将军不弃,愿率所部,同往魏府救驾。"六使喜曰:"太保如肯相从,诚乃美事,有何不可?只待招集众人,便来相约。"太保领诺。是夕,

留六使宿于庄上。次日,撑船渡过六使登岸,与焦赞望三关而行。时四月天气,途中酷热,古人有词为证:

翠葆参差竹径成,新荷跳雨泪珠倾,曲栏斜转小池亭。
风落帘衣归燕急,水摇扇影戏鱼惊,柳梢残日弄微晴。

二人行了半日,歇坐于柳荫之下。焦赞曰:"本官且停待于此,我往前面,问有酒舍,沽一壶聊止饥渴。"六使允之。焦赞径往前来,没处寻酒店。正烦恼间,忽一伙人挑着酒肉而过。焦赞问曰:"汝等所挑酒肉肯卖乎?"一人曰:"此是赛愿酒肉,如何肯卖?"焦赞曰:"赛甚么愿?"众人曰:"前面有杨六位神庙,威灵显赫,乡村赖之以安;但有祈许者,无不遂意。今日特往酬谢。"焦赞听罢,遂放手,回见六使,道知其事。六使笑曰:"那有是理?"焦赞曰:"乡人道离此不远,当与本官访视之。"六使依言,径与焦赞行来。

果见一座庙宇,创造极是威仪。杨六使步入庙中,见上塑着本身神像,脱然无异。两旁塑一十八员指挥使。香火十分旺相。六使指焦赞谓曰:"此像塑汝真乃相似也。"焦赞笑着道:"本官更塑得真。我在邓州发癫打人,这里倒加供养。待先推倒本身,然后去推本官。"言罢,一下拳头忽声响,将其塑像推落半边。走上殿去,把六使神像一连几推,全然不动;乃努力推之,震声而崩。赛愿者各自奔走。庙祝见之,便把哨锣乱敲。一伏时,刘超、张盖带领三百余人,来到庙前。六使认得,喝声曰:"汝众人做得好事来!"刘、张大惊,纳头便拜曰:"众人都道本官已死,今日缘何到此?"六使说知诈死之事,"今要招集汝等,前往魏州救驾。"刘、张喜曰:"既如此,请到寨中商议。"六使令拆毁庙宇,打倒神像。随众人到虎山寨坐定,刘、张设酒醴相待。六使曰:"岳胜居止何处?"刘超曰:"岳胜与孟良部众反上太行山,称草头天子。"六使叹曰:"使我不起,四境如何得宁?"乃分付刘、张等:"整备枪刀盔

八王赍诏求六使　焦赞大闹陈家庄

甲，在此俟候，待我招了岳、孟，一同征进。"刘、张领诺。

六使仍与焦赞望太行山而来。行了一日，红轮西坠，天色渐晚。六使曰："此去皆是山路，想无客店，汝往前村寻问借宿去处。"焦赞领诺，往前一望之地，并无人家；直转过山后，却是个小乡村。焦赞靠前入进庄所中，见一员外，在灯光下端坐。焦赞揖曰："远行客商到此日晚，敢扰公公宝庄上借宿一宵，当以重谢。"那人答曰："平时敝庄尽可安歇，今日难以相许，君可往别处投宿。"焦赞曰："天色已黑，万望公公方便。"主翁曰："汝有伴当否？"焦赞曰："只有本主在庄外，共两人而已。"主翁曰："只两人亦无碍，与汝在外房歇息。"焦赞即出，邀六使相见。主翁视六使一貌堂堂，乃问曰："君从何而来？"六使答曰："小可汴京到此，欲往太行山公干。"主翁曰："君若提起太行山，老拙冤怀莫伸。"六使曰："有何苦事？望说与小可知之。"主翁曰："老拙居止此乡，好名重义。此庄都是陈家一姓，离太行山数里之程。今山中有二位草头强人，一名岳胜，一名孟良，号称天子；招聚五六万人，打官劫舍，甚为民害。老拙飘零半世，只生一女，被孟良瞧见，今夜要来入赘；没奈何，只得允从。不然，一乡之人难保。是此冤枉，无处伸也。"六使笑曰："公公勿忧，孟良是小可故人，待他来，我自有法退之。"主翁曰："若得小女不辱，即乃重生父母。"六使辞出外面俟候。

却说主翁分付家中，安排筵席迎接。将近二更左侧，忽闻金鼓之声，灯炬辉煌，人报孟大王来到。陈长者出庄外迎接。孟良进厅上坐定，从人各列于两边。长者拜曰："有失远迎，望大王赦宥。"孟良曰："汝今是我岳丈也，不必施礼。"长者因令家人抬过筵席，并故意令百花娘子来把盏。使女回报："娘子怀羞，不肯出来。"长者曰："如今即是将军夫人，怀甚么羞？"仍令人催之。孟良听得，不胜欢喜。时六使与焦赞隔窗张视，私笑曰："若是没王法，凭他横行乡村。今日不遇我来，真被他骗去此女。"焦赞曰："待我出去打折他一只脚，看他还做得新郎否？"六使曰："汝先去捉住，我便来矣。"焦赞忍气多时，即踏进厅上，一脚将筵席踢倒，两手将孟良紧紧抱住。孟良不曾提备，动手不得，喝声："手下何在？"喽罗正待向前，六使厉声骂曰："不识廉耻之徒！敢如此无礼耶？"焦赞乃拖孟良出座外，指曰："汝看此位是谁？"孟良灯下认得，连忙拜曰："本官因何到此？万望赦罪。"六使曰："可急备鞍马，回寨中商议。"

第三十一回

呼延赞途中遇救　杨郡马大破辽兵

却说杨六使既见孟良，即欲转回山寨，商议救驾。陈长者进前拜曰："将军是谁？愿闻姓名。"六使扶起，将其本末道知。长者大喜曰："久闻盛名，如雷贯耳，今特有缘相遇。"因令百花娘子出来拜谢。六使看见，果是好个女子：淡妆素抹，体态端庄；虽然难比西施女，胜却寻常窈窕娘。焦赞见罢，笑声曰："孟哥哥，你真没造化，撞着我们来到。若迟一日，亦得一宵受用矣。"孟良喝曰："本官在此，休得妄言。"众人各掩口而笑。百花娘子拜罢六使，进入内去。长者亲把杯，递与六使，意甚殷勤。是夕，众人依次坐定，尽欢畅饮。天色渐明，杨六使辞长者要行，长者取过白金十两，以为相谢之资。六使固却不受，与众人离了庄所，径望太行山而来。有诗为证：

愁多不忍醉时别，想极还寻静处行。
谁遣同衾又分手？不知行路本无情。

六使行到山下，孟良先遣人入寨中通报。岳胜闻此消息，即引数十骑出半山迎接；恰遇六使，拜伏道旁。六使进寨中坐定，众人齐拜贺毕。岳胜再拜曰："只因本官得罪，致各人四散而去。今日复得相聚，是我众人之幸也。"六使曰："前事慢说。今主上被困魏府，情势甚紧，可作急准备救驾。"岳胜曰："主上不以社稷为重，轻信谗佞，要致本官于死地。今幸皇天开眼，留得本官复在。不如只居此处，自称一国之君，图取快乐，何以救驾为哉？"六使曰："我等尽忠报国，留美誉于后世。若占此一方，万代骂名，只是强徒而已。"岳胜不复敢言，因设庆贺筵席。是日，寨中大吹大擂，众人酣饮而散。

次日，六郎遣人去招刘超、张盖等来到。只有陈林、柴敢未来。岳胜曰："他二人复归胜山寨屯集，可着人报知。"六使乃遣刘、张前往。不数日，陈、柴亦率所部来到。时帐下岳胜、焦赞、孟良、陈林、柴敢、刘超、张盖、管伯、关钧、王琪、孟得、林铁枪、宋铁棒、丘珍、丘谦、陈雄、谢勇、姚铁旗、董铁鼓、郎千、郎万共二十二员指挥使，部下精壮八万余人。六使曰："此足以胜敌。"遂先令人赴汴京，报知八王，期约进兵；又着人往杨家渡，知会杨太保。六使分遣已定，克日点集部将，旗上大书"杨六使魏府救驾"数字，一声炮响，大军离了太行山。但见枪刀荡荡，剑戟层层。时盛夏天气，南风微起。六使兵马正行之际，忽报一彪军到。六使令人探视，却是杨太保兵至。众人相见，一同进兵。六使于马上见军容可掬，遂口占一绝云：

　　复合英豪势更雄，万山风色送行骢。
　　此行专为安邦国，说与番人亟避锋。

大军将近澶州界，八王亦部兵四万来会，入见六位，不胜之喜。六使曰："兹行非惟救驾，殄灭丑类，平定幽州，在此一举也。"八王然之，遂驻扎澶州城中。次日，六使召岳胜谓曰："主上被围已久。汝充前锋亟进，冲开一阵，使番将先挫锐气。"岳胜领命去了。又唤孟良与焦赞曰："汝二人率刘、张、陈、柴等各部兵二万，分左右翼，攻入番之中军，须用力战。吾引后军继进，必获全胜。"孟良等亦部兵而行。六使分遣已定，与八王议曰："臣与殿下，率精兵后应，诸将必能成功矣。"八王曰："郡马真乃举足能定乱也。"六使辞不敢当。

呼延赞途中遇救　杨郡马大破辽兵

次日，兵行之际，忽正北征尘蔽天，一彪人马来到。岳胜舞刀冲开其阵，番将刘珂不能抵敌，大败而去。宋军夺得囚车，送六使军中。车内不是别人，乃是保驾将军呼延赞也。六使连忙打开放出，拜曰："天教相遇，不然，竟遭俘虏矣。"赞曰："老将被捉之时，屡欲报知主上，来取足下。争奈军情严密，弗能达意。使今日不是郡马相救，几丧残生。"六使大喜，引见八王。八王曰："此天子洪福也，故使将军遇救。"六使下令诸将，兼程进发。是时，真宗在魏府，与众臣悬望救援消息，音问不通。城中粮草将尽，臣下皆宰马而食，番兵攻围紧急，势已危急。

却说刘珂败回，见萧天佐，称中朝救驾兵到，抢去了呼延赞。萧天佐大惊，即遣人哨探是那一路救兵。哨马回报曰："旗上大书杨家部号，来得甚是凶猛。"萧天佐下令各营整兵迎战。分遣未定，前队岳胜军马，漫山塞野而来。番将耶律庆列阵先战。岳胜大骂："天兵已到，丑贼尚不远遁，是欲自促其亡乎？"耶律庆怒曰："宋朝君臣已困死一半，汝来亦就屠戮耳。"岳胜拍马舞刀，杀进北阵，耶律庆举枪迎之。两马相交，战上数合，番兵围裹将来。孟良、焦赞分左右翼攻入。番将麻哩喇虎举方天戟绕出助战，正迎着孟良，两马交锋。陈林、柴敢率劲兵从旁杀进。是时南北鏖战，金鼓连天。焦赞战得激烈，提利刃，横冲北营，如入无人之境，恰遇番将刘珂来到，交马只一合，被赞斩落马下。宋骑竞进，万弩齐发，北兵阵势挫动。萧天佐奋勇来战，杨太保一箭射落马下。土金秀望见，杀出救之而去。耶律庆料不能胜，刺斜杀出。岳胜乘势追近前，一刀挥为两断。麻哩喇虎溃围逃走，被刘超、张盖用绊索缠倒其马，向前捉住。师盖正待来救，被郎千、郎万杀到，将其生擒于马上。孟良直突进东门。敌楼望见城下鏖战，节度使李明、王全节开门接应夹攻。北兵倒旗弃甲，如风卷落叶而走。宋兵长驱追击，杀得尸横散野，血流成渠。萧天佐与土金秀率残骑，垂首丧气，漏夜走回幽州去了。宋兵夺其营寨，掠得牛马辎重无算。

盖此战成功有三机焉：一者，番人攻围已久，志意寝懈；二者，不意六郎尚在，兵势先夺其心；三者，宋兵新来，锐气正盛，且又攻其弗备也。后人有诗赞曰：

宋运兴隆启圣明，英雄效命发长征。
番人弃甲抛戈遁，方显杨家救驾兵。

时八王单马先入城中，见真宗称贺曰："赖陛下洪福，已取得杨六使救兵来到，杀得番众兵将败衄而去。"真宗曰："朕脱此难，卿之功也。"因令宣进杨六使，拜伏御前。帝曰："卿因误犯前罪，特悉赦之。今有救驾大功，朕决不汝负。"六使顿首奏曰："机会难得，宜乘陛下车驾在此，威风百倍，臣率所部，直捣幽州，取萧后地图以献，永息边患。此千载之盛举，乞准臣奏。"帝曰："卿言甚善，奈车驾久出，壮士疲困，须待回朝议之。"六使退出回营，以所捉番将，尽行枭首号令，不题。

次日，帝以代州节度使杨光美为魏州留守，下令各营，班师回汴。军士得令，无不欢跃。文武拥护车驾离魏州，望大梁而回。但见：

旌旗动处黄龙舞，画角鸣时白昼闻。

大军一路无词。不日到汴京，车驾进入皇城。翌日设朝，群臣朝贺毕。真宗以扈从文武久困魏州，各赏赍有差。宣六使入殿前，亲慰甚厚，因谓之曰："三关赖卿以安，烦统所部，仍镇此处，使北番不敢南下，是为社稷捍蔽。"六使奏曰："臣正待再往佳山寨，招募雄勇，以图伐辽之计，未得圣旨。既陛下允臣立功，即便前行。"真宗大悦，加封六使为三关都巡节度使，旨敕一道，斩伐自由。六使拜受命。帝于便殿设宴，犒赏救驾将士，君臣尽欢而散。

六使径来无佞府，拜辞令婆起行。有子杨宗保，年纪一十三岁，欲随父同往三关。六使曰:"那佳山寨乃苦寒地方,去则无益,不如侍奉令婆,待汝成丁,即来取汝。"宗保乃止。六使辞别府中,与岳胜、孟良等率军马望三关进发。有诗为证:

> 大将征场得胜回,旌旗云拥后军催。
> 须知此去存威望,径使皇家诏旨来。

三军一路无词,不日来到佳山寨。六使入旧营中坐定,众人参见毕,乃下令修整营栅,筑造关隘。分遣岳胜等为十二团练,各领所部,整点枪刀衣甲听令。自是三关仍前兴旺。六使每遣逻骑缉探北番消息,与诸将日议征进之计,不题。

第三十二回

萧太后出榜募兵　王全节兵征大辽

却说萧天佐自败归之后，萧后日夕忧虑宋朝见伐。一日与群臣议曰："近日北兵败衄，又听得南朝将为征讨之举。今杨家人雄马壮，倘或部领北征，谁可抵敌？"道未罢，韩延寿奏曰："谚云：'大国有征伐之兵，小国有预备之固。'今大辽宿将老帅，已不堪任。乞陛下效选举法例，出下榜文，招募各国雄勇，任以帅职，以备宋人来侵，则为长保之策。"后允奏，着文臣草招募榜文以进。其文曰：

北番萧太后为招募英雄，以防国难事：盖闻兵以将为贵，将以才为能。今值大辽多事之秋，戎马相寻，干戈弗息。特出榜文，招募各处豪杰。或有抱谋略于山谷，怀武艺于穷荒，搴旗斩将，攻关取城，不拘一技一能，可辅定霸者，咸集幽州，孤亲试其才。果能称职，即授重权，尊其爵位。故兹榜示。

萧后看罢榜文，即令张挂城门，招取英雄。正是：

欲教胜敌杨家将，除是神仙降世来。

大中祥符四年，蓬莱山钟、吕二仙，适在三岛洞中炼丹、围棋。钟离问曰："汝曾忆岳阳楼赏白牡丹之事乎？"洞宾答曰："色欲之心，人

萧天后出榜募兵　王全节兵征大辽

皆有之。若敝弟子尚且脱胎换骨，亦被迷恋，况凡夫俗子耶！"钟离曰："此理本然。"又问："黄鹤楼酒舍，汝何留恋半载？此岂仙家之所宜乎？"洞宾曰："弟子存神炼气，此味不能断之。"钟离笑曰："众道友论汝'酒色二字，犹有余染'，果不虚也。"洞宾自觉愧报，尊敬师长，弗敢与辩。忽然南北起一道杀气，冲入云汉，但见：

万丈红光随火入，千条杀气迸烟来。

洞宾看罢，唤仙童拨开云雾视之。回报道："却是南朝龙祖与北番龙母相斗，杀气迸入于此。"钟离曰："吾以气数推之，尚有二年杀逆未除，只是可怜黎民受其荼毒。"洞宾曰："既师父以气数知之，还是龙母战胜，龙祖战胜？"钟离曰："龙母逆妖之类，走下北番，霸起一国。龙祖应天运而生，以作万民之主，今遭其扰闹，不久当为龙祖所灭。"洞宾曰："二龙争攘，百姓何辜？我仙家以救人为心，师父何不降凡，收龙母以归升，免得为民之患，岂不美哉？"钟离曰："世界纷纷，自有人定。我等只存修养，莫将闲事恼心。"言罢径入洞中。

洞宾见钟离已去，自思："众仙笑我酒色为重，师父指道龙祖为能。我今要亲降凡间，扶佐龙母，灭却南朝，又恐师徒分上有碍。近见番界碧萝山有万年椿木，今成精怪；不如令他脱身降世，以助龙母。"即着仙童唤椿木精来到，洞宾曰："吾今付汝三卷六甲兵书。上卷观视天文，中卷变化藏机，此二卷汝不必学；只有下一卷，人难得识，内中尽载阴文、迷魂、妖遁之事，教汝熟视。即今北番萧太后出下榜文，招募英勇，欲与南朝交兵。尔可脱身降世，将此下卷兵书振佐北番。待灭却宋朝之后，我收汝同入仙道。"椿木精拜曰："小孽下凡，虽可施展，兵书恐不能通耳。"洞宾曰："汝先去揭取榜文，我即亲降凡间，代汝用事。"

椿木精即日拜辞仙主，径变身化作一道金光，震声如雷，走下北番，来到幽州城；正见各处壮勇，团立于阙门外看榜。椿木精进前，叫声:"待我来揭榜。"众视之,其人生得面如黑铁,眼若金珠,身长一丈有余,两臂筋肉突起,貌极奇异。守军以其揭了榜文,引进朝门,来见萧后。萧后视罢,大惊曰:"世上竟有此怪貌耶?"因问:"壮士何处人氏?"椿木精答曰:"小臣祖居碧萝山,姓椿名岩。"萧后曰:"汝有甚武艺?"岩曰:"兵书战策,一十八般武艺,无有不通。"萧后大悦,即与文武议封官职。萧天佐奏曰:"壮士初进,未见其能,陛下权封以中职,候其建立奇功,再议未迟。"后允奏,乃封椿岩为团营都总使。椿岩谢恩而退。

却说宋真宗以魏府之耻,欲图报雪,召集群臣计议。八王奏曰:"陛下以一统之盛,幽州一隅封宇,取之不难。争奈士马未集,尚待从容讨之。"帝未应,忽一人出曰:"不乘此时进兵,更待何时?"众视之,乃光州节度使王全节,近前奏曰:"臣有一计,可使北番拱手纳降。"帝曰:"卿有何计?"全节曰:"若起中原之兵,急难取胜。乞陛下敕澶州一路、雄州一路、山后一路,此三路乃幽州咽喉,易为粮饷;臣再提一路之师,共四路并进。北番虽有雄勇之将,何能当之?"帝依奏,即敕三路出兵,以王全节为南北招讨使,李明为副使,部兵五万前行。全节得旨,克日领兵离汴京,望幽州进发。时初春天气,风和日暖,但见:

  路上野花无意采,林中杜鹃动人情。

大军来到九龙谷下寨。

  消息传入幽州,近臣奏知:"南朝起四路兵马而来,声势甚盛。"太后大惊曰:"不意其来如此速!"因问:"谁可部兵迎敌?"道未罢,椿岩应声出曰:"陛下勿忧,臣举一人退宋兵,如摧枯拉朽,取中原犹反掌之易。"太后问曰:"卿举何人?"岩曰:"臣之师父,姓吕名客,现在宫门外,未敢擅进。若用此人退敌,何患不克?"后即宣进吕客于阶下,视之,见其人物清雅,举止特异。自思:"此人必有奇才。"乃问曰:

萧天后出榜募兵　王全节兵征大辽

"卿要来应募，求进身否？"吕客答曰："臣闻陛下欲与南朝争衡，特来相助一臂之力，取其天下。"后曰："卿要多少人马而行？"吕客曰："宋人善战者多，可用阵图斗之。依臣所论，幽州军马不足调遣，陛下须于五国借兵，可成大事。"后曰："五国是谁？"吕客曰："可修书一封，差使臣往辽西鲜卑国，见国王耶律庆，献送金帛，以结其心，问彼借精兵五万，彼必无推。又修书赍官诰往森罗国，赏赐国王孟天能，令他发兵五万相助。再遣一使往黑水国，许以成功之后，割西羌一带谢之，令助兵五万，必定悦从。又差一使臣赴西夏国，见国王黄柯环，说知中原利害，借兵五万。再着亲臣往长沙国，见国王萧霍王，借兵五万。若得此五国兵来，仗臣平生所学，排下南天七十二阵，使宋君臣见之心胆碎裂，拱手归命矣。"萧后听罢，大悦曰："卿真子牙重出，诸葛复生。"即日封吕客为辅国军师、北都内外兵马正使。吕客谢恩而退。

太后遣下五处使臣，令赍金宝，径诣鲜卑等国而行。当下使臣领旨分头进发。自是，五国得赐赏敕旨，无不悦从。鲜卑国王差黑靼令公马荣为帅，森罗国王差亢金龙太子为帅，黑水国王差铁头黑太岁为帅，西夏国王差公主黄琼女为帅，长沙国王差驸马苏何庆与公主萧霸贞为帅；各助精兵五万，陆续而来。不消数十日，都集幽州听候。近臣奏知萧后："五国兵马齐到。"后宣进吕客问曰："五国之兵已到，军师何以调遣？"吕客奏曰："臣此行不是等闲，陛下再召回云州耶律休哥等，蔚州萧挞懒等，起倾国之兵，与臣提调，管取克伏中原。"后允奏，即下敕于云、蔚二州，调回各处军马。以靼靼令公韩延寿为监军，都部署土金秀以下并听调遣，统率二十五万精兵，合五国共五十万，随吕军师征进。韩延寿等得旨，出往教场中，操演齐备。越数日，云、蔚二州军马皆到。吕军师同岩率五国精兵与北番人马离幽州，浩浩荡荡，望九龙谷而进。此一去，有诗为证：

全凭兴国扶王策，能使英雄显智来。

三千世界风云变，七十天门战阵开。

北番兵马来到九龙谷，于平川旷野下寨，对面便是宋营。次日，吕军师召集诸将，分付曰："三月丙申支干相克之日，吾将排阵，各人须要听令。如有后期者，先斩后奏。"韩延寿进曰："军师令旨，谁敢有违？"

第三十三回

吕军师布南天阵　　杨六使明下三关

却说吕军师取过阵图一张，分付中营骑军五千，离九龙谷一望之地，筑起七十二座将台，每台令五千军守之。另外设立五坛，竖立旗号，按青黄赤白黑之色，内开甬道七十二路，往来通透。待筑完备，而后提调。骑军得令前去，按阵图筑立。不数日，台坛俱已整齐，甚是完固。回报于吕军师，军师亲往巡视一遍，择定吉日，下令诸将听调。三通鼓罢，五国军马，齐齐摆列。吕军师先令鲜卑国黑靼令公马荣率所部军，列在九龙正南，摆作铁门金锁阵。分一万军，各执长枪，按为铁门，把守将台七座；又分一万军，各执铁箭，按为铁闩，把守将台七座；再分一万军，各执利剑，按为金锁，又把守将台七座。马令公得令，一声炮响，率军排列去了。有诗为证：

画角齐鸣阵势开，铁门坚固巧安排。
对垒敌将若欲破，除是神仙秘诀来。

吕军师又下令，着黑水国铁头太岁率所部军，靠九龙谷左排作青龙阵。分一万军，手执黑旗，按为龙须，把守将台七座；又军一万，分四队，各执宝剑，按为四个龙爪，把守将台七座；又军一万，各执金枪，按为龙鳞之状，把守将台七座。铁头太岁得令，率所部分布去了。有诗为证：

青龙阵势智谋深，百万雄兵亦凛然。
自是中朝豪杰在，敢驰骏马入南天。

吕军师又令长沙国苏何庆，以部下靠九龙谷右排作白虎阵。分一万军，各执宝剑，按为虎牙，把守将台七座；分军一万，手执短枪，按为虎爪，把守将台七座。再令耶律休哥屯军一万，守将台六座于前，按为朱雀阵；耶律奚底屯军一万，守将台六座于后，按为玄武阵，绕围左右，作犄角之势。苏何庆、耶律休哥等各领所部而行。有诗为证：

白虎交加阵势雄，前排朱雀将台中，
后居玄武藏机妙，敌国兵强不易通。

吕军师再遣森罗国金龙太子，以所部军端守将台中座，按作玉皇大帝坐镇通明殿。令董夫人装作梨山老母。再绕中台分军一万，各穿青黄赤白黑服色，按为四斗星君。另军二十八名，披头散发，绕中台前后，按为二十八宿。又令土金牛装为玄帝，土金秀手执黑旗，排成龟蛇之状，把守二门之北。金龙太子等各得令部兵去了。有诗为证：

玉皇驾下列星君，阵势巍然智压群。
不得仙家亲降世，定教中原两平分。

吕军师又令西夏国黄琼女，以所领女兵，手执宝剑，按为太阴星；萧挞懒率所部，各穿红袍，按为太阳星。仍令黄琼女赤身裸体，立于旗下，手执骷髅骨，遇敌军大哭，按为月孛星之状；耶律沙率所部巡视四方，按东西南北斗，结为长蛇之势。黄琼女等各引兵分布。有诗为证：

战鼓频敲势若雷，东西南北阵门开。

吕军师布南天阵　杨六使明下三关

仙家摆作拿龙计，不想英雄识破来。

吕军师又令萧后单阳公主率兵五千，各穿五色架裟，按为迷魂阵。内杂番僧五百，为迷魂长老。密取七个怀孕妇人，倒埋旗下，遇交锋之际，摄取敌人精神。单阳公主得令，引兵依法而行。有诗为证：

阵阵相连法甚奇，鬼神夜夜魄精迷。
分明一本安邦术，变作天翻地覆机。

吕军师下令耶律呐选五千健僧，手执弥陀珠，按为西天雷音寺诸佛；另以五百和尚分列左右，按为铁罗汉，总居七十二天门之首，以吞敌人威势。耶律呐领命而行。有诗为证：

堂堂阵势列方圆，万马争驰绕将坛。
若使英雄齐角力，尽教圣主定中原。

吕军师排成阵势，着椿岩与韩延寿督战，每阵中并观红旗为号，指挥迎敌。果是仙家妙术，世人莫测。七十二阵，变怪奇异。昼则凄风冷雨，夜则河汉皆迷。好使人惧！正是：

不有真仙开妙秘，如何能破鬼神机？

次日，椿岩以师父阵图已完，与韩延寿议曰："今宋兵列营于对垒，可令人下战书与知，看他如何出兵。"延寿然其言，即遣骑军来见宋将王全节。全节批回战书。次日，引李明等出九龙谷平川之地邀战，望见正北一座阵势，如生成世界一般，大惊曰："番家必有奇才在军中，且未可即战。"道未罢，辽帅椿岩、韩延寿二骑飞出，厉声高叫曰："宋将若只斗武艺，即便交锋；如要斗文，试观吾阵。"全节顾李明曰："北兵势锐，若与交战，终是不利；以阵图与言，回兵计议乃可。"明然其言。全节曰："斗战武夫较力之事，不足为奇，待再整阵图来破，方显高低。"椿岩笑曰："任汝去排阵来战，吾不暗算汝矣。"乃收兵还营。

全节归至军中，谓李明曰："阵势小可颇谙，未见今日之异。当具奏朝廷，速遣将来辨视。"李明曰："事不宜迟，须即行之。"全节乃画成阵势图局，遣骑军星夜赴汴京奏知真宗。

真宗看罢大惊，即遍示文武，无一人识得者。寇准奏曰："臣视阵图，内中变化必多。除是三关召回杨六使，可识此阵，其他边帅，恐不能识。"帝允奏，遂遣使臣，径赴三关，来见六使，宣读圣旨毕。六使领旨，与诸将议曰："既主上有旨，当得赴命。"因令陈林、柴敢守寨，自率岳胜、孟良等二十二员指挥使，统领三军，离佳山寨，赴京而行。此所谓明下三关也。君恩优渥，将帅威仪；较前兄妹私行，真有天渊之隔矣。有诗为证：

万战丛中争六合，千军队里定乾坤。
英雄自有平戎策，直指旌旗入阵门。

军马一路无词，不日到京，六使以所部扎于城外。翌日，随班朝见。真宗帝曰："近因北征帅将进番人排下阵势图局，文武皆不能识。朕以卿太原将种，阵图素熟；卿试看此为何阵？"六使承旨，接过阵图视之，奏曰："臣视此阵，必有传授，番邦无人能排此阵者。须容臣亲提士马，临敌境看视，方明其理。"帝允奏，赐六使金卮御酒，即命起行。六使谢恩而退，即率所部，离汴京，望九龙谷进发。

哨马报入王全节军中，全节听是杨六使到，不胜之喜，与李明等出营迎接。六使下马，与全节并肩入帐中坐定，二人各叙起居。全节曰："近因小可北征，不想番家于对垒排下阵势，甚是奇绝。今得足下来此，

吕军师布南天阵　杨六使明下三关

想有定论。"六使曰："主上以阵图视之，小可一时难明。还待出阵前观视，看他变化何如。"全节然其言，令具酒醴相待，夜静乃散。

次日，六使下令出军。岳胜、孟良等披挂齐备，鼓罢三通，宋军鼓噪而进。北将韩延寿亦部兵列于阵前。杨六使端坐马上，高叫曰："北兵休放冷箭，待吾看阵。"延寿认得是杨六使，自思曰："此人将门出身，深识阵法。"下令各营，依红旗指挥，随时变化。番营得令，一声震响，阵图如山岳之势。六使于马上停视良久，谓诸将曰："阵势吾曾排着几番，未曾见此变化。道是八门金锁阵，又多了六十四门；道是迷魂阵，又有玉皇殿。如此丛杂，如何敢破？只得回军商议。"岳胜等乃收军还营。北兵亦不追赶。六使归军中，与全节议曰："此阵果是奇绝，小可亦不能测。"全节曰："君若不识，他人愈难明矣。"六使曰："可急遣人奏知，请御驾亲征，然后计议。"全节乃差人赴京奏知。真宗闻报，与群臣议曰："杨家不识其阵，必非小可，朕只得御驾亲征。"八王奏曰："此一回须用陛下监战，方可成功。"帝意遂决，竟下命寇准监国，大将军呼延赞为保驾，八王为监军，敕沿边帅臣俱各随征听调。旨令既下，诸将俱整备伺候。不题。

次日，车驾离大梁，望幽州进发。正值夏末秋初，但见：

旌旗卷舞西风急，斗帐凄凉夜色寒。

大军一路无词，不日望九龙谷将近。杨六使、王全节等迎接于五十里之外。真宗下命于正南驻营。众将朝见毕。帝宣六使入御前，问其阵势如何。六使奏曰："阵势排得奇异，臣亦参不透，正待圣驾来观。"帝允奏，下令明日看阵。六使退出，分付各营整备。不题。

第 三 十 四 回

宗保遇神授兵法　真宗出榜募医人

却说北番听得宋君亲到，韩延寿与椿岩议曰："宋君车驾亲来，还当具奏，请君后车驾亦来监战，则诸将知所尊命，可建大功。"岩曰："此言正合我意。"延寿即具表，差人入幽州奏知。萧后得奏，与群臣商议。萧天佐奏曰："陛下此行，乃图中原之大计，勿阻其请。"后大悦，因令耶律韩王监国，萧天佐为保驾，耶律学古为监军，即日驾离幽州，大军浩浩荡荡，望九龙谷而来。韩延寿等接驾，奏知宋人不识阵势及宋帝亲征之事。后曰："卿等各宜尽力建功，若得中原，高职寡人不吝也。"延寿拜命而退。萧后立营于正北，分遣诸将翌日见阵。

平明鼓罢三通。正南宋真宗车驾拥出，将佐齐齐摆列前后。对垒萧后亦亲部军而出，遥见黄纛下真宗高坐马上看阵。萧后跨着紫骅骝，立于褐罗旗下，高叫曰："宋君一统天下，尚有不足，屡欲图我山后九郡。今来决一雌雄，若破得此阵，山后尽归宋朝；不然，还要平分天下。"真宗厉声答曰："汝陋夷之地，纵归献于朕，朕亦无用处。量此阵亦不难破！"言罢，抽身还营。萧后亦退。

帝回至帐中，召诸将议曰："朕观其阵，变化极多，卿等不能破之，将何为计？"六使奏曰："臣父在日，尝言：'三卷六甲兵书，惟下卷难晓，皆是阴文、妖遁之术。'想此阵必出于下卷。臣母或闻其详，乞陛下召来问之，或可晓其阵。"帝大悦，即遣呼延显敕命一道，星夜前去。显领旨，径赴无佞府见杨令婆，宣读圣旨曰：

宗保遇神授兵法　真宗出榜募医人

朕以御驾北征，适因番兵排下一阵，阴阳变化，军中莫测。且番人口出不逊，必欲与朕争衡。朕立意要破此阵。惟夫人久在太原，得先令公之指示，当明其窍，特来宣召。闻命之日，即随使至，以慰朕怀。

令婆拜受旨毕，款待天使，因问阵势之由。显答曰："前日圣上因与萧后对阵，言语颇厉；故来宣取大驾，立待回奏。"令婆曰："明日即行。"呼延显辞出。次日，令婆分付柴太郡曰："圣上来宣，只得赴命，勿使宗保知之。"太郡领诺。天使催促起行，令婆整点齐备，与呼延显离杨府，径望幽州而去。

适宗保打猎回来，因问："令婆何往？"太郡曰："入宫中见宋娘娘，有国事商议，数日便回。"宗保怀疑，径进城中探问。遇守北门军校问曰："曾见令婆过此否？"军校答曰："侵早与天使赴御营去了。"宗保听罢，亦不回府，勒骑随后赶去。一路问讯，皆道过去已久。看看日色将晚，宗保一直行去，不想走差路径，来到穷源僻处，全没人烟。宗保大惊，欲待要再走。林深月黑，莫辨路途。正在慌间，忽见谷中透出一点灯光。宗保随光影近前，见一所大房，似庙宇之状；遂拴了马，连叩数声。里面有人开门，引宗保进入，见一妇人，坐于殿上，两边仪从，极是雄伟。杨宗保拜于阶下。妇人问曰："汝乃何人？夜深至此。"宗保道知本末，且言因与令婆走差路至此。妇人笑曰："汝令婆赴军中看阵，如何识得？"因令左右具饮食，款留宗保。宗保亦不辞，开怀食之。却是红桃七枚，肉馒头五包。食毕，妇人取过兵书一本，付与宗保曰："吾居此间，近四百余年，未尝有人至此，今君到来，乃夙缘也。汝将此书下卷熟玩，内有破阵之法，可去扶佐宋主，降伏北番，作将门万代公侯，不失为杨家之子孙矣。"宗保拜而受讫。妇人令左右指教宗保出路。天色渐明，左右曰："此去一直之地，便是大路。"言罢而去。宗保在马上且惊且疑。出得深山，却是大路。问居民："此是何处？"居民指曰："前一座大山，乃红累山，内有擎天圣母庙，多年荒废，基址尚在。"宗保默然曰："凡事不偶，此真乃奇遇也。"遂取出兵书玩之，熟读详味，不胜欢喜。后人有诗赞曰：

英雄何幸有奇逢，一本兵书术窍通。
此去定教扶圣主，将军真可倚崆峒。

却说杨令婆随天使到御营中，朝见真宗。真宗赐慰甚厚，道知北番所布阵图之事。令婆曰："臣妾先夫，曾留下兵书一册，未知此阵载得有否？容臣妾与六郎出阵观视。"帝允奏，令婆辞退。次日，率六使及众将登将台观望其阵，但见刀兵隐隐，杀气腾腾；红旗动处，变化无穷。令婆细看良久，取兵书对之，不识出在那款。下得将台，谓六使曰："此阵莫道我等不晓，就是汝父在日，亦未见也。"六使曰："似此如之奈何？"令婆曰："我杨门不识此阵，他人愈难晓矣。"

正在忧闷间，忽报宗保来到。六使怒曰："军伍之中，他来何益？"道未罢，宗保已进帐前，见父怒气不息，乃曰："爹爹莫非为阵图不识而烦恼乎？"六使曰："汝勿妄言，好好回去，免受鞭笞。"宗保笑曰："我回去无妨，谁人来破此阵？"令婆闻其言，唤近身边问曰："汝曾见此阵来？"宗保曰："孙儿颇识阵图，试往观之，自有定论。"令婆遂令岳胜、孟良等保他登将台看阵。岳胜得令，引宗保登将台。瞭望良久，顾谓岳胜曰："此阵排得极巧，只可惜不全，破之甚易。"岳胜、孟良等惊问曰："御驾前将帅云集，无一人敢正视此阵者，小本官何以识之？"宗保曰："且回军中细说。"

众人下了将台。岳胜入见六使曰："小本官深明阵法，言破之甚易。"六使笑曰："休听他胡语。"岳胜即出。宗保见令婆，道知阵图可破之故。令婆曰："汝既能破，且问此阵何名？"宗保曰："说起此阵，非等闲之比。自九龙谷正北布起，直接西南一派，都是按名把守；内有

宗保遇神授兵法　真宗出榜募医人

七十二座将台，筑开甬道，路路相透，名为七十二座天门阵。靠右侧黑旗之下，阴阴杳杳，日月无光，乃吞迷敌人之所，埋得孕妇在地，更为惨毒。此一处颇难破之。其外，尚有不全处：中台玉皇殿前，缺少天灯七七四十九盏；青龙阵下，少了黄河九曲水；白虎阵上，少了虎眼金锣二面，虎耳黄旗二张；玄武阵上，欠珍珠日月皂旗二面。是几处，待孙儿依法调遣，破之如风扫残云，霎时即消，有何难哉？"令婆大惊曰："吾孙何处得此妙诀？"宗保不隐，将所得兵书之事道知。六使听罢，以手加额曰："此主上之洪福，使汝得此奇遇。"

次日，六使进御营，道知其阵名，且言有不全之处，破亦容易。真宗大悦曰："既卿能识其阵，当以何日进兵？"六使曰："待臣与子宗保商议。"帝允奏。六使出到军中，唤宗保计议。宗保曰："彼以干支相克之日布阵，吾当以干支相生之日出兵。"六使然其言，下令诸将听候。不想真宗驾下王钦，私以阵图不全消息，遣人漏夜入番营报知。韩延寿接得大惊，急入奏萧后，萧后曰："似此如之奈何？"延寿曰："陛下可宣吕军师问之。"后即降敕，宣吕军师入帐中问曰："卿排下其阵，缘何有这几处不全？"吕军师自思："彼军中亦有识此阵者。"乃奏曰："果有未全，待臣按法添起，纵使轩辕复出，亦不能破矣。"后曰："卿宜早设，勿使敌人测破。"吕军师出到场中，下令于玉皇阵上添起红灯；青龙阵上开起黄河；白虎阵内左右建起二面黄旗，当中设立金锣二面；玄武阵上竖起日月旗。分布齐备，已成全阵。正是：

　　只因奸贼通谋计，惹起干戈大会垓。

却说杨六使分遣诸将，并依宗保指挥。择定其日，奏帝出师。帝闻奏，下敕各营并进。宗保复引岳胜等登将台观望，见天门阵布全，无路可入，叫一声苦，跌落台下。岳胜大惊，连忙扶入帐中，报知六使。急令人救醒，问其缘故，宗保曰："不知谁泄了天机，使番人知之。今阵图添设完全，除是真仙下降，乃能破矣。"六使听罢，昏然闷绝。众人近前扶起，不省人事。令婆放声大哭，众将着慌。宗保曰："令婆且慢啼哭，可请八殿下来计议。"令婆乃收泪，叫人请得八王到军中，令婆道知其由。八王曰："既郡马有事，待奏知主上商量。"即辞令婆，入见帝，奏知六使得疾之由。帝惊曰："若使延昭不起，朕之江山奈何？"八王曰："陛下须出榜文，招募名医；先救好延昭，然后议出兵。"帝允奏，即出下榜文，挂于辕门外。

次日，军校来报："有一老翁揭取榜文。"帝宣医人进于御前问曰："卿何处人氏？"老翁答曰："臣居蓬莱山，姓钟名汉，人称为钟道士。近闻杨将军为阵图得病，臣特来救之，又解破阵之法。"帝见钟道士一表非俗，自思："此人必有广学。"乃令钟道士往视六使病症。钟道士回奏曰："臣能救治。"帝问曰："卿还用药医，用针灸乎？"钟道士答曰："臣观其症，阴气伤重，只难为二味药品。"帝曰："卿试言之。"道士曰："须要龙母头上发，龙公项下须。得此二味来，可疗其病。"帝曰："二味药出于何处？朕使人求之。"道士曰："龙须不必远取，只在陛下可办。龙母头上发，须问北番萧太后求讨。"帝曰："萧氏朕之仇人，那里去讨？若有他药代得，愿出重金买办。"道士曰："偏要此品来，则可下药。"八王奏曰："延昭部下，皆能干之人，陛下出旨道知，或能有人求得者。"帝允奏，令钟道士且退。即着六使部下前去取药。令婆闻旨，与岳胜议曰："此物可讨，只是难得机密人前去。"岳胜曰："敢问老夫人有何计策？"令婆曰："向闻我第四子改名木易，为萧后驸马。若有人通知其由，必能求得。"岳胜曰："惟孟良最机密，可干此事。"令婆即召孟良，令其前往。

第 三 十 五 回

孟良盗走白骥马　宗保佳遇穆桂英

却说孟良慨然领诺，是夜来见钟道士，问要几多。道士曰："汝去足可办事，其发不拘多寡，待求得后，萧后御苑有匹白骥马，可偷回来，与宗保破阵。又有九眼琉璃井，亦在苑中，今青龙阵上九曲水，皆是此井化出，汝密将沙石填塞中一眼，其龙即旱无用，此阵易破也。"孟良领命，即偷出宋营，恰遇焦赞赶来。孟良曰："汝来此何干？"赞曰："因哥哥一个独行，我心不安，特来相陪同行。"良曰："此行要干机密事，如何带得汝去？"焦赞曰："偏哥哥机密而我泄露耶？定要同走一遭。"孟良无奈，只得带他，径到幽州城中安下。次日，良谓赞曰："汝且留住店中，我访驸马消息即回。"赞领诺。良遂装作一番人，入驸马府中见四郎，道知本官染疾，求取药品之事。四郎曰："此间缉探者多，汝暂出，容吾思计求之，过几日来取。"孟良领诺，仍复变形而出。

四郎思忖半夜，心生一计，忽大叫心腹疼痛，不能停止。琼娥公主大惊，急令医官调治，愈称痛苦。公主慌张无计，问曰："驸马此痛不止，要用何药可疗？"驸马曰："我因幼年战力过度，衄血留于心腹。往时得龙须烧灰调服，已好数年，不想今又发矣。"公主曰："龙须中原可有，北番那有讨处？"驸马曰："得娘娘龙发，亦能代之。"公主曰："此则不难。"即遣人前诣军中见萧后，道知取龙发疗驸马之事。萧后曰："既驸马得疾，此而可愈，我安惜哉？"遂剪下其发，付与来人而回。来人将龙发进入府中，驸马取些发烧服之，其病顿瘥。公主大喜。次日，四郎以所剩龙发藏下，恰遇孟良又来，便交付之。孟良接过，径回店中，付与焦赞曰："汝将此物先去，我干事完日，随即还矣。"焦赞领诺，带龙发星夜出幽州去了。

只说孟良蓦地入御苑，向琉璃井边运下砂泥之类，将中眼填实。抽身出到马厩下，正遇喂养番人在彼看守，孟良作番语云："太后有旨，道此马将用，着我牵出教场跨演。"守者曰："请敕旨来看。"孟良身边假造停当，即便取出看验。番人无疑，遂付马与之。孟良骑出教场，勒走一番，近黄昏逃离幽州而去。比及番人得知，随后追赶，已走去五十里程矣。孟良偷得白骥马，走了一夜，回到军中，见钟道士，告知干完三件大事。道士曰："不枉为杨家之部下。"次日，请主上龙须，均以龙发，按方医治六使，一服便痊。

真宗闻道士医好六使，不胜之喜，宣入帐中问曰："汝愿官职荣身，还是只图重赏？"道士对曰："贫道麋鹿之性，不愿官职，亦不愿旌赏。贫道此来，非但调理杨将军，还要与陛下破此阵而去。"真宗曰："卿若能建此功绩，朕当勒名于金石，垂之不朽。"道士曰："此阵变化多端，一件不全，难以攻打。容臣指示宗保行之。"帝允奏，遂以钟道士权授辅国扶运正军师，除御营以下将帅，并依发遣，不必奏闻。道士谢恩而退，来见六使。六使拜谢不已。钟道士曰："尊恙幸得安痊，贫道当与令嗣破此阵图。"六使即唤过宗保，拜钟道士为师。宗保拜毕，道士曰："军中调遣，还要这几人来用。"宗保曰："要着谁人？乞师父指示。"钟道士即令呼延显往太行山，取得金头马氏，率所部来御营听候；又差焦赞往无佞府，召取八娘、九妹并柴太郡；再令岳胜往汾州口外洪都庄上，调回老将王贵；着令孟良往五台山，召杨五郎。分遣已定，呼延显等各领命而行。

却说孟良前往五台山，来见五和尚，道知要破天门阵，乞下山相助之意。五郎曰："前者澶州救吾弟回后，一意皈依佛法，忘却兵事。今日又来相扰乎？"孟良曰："此为国家大事，非由于己。师父可念本官勤

孟良盗走白骥马　宗保佳遇穆桂英

劳，勿辞一行。"五郎曰："北番有二逆龙，昔在澶州降伏其一，尚留萧天佐在。除是穆柯寨后门有降龙木二根，得左一根，可伏其人。汝若能求得此木，与我作斧柄，则可成事。不然，去亦无益。"良曰："既师父务要其木，小可只得往求之。"五郎曰："汝去索取此物来，吾当整备俟候。"

孟良即辞五郎，径望穆柯寨来。恰遇寨主，乃定天王穆羽之女，小名穆金花，别名穆桂英；生有勇力，箭艺极精，曾遇神授三口飞刀，百发百中。是日正与部下出猎，射中一鸟，落于孟良面前。良拾得而去。行未数步，忽有五六喽罗赶来，叫声："好好将鸟还我，饶你一死。"孟良听得，停住脚步。喽罗近前，一齐发作，被良打得四分五裂而走。良又行得一望之地，喽罗报与穆桂英，部众追至。良闻后面人马之声，知是贼兵赶来，取出利刃，挺身待之。一伏时，桂英大骂："诛不尽的狂奴，敢来此处相闹耶？"孟良更不答话，舞刀来战。桂英举枪迎之。二人在山脚下，连斗四十余合，孟良力怯，退步便走。桂英不赶，与众人把住路口。孟良进退无计，谓喽罗曰："吾将射鸟还汝，开路放我过去。"喽罗曰："汝来错路头，谁不知要过穆柯寨者，要留下买路钱？汝若无时，一年也不得过去。"孟良自思有紧急事，只得脱下金盔当买路钱。喽罗报与桂英，桂英令放路与过。

孟良离却此地，径回寨来见六使；道知五本官要斧柄，穆柯寨主难敌，又将金盔买路事诉了一遍。六使曰："似此如之奈何？"宗保曰："不肖与孟良同走一遭。"六使曰："恐汝不是其敌。"宗保曰："自有方略。"即日引孟良，率军二千，来到寨外索战。穆桂英听得，全身贯带，部众鼓噪而出。宗保曰："闻汝山后有降龙木二根，乞借左边一根与我，破阵事定之日，自当重谢。"桂英笑曰："其木确有，赢得手中刀，两根通拿去。"宗保大怒曰："捉此贱人，自往伐取。"乃挺枪直奔桂英，桂英舞刀来迎。两骑相交，二人战上三十余合，桂英卖个破绽，拍马便走。宗保乘势追之，转过山坳，一枝箭到，宗保坐马已倒。桂英回马杀来，将宗保活捉而去。孟良随后救应，寨上矢石交下，不能进前。良曰："汝众等勿退，须待思量着计策，救出小本官。"众军依言，遂屯扎关下。不题。

却说穆桂英捉宗保入帐中，令喽罗绑缚之。宗保厉声曰："不必用苦刑，要杀便杀。"桂英见其人物秀丽，言词慷慨，自思："若得与我成其夫妇，不枉为人生一世。"密着喽罗以是情通之。喽罗道知宗保，宗保半响自思道："我要得他降龙木，若不应承，死且难免，莫若允其请，而图大计。"乃曰："寨主不杀于我，反许成姻，此莫大之恩也，敢不从命？"喽罗以宗保之言回报，桂英大喜，亲扶宗保相见，令左右整备酒醴相待。二人欢悦。

饮至半酣，忽寨外喊声大震，人报宋兵攻击。宗保曰："既蒙寨主不弃，还请开关与部下知之，以安其心。"桂英依其言，令喽罗开关说知，放孟良入帐中。良见宗保与桂英对席而饮，知是好事，乃曰："小本官在此快活，众人胆亦惊破。"宗保以寨主相顾之意道知。良曰："军情事急，当即回去，再得来会。"宗保欲辞桂英而行。桂英曰："本待留君于寨中，既戎事倥偬，只得允命。"宗保径出寨来，桂英直送至山下，似有不舍之意。宗保曰："倘遇救应之处，特来相请。"桂英领诺而别。后人有诗赞曰：

甲士南来战阵收，英雄到此喜相投。
非惟免祸成姻偶，从此佳人志愿酬。

宗保率众军回见六使曰："不肖交锋，误被穆寨主所捉。得蒙不杀，又与孩儿成亲，特来请罪。"六使大怒曰："我为国难未宁，坐卧不安，汝尚贪私爱而误军情耶？"喝令推出斩之。左右正待捉下，令婆急来救曰："我孙儿虽犯军令，目下正图大计，还当便宜放之。"六使曰："遵母所言，权囚起于军中，待事宁之后问罪。"孟良曰："本官息怒，小本

孟良盗走白骥马　　宗保佳遇穆桂英

官此行诚不得已，特为降龙木之故，望赦其囚。"六使不允，径将宗保囚了。

次日，孟良密入军中见宗保曰："适见钟道士，言小本官该有二十日血光之灾，在此磨折，只得忍耐。"宗保曰："吾之心事，惟汝知之。穆寨主英雄女流，且军中用得此人，必获大利。汝再往见之，一者求降龙木，二者着他来相助。"孟良领诺，即日径诣穆柯寨见桂英，说知本主特来相请，并要求取降龙木之由。桂英乃曰："正待着人迎请汝主，我如何离得此地？速归拜上小本官，再不来时，我部众来斗也。"孟良听罢愕然曰："既寨主与小本官成其佳偶，正宜往军中约会，何故出不睦之言？"穆桂英怒曰："当日我少见识，被汝引去，今又来摇舌，若再说，试我刀利否？"孟良不敢应。退出在外，思忖一计道："若不用着毒心，彼如何辄肯下山？"至黄昏左侧，孟良密往寨后，放起一把无情火。正值九月天气，夜风骤起，霎时间烟焰冲天，满谷通红，穆柯寨四下延烧。众喽罗大惊，齐来救火。孟良提刀入桂英寨内，将其家小杀去一半。比及得知来赶，却被孟良砍伐降龙木二根，奔往五台山去了。

第 三 十 六 回

宗保部众看天阵　真宗筑坛封将帅

却说孟良用火计，焚毁穆柯寨，星夜逃往五台山。天色渐明，火势已灭，寨之前后，烧得七残八倒。穆桂英怒气填胸，便点部下军士，杀奔宋营，报此仇恨。部将进说曰："此必孟良见寨主不肯下山，故行此计。今山寨凋零，家小抛弃，不如相助宋君，一者佳配完全，二者建功于朝廷，亦良会也，何必自伤和气耶？"桂英沉吟半晌，乃曰："汝言极是。"即命将寨中所积粮草，用车装载齐备，扯起穆柯寨金字旗号，率众径赴宋营中来。正是：

只因奇计能成绩，引到英雄建大功。

骑军报入六使帐中，道知穆寨主部众来到。六使怒曰："深恨此泼贱，勾引吾儿，致误军事。今日又来相惑耶？"即统部兵五千，出军前大骂："贱人好好退去，万事俱休；若不收军，汝命顷刻。"桂英怒曰："好意来相助，反致凌辱之甚。"遂舞刀跃马，直取六使，六使举枪交战，经数合，不分胜败。桂英欲生致之，佯输而走。六使纵骑来追，一声弦响，射中六使左臂，翻落马下，桂英勒回马捉之。此时岳胜、焦赞等皆不在军中，无人救应。桂英令将六使解回原寨。

忽山坡后旌旗卷起，一彪僧兵截出，乃是杨五郎与孟良来到。桂英列开阵势。孟良拍马近前，望见六使高叫曰："本官如何被捉？"六使未

宗保部众看天阵　真宗筑坛封将帅

答。桂英问曰："此是谁人？"孟良曰："正是小本官父亲。"桂英惊曰："险些有伤大伦。"亟下马，着手下解开六使，扶于上坐拜曰："一时不识大人，万乞赦宥。"六使曰："汝且起来相见。"五郎等都会一处，合兵回至军中。六使令放出宗保。桂英拜见令婆，令婆不胜欢喜曰："此女真乃吾孙之偶也。"因命具酒醴，与五郎等接风。五郎见母哀感甚切。令婆曰："此吾儿当有佛缘，不必过伤；留得汝母在时，终教相见也。"五郎收泪谢之。酒至半酣，人报岳胜、呼延显等取调各处军马皆到。六使大喜，即出寨迎接。有王贵、金头马氏、八娘、九妹等，齐入帐中相见毕。六使请王贵坐上，拜曰："有劳叔父驰骋风尘，侄儿之过也。"贵曰："侄以国事用我，安敢以劳为辞？"令婆等都来叙旧，仍令设席相待，众人欢饮而散。

　　次日，六使入奏真宗曰："臣今调取沿边诸将，已各听候，特请圣旨破阵。"帝曰："卿既以诸将齐备，亦须审机而行，勿使敌人得志而挫动我军锐气。"六使领命退出，与宗保商议进兵。宗保曰："师父昨言，目下未利出师，尚容择日而进。不肖先率诸将，前往探听一回，徐议破敌。"六使然其言。平明，鼓罢三通，宗保全身贯带，扬旗鼓噪而出。对垒番将鞑靼令公韩延寿，耀武扬威，跑出阵前，见南阵旗下，众将拥着一少年郎君，端坐白骥马上。延寿认得其马是萧后所乘，大喝一声曰："乳臭匹夫休走！"其声如空中起个霹雳。宗保听了，翻身落马，众将救起。番帅亦收兵还营。时六使闻此消息大惊，即引兵来救，众将已扶宗保入帐中坐定。钟道士进药一丸，吃了始得苏醒。六位问其坠马之故，众将答道："被番人厉声一振，不知小将军因何便倒。"六使忧闷无计，乃曰："未与交锋，畏惧若是，倘临战斗，焉望其成功？"钟道士曰："此非弟子不能战阵，盖因未满年丁，难以拒敌。必须奏过主上，授以重任，赐其壮年，方能御彼阵势而破辽众也。"六使依其议，奏知真宗以宗保年幼，难拒大敌之故。

　　真宗与群臣计议，八王奏曰："陛下欲建不世之功，当有大授之臣。

今北兵众盛，不有韩元帅之职，安能讨服丑虏？乞重封宗保，以破辽众，天下太平立见矣。"帝曰："当封以何职？"八王曰："陛下须效汉高祖筑坛拜韩信故事，使诸将知所遵令。摧坚斩敌，无不尽命。"帝允奏，下命军校于正南隙地，筑立三层将台，按着天地人，五方竖起五色旗号，按青黄赤白黑，礼仪法物，俱如汉时所行。不二日，军校筑完坛所回奏。帝斋戒沐浴，择吉日，率群臣至坛。宣宗保诣御前，焚香告誓毕，帝亲为挂大元帅印，封为吓天霸王、征辽破阵上将军。宗保领旨谢恩。帝谓众臣曰："朕以宗保年幼，寡人特赐一岁，以作满丁之数。"八王奏曰："既蒙陛下赐他一岁，群臣亦赠一岁，共凑成一十六岁，过满丁，使出兵有万倍之威。"帝悦曰："卿见更高。"即如议下敕，差军校捧金牌，送宗保归营。宗保再拜受命，与军校先行。帝同群臣下坛，仍回御营。

翌日，宗保坐中军行事，下令各军听候，请钟道士入帐中商议进兵。钟曰："番兵阵势甚雄，当先令一人前往探听一遍，然后徐议攻击。"宗保乃问军中："谁敢往视天门阵？"道未罢，焦赞应声出曰："小将愿往。"宗保曰："汝性急之人，恐有误事。"钟曰："这一回正用得此人。"宗保允其行。焦赞入营中，与牙将江海议曰："今特往观北阵，君有何计教我？"海曰："若无萧太后敕旨，如何能进？公既要往，还须假着敕旨而去。"赞曰："敕旨能假，那里讨着印信？"海曰："此事何难？吾父曾为萧后内官，得其印式。我依样刻出无错，然后与公前行，决不误事。"

赞大喜，即请着假敕文，用了假印信，星夜出到九龙谷。先观铁门金锁阵，见番帅马荣威风凛凛，立于将台之上，部下把守得如铁桶一般。见焦赞问曰："汝是谁差到此？"赞曰："娘娘有敕旨，着我来打探一番。"荣曰："请敕旨来看。"赞辄取示之。荣看罢，令开阵与过。赞大叫一声，遂过了铁门阵，径到青龙阵。大将铁头太岁厉声曰："此处是何所在，汝敢来扰乱耶？"赞曰："娘娘有敕旨，差来巡视，何谓扰

宗保部众看天阵　真宗筑坛封将帅

乱？"太岁见敕，遂开了青龙阵放入。赞遍观里面，见甬道丛杂，变化不常，但闻四下金鼓之声，心内颇惧。走过白虎阵，恰遇守将苏何庆，喝问："是谁来撞吾阵？"赞道："承娘娘敕令巡视。"苏何庆见旨，开阵与过。赞连忙走到太阴阵，见一起妇人，赤身裸体，台上阴风凛凛，黑雾腾腾，不觉头旋脑乱，几欲昏迷。黄琼女手执骷髅，将焦赞截住。赞喝曰："吾奉娘娘敕旨，巡视天阵，汝何得拦阻？"琼女索取敕旨视罢，始得释放。赞从旁路而出，至北营数里之外，乃得萧后屯军所在。此时被韩延寿缉知，亟来追捕。

　　焦赞连夜走回军中，见宗保，道知阵图奇异，难辨往来，更有太阴阵，妖气逼人，尤难攻打。宗保听罢，请来钟道士商议。钟曰："夜观星象，太阴阵内当有反变。先下令破了此阵，其余可以依次进攻。"宗保曰："太阴阵中有妇人赤身裸体，此主何意？"钟曰："彼按为月孛星，手执骷髅，遇交战，哭声一动则敌将昏迷坠马。今欲破阵，先要擒着此人。"宗保曰："谁人可往？"钟曰："金头马氏前去，必能成功。"宗保即命金头马氏曰："汝部精兵二万，从第九座天门攻入，我自有兵来应。"马氏领兵去讫。宗保又唤过八娘曰："汝部马军一万，靠太阴阵而守，彼有军出来，乘势攻之。"八娘亦领计而行。宗保分遣已定，与钟道士登将台瞭望。

　　却说金头马氏部兵从第九门呐喊攻入，恰遇黄琼女赤身裸体来敌。马氏骂曰："汝乃一国名将，为西夏王亲生女，部众远来助逆，不为正用，而居下贱之职，披露形体，不识羞耻，而乃扬威来战。纵使成事，亦何面目回见汝主乎？"琼女被骂，无言可答，自觉羞愧，勒马便走。马氏见台上枪刀密布，亦不追赶，与八娘合兵而回。

第三十七回

黄琼女反投宋营　穆桂英破阵救姑

却说黄琼女回到帐中，自思："我千里部众而来，受如此耻辱。曾记得幼年邓令公作伐，将我许与山后杨业第六子，因邓令公丧后，停却此姻。今闻宋军中杨六使即我夫也，不如将所部投降中朝，以寻旧好，助破番兵，报雪此耻矣。"计议已定。次日，密遣部卒送书信投入马氏营来。马氏得书，迟疑未决，来见令婆，道知其事。令婆曰："彼不提起，我几忘之矣，昔在河东，确有是议，盖因邓令公弃世，一向消息不通。"马氏曰："此女昨被我羞辱，今日来降，决非虚诈，令婆可与六郎马商议。"令婆然其言，入见六使，道知黄琼女要举众归降，且言曾与结姻之事。六使曰："不肖幼年亦闻此说，争奈国家重任在身，非臣子会亲之日，还待殄灭北番之后，然后计议。"令婆曰："汝见差矣，今国家用人之际，彼要来降，欲与汝相认，若阻之，使其生疑，反为不美。今一举两得，有何不可？"六使依其议，即修书与来人回信，约定明日黄昏，内应外合举事。来人接书，回见黄琼女。琼女看毕，心中大喜。次日，将近黄昏，下令众军，整点齐备。忽阵外喊声大振，金头马氏率所部攻入太阴阵。黄琼女听知宋兵已到，部众从内杀出，正遇韩延寿部下巡阵大将黑先锋来到，与马氏交兵只一合，被斩于阵内，北兵大溃。黄琼女与马氏合兵一处，直杀出北营。比及韩延寿、萧天佐等部兵来追，却已离远了，二人悔恨无及而回。

且说金头马氏带黄琼女入军中见令婆曰："已得黄琼女归降，又胜

黄琼女反投宋营　穆桂英破阵救姑

北番一阵。"令婆大悦，着与六使相见。众人都来贺喜。次日，宗保入禀曰："钟师父指示阵图，解说出入攻打之路，甚是分明，且道第三日甲子，乃是破阵之日。乞大人奏知圣上，亲来监战，则不肖方好调遣。"六使曰："汝自去裁划进兵之计，吾自去奏。"宗保退出，来见钟道士曰："攻阵何者为先？"钟曰："铁门金锁阵乃咽喉之地，正宜先破。次则便破青龙阵。"宗保曰："可差谁往？"钟曰："青龙阵须劳柴太郡，铁门阵必用穆桂英。"宗保曰："桂英可行。吾母柴太郡有孕在身，如何破得此坚阵？"钟曰："正以孕气胜之，管取无事。"宗保依教，来见六使，禀知调遣之事。六使曰："军令彼安敢违？争奈太郡有孕，恐有疏虞，如何是好？"宗保曰："师父道无事，可令孟良助之而行。"六使允言。宗保即下号令，密书破阵计策与之。穆桂英、柴太郡得令，各率精兵三万，一声炮响，二支兵鼓噪而进。

先说穆桂英带领三万人马，分付将一万各提火炮火箭之类，候交锋之际，炮箭齐发；二万从九龙谷正北打入，绕出青龙阵后，接应柴太郡之兵。众人依计而行。穆桂英扬声呐喊，分左右攻入铁门金锁阵。恰遇番帅马荣，离将台部众，如天崩地裂而下。桂英虚退阵营一望之地，赚敌将近，两马相交，军器并举。二人战至十数回合，不分胜负。桂英部下，各望甬道齐进。铁须爪一时进作，被宋兵放起火箭，尽皆射死。铁闩、铁门一十四门精兵来应，宋兵围绕而进，北军队伍乱窜。桂英奋勇前进，大喝一声，杆刀已下，马荣头已落地。宋兵乘势攻入，杀死番众不计其数，遂破其坚阵。桂英领兵直出青龙阵后。且看柴太郡如何破阵，有诗为证：

　　鼓众麾旗入阵丛，敌兵失算血流红。
　　从来圣主多灵助，致使佳人建大功。

却说柴太郡率所部三万，来到青龙阵下，分付孟良曰："依计而行，汝引劲卒一万，先夺黄河九曲水，从龙腹杀出；吾引大众打入龙头，绕出后阵，与穆桂英兵合。"孟良领计先行。郡主分拨已定，喊声震天，攻进左阵。守将铁头太岁引所部离将台，厉声叫曰："破阵宋将要来寻死耶？"柴郡主纵骑杀进。两马相交，斗经数合，未分胜负。忽阵后一声炮响，孟良以劲兵从龙腹截出，北兵溃乱。铁头太岁复兵来救。柴太郡乘势进击。龙须、龙爪十四门精卒齐出，柴郡主与孟良前后力战，不觉日色将晡。郡主斗力已乏，冲动胎孕，在马上叫声："疼痛难熬！"部下军士无不失色。霎时间，育一孩子，遂昏倒阵中。铁头太岁回马杀来。忽阵侧一彪军马，如风雷驱电来到，乃穆桂英也，见郡主危急，努力来救。交马二合，铁头太岁化作一道金光而走，被血气冲破，桂英抛起飞刀，斩于阵中。番兵大乱，却被孟良从后杀到，屠剿大半，只走得一分回去。桂英向前救起郡主，以所生孩儿纳在怀中，遂破其青龙阵。后人有诗为证：

> 战阵才交势已危，桂英于此显雄威。
> 飞刀斩落妖元首，夺取英雄得胜归。

桂英已得全胜，回见六使，详述破阵之事及郡主且得平安。六使大喜，即令郡主入后营歇息，将儿子抱与令婆视之。令婆看罢喜曰："此儿面貌与兄宗保无异。"遂为取名杨文广，分付媪婆好生看养，不题。

却说番帅韩延寿输了二阵，折了人马，急召椿岩商议。岩曰："彼纵能战，决难破我迷魂阵也，他若来时，管教片甲无存。"延寿曰："将军亦须用心提备，宋军中必多精通惯熟之人，万勿轻视。"岩曰："自有机变捉他。"言罢，径与吕军师商议去了。

却说哨马报入宋营："北兵预防其阵，甚是完固。"宗保谓诸将曰："彼势已动，正可依次攻打。"乃请钟道士计议进兵，钟曰："再破白虎阵，其外审机而战。"宗保曰："谁人可去？"钟曰："汝父可建此功。"

黄琼女反投宋营　穆桂英破阵救姑

宗保允诺，入见六使，道知，六使曰："正须先声而进，以励诸将。"宗保退出。

次日，六使全身贯带，率骑军二万，杀奔北营，攻入白虎阵内。番兵喊声大振，势如潮涌。椿岩先登将台，手执红旗麾动。番帅苏何庆遂开白虎阵门，率兵迎敌，恰遇杨六使耀武扬威而到。两马相交，军器并举。二人战到三十余合，何庆佯输，勒马便走，宋兵乘势杀进。忽将台金锣响处，黄旗闪开，陡然变成八卦阵，霸贞公主引精兵围合而来。六使见门路丛杂，进退错乱，被何庆复兵杀回，困于阵中。六使左冲右突，北兵矢石交攻，不能冲出。败军急走报知宗保，宗保大恐曰："此事如之奈何？"即召焦赞谓曰："汝速领兵五千，从旁道攻入；用石锤打损其锣，使虎无眼，则不能视，吾自有兵来应。"焦赞发愤去了。又唤过黄琼女曰："汝部马军五千，从右门攻入；先把黄旗砍倒，使虎无耳，则不能听，其阵必然溃乱。"琼女亦领兵而去。又唤穆桂英曰："汝率劲骑一万，当中杀入，以救吾父。"桂英慨然而行。宗保分遣已定，自率岳胜、孟良等于对阵接应。

且说焦赞听得六使被困，声震如雷，率兵攻入旁道。正遇番将刘珂镇守虎眼，见宋兵杀来，下台迎敌，交马两合，被赞一刀砍死。焦赞杀散余众，将二面金锣打得粉花雪碎，乘势而进。适见黄琼女从右门杀来，一刀劈死张熙，截倒黄旗二面，与赞兵合，抄入白虎阵后。苏何庆见阵势危迫，慌忙来应。穆桂英当先杀入，二人交锋不两合，何庆绕阵而走。桂英拈弓搭箭，一矢正中其项下，何庆坠马而死。霸贞公主见夫有失，急待来救，不提防阵后黄琼女一马杀出，手舞铁鞭，从背脊打下，霸贞口吐鲜血，单马走归本国而去。杨六使闻外面金鼓之声，料是救兵，从内杀出，正遇焦赞屠番兵就如斩瓜切菜，两下合兵，遂乘势破了白虎阵。有诗为证：

巍然阵势巧安排，谁想英雄测破来？

斩将屠兵成败决，中原诚是有奇才。

六使杀回本阵，宗保等接应而去。

次日升帐，众将都来贺喜。六使曰："彼阵果是奇异，战至半酣，不知去路。若救兵不至，我命几休。"宗保曰："既爹爹破了白虎阵，当乘势攻其玉皇殿，则他阵易破。"六使曰："阵内藏机莫测，须仔细辨认，而后进兵。"宗保曰："孩儿自有分晓。"即请令婆、八娘、九妹进前谓曰："此一回敢劳婆婆与二位姑娘一往？"令婆曰："此为王事，安敢辞却？"宗保曰："阵内按有梨山老母，婆婆若去，先要擒捉此人，其他易攻。"令婆得计，率八娘、九妹前进。宗保又召王贵曰："叔公可引所部，从正殿打入，接应本阵。"王贵亦领计去了。宗保分遣已定，但等明日南北将交锋。

第 三 十 八 回

宗保议攻迷魂阵 五郎降伏萧天佐

却说令婆部众,扬旗鼓噪,杀奔玉皇殿。椿岩即下号令,摇动红旗。梨山老母乃董夫人,拍马来迎。两骑相交,兵器并举。二人斗上数合,董夫人勒骑而走,八娘、九妹两翼绕进。忽然阵内金鼓齐鸣,番兵团合而进,将令婆等困于阵内。王贵闻此消息,急引兵杀入前阵来救。恰遇北番巡营帅将韩延寿来到,弯弓架箭,指定王贵心窝射来,王贵应弦而倒,部下马军被番兵杀了一半。败军走回报知宗保,宗保大惊曰:"失吾正将,何以立功?"即遣穆桂英部兵五千,前去救应令婆。桂英领计去了。又令杨七姐率步军五千,抄入殿前,破其红灯,则敌人不知变动。七姐亦领计而行。

先说穆桂英杀入北阵,望见内中杀气连天,纵骑突进,正遇董夫人力战八娘,八娘势渐危急。桂英架箭当弦一矢,射中其目,董夫人落马而死。乘势杀散围兵,救出令婆、八娘、九妹,合势杀出。适遇杨七姐破了红灯,绕出通明殿前,与令婆等一同杀回。韩延寿见宋兵大胜,不战而退。宋军乃夺得王贵尸首回寨。宗保等诸将接见,无不哀感。时王贵之妻杜夫人亦在行阵,见夫战死,号泣不止。六使曰:"婶母勿忧,当奏闻圣上,旌表叔父之忠,报其功业。"夫人收泪谢之。次日,六使进御营奏知:"叔父王贵,为破阵战死,乞陛下旌表之,以励后世。"帝允奏,乃宣杜夫人入帐前,抚慰之曰:"王令公,朕之爱臣,今闻战殁,不胜怜惜。今夫人有子三岁,封为无职恩官,候成立之日,许其在朝任事。封汝为贞节夫人。谥赠王贵为忠义成国公。赐金银缎匹十二车。"恩命既下，杜夫人叩谢而退。翌日，辞了令婆，装载所赐，径回洪都庄。不题。

却说宗保来见钟道士，再议破阵。钟曰："迷魂阵最为惨毒，乘今破之。"宗保曰："弟子在将台上观望，见北营吕军师善能用兵，恐难胜敌。"钟曰："吾自有攻他计策，不必过虑。"宗保欣然辞退，即下令攻打迷魂阵。召杨五郎谓曰："此行要烦伯父。"五郎曰："当得效力。"即日率头陀兵五千，喊声杀入迷魂阵，正遇番帅萧天佐阻住，二将交战。经十数合，天佐佯输，放五郎入阵。单阳公主纵马舞刀来迎，不两合，公主拨马而走，五郎驱兵赶入。五百罗汉一齐向前，头陀兵奋勇力战，将五百罗汉诛戮殆尽。耶律呐见宋兵势锐，麾动红旗，忽太阴阵放出一群妖鬼，号哭而来。头陀兵人各昏乱，不能进前。五郎大惊，念动神咒，亟率众走回宋营，报与宗保知道。宗保曰："师父曾言，此阵有妖术，须按法破之。"乃取天书来看，内载："要小儿四十九个，各执杨柳枝，打散妖妇三魂七魄。"宗保知其意，即下令备此小儿之数，俱要戎装。唤过五郎谓曰："烦伯父领此小儿入阵中红旗台下，割去妖妇骸体，破之必矣。"五郎慨然而行。又唤过孟良曰："汝部兵二万，打入太阳阵，抄出其后，接应本军。"孟良亦领兵去了。

且说五郎鼓勇当先，复引众攻入迷魂阵来。单阳公主不战而退，引敌兵入阵。杨五郎直杀进将台。耶律呐摆动红旗，妖氛迸起。四十九个小儿手执柳条，迎风而进，妖氛辄散，被宋兵割去孕妇尸骸。耶律呐慌乱抛阵逃走，五郎赶近前，一斧劈死。五千佛子，溃乱逃奔。头陀兵戒刀齐落，寸草不留。单阳公主措手不及，被宋兵于马上擒住。萧天佐激怒，提兵来救。杨五郎冲出阵前，两马相交，连战二十余合，不分胜负。五郎抽出降龙棒，击中其肩，天佐露出本形，乃是一条黑龙也，五郎绰起月斧，挥为两截，作二处飞去。按天佐头截飞落黄州城，后称火离国王；尾截飞落铁林洞，后作河口军师，又乱中原，不题。

宗保议攻迷魂阵　五郎降伏萧天佐

却说是时孟良攻入太阳阵，恰遇番将萧挞懒，交马两合，被孟良一斧砍之，杀散余骑，直冲入后阵，接着杨五郎，一齐杀回，遂破了迷魂、太阳二阵，诛剿番兵，不计其数。有诗为证：

迷魂阵上妖氛盛，熊虎军中杀气高。
败北番兵风雾散，成功宋将血连袍。

五郎解过单阳公主，入军中见宗保，道知破阵杀萧天佐之事。宗保大喜曰："破了此阵，其外不足惧矣。"因令将单阳公主押出斩之。穆桂英劝曰："看此女容貌端严，且是萧后亲生，不如留她，以为帐下号召。"宗保允言，遂放了公主，提调诸将破阵，唤过呼延赞等谓曰："有玉皇殿重兵尚多，汝装赵玄坛，攻打其中。孟良装关元帅，焦赞装殷元帅，岳胜装康元帅，张盖作王元帅，刘超作马元帅，是五人击其左右，破他北方天门阵。"呼延赞等得令，各领兵五千去了。宗保分遣已定，与六使登将台观望。

且说呼延赞等整点齐备，扬旗鼓噪，杀奔玉皇殿来，恰遇金龙太子。两马相交，二人斗十数合，太子佯输，引入阵中。孟良、焦赞乘势杀入，恰近将台珍珠白凉伞下，杀气隐隐，不敢突入。赞等复率众绕过北阵，正遇土金秀将真武旗麾动，岳胜拍马先进，陡然天昏地黑，不辨进路，被土金秀生擒而去。比及焦赞得知去救，四下番兵围合而来。呼延赞见势不利，引众杀出，归见宗保，备述阵势难攻。宗保点视，失去岳胜、孟良。正在忧闷间，人报二将已到，即召入问之。岳胜曰："阵内奇变莫测，一时东南错杂，径被番人擒获，若非孟良扮为胡人来救，几至一命不保。"宗保曰："玉皇殿内有二十八宿，七七四十九盏天灯，都是变化之名。"乃唤过孟良谓曰："汝明日去攻阵，可先偷去玉皇殿前珍珠白凉伞，再着焦赞砍倒二面日月珍珠皂罗旗，吾自有兵来应。"孟良、焦赞领计去了。

宗保入禀六使曰："此一回必得圣驾亲行，敌住玉皇上帝。大人破其右白虎，还须八殿下破其左青龙，不肖自率劲兵破其正殿。"六使可其议，即入御前奏闻真宗。王钦进奏曰："陛下为万乘之主，何必亲劳圣驾？须着诸将前往，如不克敌，罪归主帅。"此盖王钦忌其成功，故进此以阻之也。真宗欲允其议，八王奏曰："陛下此一番盖为破阵，今遇成败将决之际而有犹豫，何以励诸将士？皇上正宜躬往，使敌人望风而退，社稷之长计也。"帝意遂决，下命准备进兵。

次日，鼓罢三通，孟良与焦赞领兵先入，无人敢当，直杀近玉皇殿侧。孟良夺下珍珠白凉伞，焦赞砍倒日月皂罗旗。正遇番将士金牛、土金秀二人杀到，与宋将两下鏖战，孟良怒激，一斧劈死金牛，焦赞斩了金秀，部下番兵尽被宋军所杀。后队杨六使拍马攻入，先射落四十九盏号灯，其阵遂破。二十八员星官一齐杀出，被孟良、焦赞挥刀尽屠戮之。金龙太子见阵势穿乱，单马逃走。宋帝架起翎箭，一矢射死于阵中。宋军竞进。宗保举发火箭，焚其通明殿，烧死番兵不计其数。孟良等合兵一处，遂破了玉皇殿。有诗为证：

玉皇殿势妙难穷，破识从交克战中。
北众凋残风落叶，君王一箭立奇功。

宗保下令曰："乘此破竹之势，诸将各宜效力。"令孟良攻入朱雀阵，焦赞攻入玄武阵，六使、呼延赞攻入长蛇阵。军令才下，孟良鼓勇当先，部众杀入朱雀阵来。正遇番将耶律休哥挺枪跃马来迎，两骑相交、二人战上数合，不分胜败。忽阵后一声炮响，刘超、张盖从旁攻入，休哥力不能敌，遂弃将台而走。孟良乘势追击，遂破其阵。时焦赞攻进玄武阵，遇耶律奚底，战上十数合，奚底败走，被焦赞赶近前来，一刀斩之，杀散余众，破了玄武阵。杨六使率众将打入长蛇阵，耶律沙见阵势俱乱，不敢迎敌，拖刀绕阵走出。宗保阻住与战，两马相交，未

宗保议攻迷魂阵　五郎降伏萧天佐

及数合，孟良、焦赞等从后杀来，耶律沙进退无门，拔剑自刎，毙于马上。时宋兵倍勇，那个不要争功？宗保下令攻入北营。

韩延寿见天门阵破得七残八倒，慌忙问计于吕军师。军师怒曰："汝去，吾自往擒之。"即率本营劲卒，如天崩地裂而来。椿岩作动妖法，霎时日月无光，飞沙走石。宋兵个个两眼蒙昧难开。宗保君臣困于阵内，番兵四合砍进。正在危急之间，钟道士看见，奔向阵前，将袍袖一拂，其风逆转，吹倒番人，天地复明。椿岩望见钟道士，忙报吕军师曰："钟长仙来矣，师父快走！"道罢，先化一道金光去了。吕洞宾近前，被钟离喝道："只因闲言相戏，被汝害却许多性命。好好归洞，仍是师徒；不然，罪衍难逭。"洞宾无言可答，乃曰："弟子今知事有分定，不可逆为，愿随师父回去。"于是钟、吕二仙各驾红云，径转蓬莱，不题。

第三十九回

宋真宗下诏班师　王枢密进用反间

却说萧后正营尚有七姑仙、四门天王未破。宗保下令："八娘、九妹、黄琼女、穆桂英部兵攻其七姑仙，杨五郎部兵攻四门天王。"众将得令，各引兵前进。八娘、桂英杀却番国独姑公主等七人。杨五郎驱众径入，杀死耶律尚、耶律奇特四将。韩延寿知大势已去，入营中报与萧后曰："娘娘速走，四下皆是宋兵。"后惊曰："吕军师何在？"延寿曰："早已遁去，不知所之。"太后听罢，慌张无计，乘一小车，与韩延寿、耶律学古等望山后逃归。杨六使知之，率众将亟追。焦赞奋勇向前，赶上韩延寿，大叫曰："作急纳降，饶汝一死。"延寿回马再战，不两合，被焦赞擒住。孟良等竞进，番兵抛戈弃甲而走，萧后从僻路去了。

此一回，杨宗保大破南台七十二天门阵，杀死番兵四十余万，尸首相叠，血流满野。百年之后，尚有白骨如山，观者无不惨伤。有诗为证：

> 白骨交加委塞墙，问人云此是征场。
> 停骖顾望添惆怅，晚带斜晖倍可伤。

宗保既获全胜，即收军还营。次日，坐牙帐，调集各处军马。部卒解进韩延寿。宗保骂曰："汝夸北地第一英雄，今日何以被囚乎？"延寿低头无语。宗保曰："留汝奸贼何用？"因命推出斩之，左右得令，绑出

宋真宗下诏班师　王枢密进用反间

枭首讫。再录诸将破阵功勋。遣人追问钟道士消息，皆言从破北营，竟不知去向。宗保始悟其为汉钟离降世也。分付诸将，各依队屯营，以候圣旨，诸将遵令而行。自是军威大振，远近惊骇。

却说杨六使以诸将功绩，奏知真宗。真宗曰："候朕班师回京，以议升赏。"六使奏曰："难得者机会，今番人大败而去，陛下车驾长驱直捣幽州，取萧后舆图以归，万世之利矣。"帝曰："今番人既去，军士久战力疲，令憩息以固根本。候回朝之日，再作区处。"六使乃退。

越二日，帝竟下命，澶州三路军仍前退回。令筑坚关于九龙谷，留王全节、李明以所部镇守，其余征边帅臣，并随驾班师。旨令既下，军中无不欢跃。平明，驾离九龙谷，杨六使为先队，杨宗保为后队，帝与众臣居中，三军迤逦望京师而来，正是：

旌旗动处军声壮，万马嘶时喜气扬。

不一日已望汴京不远，文武迎车驾入禁中。翌日设朝，众文武朝贺毕。帝宣六使至御前抚慰曰："此举多劳卿父子，朕当论功升赏。"六使曰："皆诸将协力效命，臣愚父子安敢独受皇恩？"真宗命设宴犒赏征北将士，杨家女将皆预其席。是日，君臣尽欢而散。

次日，六使趋朝谢恩。帝赐黄金甲二副，白马二匹，锦缎一十二车。六使当庭固辞。帝曰："此微报也，万勿再三推却。其余建功诸将，当计议超擢。"六使乃受命而出。归至无佞府，参见令婆，道及圣上恩典。令婆曰："吾儿久离三关，当复往镇守，以防番人不测。"六使依命，因令具筵席犒赏部将。宗保、岳胜等二十员战将坐于左席，穆桂英、黄琼女、单阳公主等二十员女将坐于右席，杨令婆、柴太郡、杨六使居中，列位次而坐。是日庖人进食，士卒舞剑，众人开怀而饮。

酒至半酣，杨五郎起谓母曰："不肖佛缘未满，且喜吾弟建立大功，要我在军中无益，今日特辞母、妹，再往五台山出家。"令婆曰："此乃汝之本性，去住但凭裁度。"于是五郎作别众人，领头陀自回五台山去了，不在话下。是晚，酒阑席罢，诸将皆退。次早，六使趋朝奏帝，欲往三关镇守。帝大悦，降敕允六使前镇三关，杨宗保监禁军巡视京城。各各领命去了。

却说王枢密归至府中，思道："自入中朝，一十八年，不曾与萧后建功立业。"心生一计，入奏真宗曰："臣蒙陛下收录，未有寸功。今北番败归以后，谅彼必畏我天威。今乞陛下允其降伏，以杜他日之患。"帝曰："此言具见卿之忠爱。"即命武军尉周福同枢密赍敕前往番地开读。二人得令，赍了敕文，望幽州进发。行至中途，王钦问于周福曰："此去道经何处？"福曰："有二路可进，一从黄河，一从三关寨。"枢密听罢，暗思："若从三关经过，必被六使所捉，不如生个计较，向黄河经过。"乃谓周福曰："我尚有紧关文书失落要取，汝代我先往，我即随后便到矣。"福不知是计，即允其言，竟赍札文先自去了。

且说王枢密单骑出黄河，不日已到太原府，镇守官薛文遇出郭迎接。王钦进府中相见毕，文遇问曰："枢密临此有何公干？"王钦答以往大辽取纳降文书之事，太守可遣备船只应行。文遇曰："此易事矣。"遂调拨红船送过黄河北岸。王钦径望幽州去了。

却说周福带了军马，将近三关地界，被六使逻骑拦住问曰："来者是谁？"前军报道："钦差王枢密往北番公干，汝是何人，敢来阻截？"逻骑曰："日前八殿下有关防来说，王枢密欲通番，令我们着实提防，今果然矣。"众人一齐下手，报六使捉得细作王枢密到。六使大喜曰："此贼因我抬举，得至大官，屡要起谋作乱，今日自坠网中，决难轻放。"众人将周福缚于帐前，两边剑戟如麻，枪刀密布，惊得那周福面如灰土，哑口无言。六使抬头一看，怒曰："此人不是王枢密，你们众人何得虚报？通该按律问罪。"周福方敢应曰："将军饶命，我乃周福也。"六使问其由，福曰："蒙圣上遣小官同王枢密，往北番讨纳降文书。枢密因失落文书回取，令我先行，而被将军部下所捉。"六使笑曰：

宋真宗下诏班师　　王枢密进用反间

"岂有出城而忘文书乎？此贼必知风，故设是计也。"因令放起，延入帐中相见。六使曰："汝记得昔日河东交兵，潘仁美之事乎？"福曰："小可颇记忆之。"六使曰："汝乃吾旧知，可不必惊恐。"令具酒醴款待，留寨中一宵。次日，送周福过三关去讫。

却说王枢密已进幽州，先着近臣奏知。次早朝见萧后，萧后一见王钦，怒气冲冠，拍案骂曰："奸佞之贼，我欲生啖汝肉，以雪此愤！每想无计能获，今自来寻死。"喝令推出法场，碎尸万段。军校得旨，将王钦绑起。耶律休哥奏曰："娘娘且息雷霆之怒，彼今复来，必有长议。若待其言不合，斩之未迟。"后怒犹未息。耶律学古奏曰："王钦如樊笼之鸟，诛之何难？乞娘娘宽其罪戮。"后乃放起，问其来意。钦惊复半晌，乃曰："臣自到南朝，非不尽心，奈未遇机会。今宋天子要娘娘九州图籍，尽归中朝，又欲发兵北上。臣因北番败丧之后，不能迎敌，因请得文书来见，就要内中图事，以报娘娘之恩。"后闻奏，回嗔作喜曰："卿有何策能图中原乎？"钦曰："今幸宋廷良将俱各远遣，只有十大文臣在朝。娘娘可覆书，称说王钦官卑，不能达意，须着大臣于九龙飞虎谷，交纳九州图籍。待其来，围而执之。再遣使奏知，挟令宋君中分天下，然后送还。宋君以大臣为重，必允所请，那时徐图进兵。管教成功也。"后曰："谁人可往宋朝？"钦曰："臣不惜一行。"后即令草表，着王钦带回。

钦辞朝离了幽州，望京师进发。半路恰遇周福军马，王钦道知见萧后覆命之事。福大喜，即回军，与王钦由黄河归朝。不日到京，朝见真宗奏曰："臣领命入北境传旨，萧后欣然愿纳九州图籍。因言此系重事，臣职卑陋，不能成久坚之盟；乞请十大朝官，于九龙飞虎谷交献，特令臣覆命奏知。"真宗闻奏大悦，即下敕，着廷臣准备起行。

第四十回

八殿下三关借兵　众英雄九龙斗武

却说寇准、柴玉、李御史、赵监军等得旨，都来八王府中商议。准曰："此乃奸人之计，若去必有不测。"柴玉曰："圣上所命，岂敢推辞？"八王曰："列位无忧。此行须从三关寨经过，见杨郡马，借军助行，保管无事。"准等大喜而退。次日，十大朝官入辞真宗，真宗曰："卿等此去，为社稷计也，当谨慎行之。"八王等领命出朝，离京望三关进发，先遣哨马报知六使。六使令孟良、焦赞于半路迎候。

不日，八王与众人将近梁门关，一彪军马拦路，乃是孟良、焦赞等，马上高叫曰："来者莫非八殿下否？"八王近前曰："是谁拦路？速报与郡马知之。"孟良即下马，伏于路旁曰："蒙本官差遣，令小可谨候多日矣。"八王遂与众官直进三关。又见一彪人马来到，却是六使自来迎接。八王见了六使，不胜之喜，并马入帐中。十大朝官依次坐定。当下摆列酒席齐备，众官举觞而饮。酒至半酣，六使起而问曰："不知殿下与列公到此，有何见谕？"八王曰："此来欲与郡马商议一场大计。近因圣上欲定北番，不想奸臣王枢密领旨，往见萧后，特献九州图籍，以息干戈。萧后来文，须用十大朝臣诣九龙飞虎谷，则可坚此议。圣命已下，着我等前往。想此乃是王钦奸计，若只我等前去，正犹羊入虎口，岂能保全？今特来借兵助往，以破番人之谋也。"六使答曰："日前下官正待擒此贼，以除后患，不意从黄河渡而去。今既用此诈谋，欲欺本朝大臣，小可当以赴应，务取丑蛮图籍来归。"八王听罢大喜曰："有君调

八殿下三关借兵　众英雄九龙斗武

度,诚圣上之福。"是日,众官尽欢而散。

次日,六使召过孟良、岳胜、焦赞、林铁枪、宋铁棒、姚铁旗、董铁鼓、丘珍、王琪、孟得、陈林、柴敢、郎千、郎万、张盖、刘超、李玉等二十余人,分付曰:"此行必要动干戈,汝众人须用心保着朝臣前往。"岳胜曰:"本官所论虽是,倘北番认得我等,怀疑不来投降,岂不误了大计乎?"六使曰:"我有计策教汝:每人担箱子一只,俱装作随侍之人;箱内藏着军器,上面安顿朝冠衣服。又用竹筒两节,上节贮水,下节藏枪棒,番人若问,只说带水来饮。若无事则止,倘有不测,临时机变而用。"岳胜等受计而退。

即日,八王辞却六使,与众臣离三关,径望九龙飞虎谷进发。正值初冬天气,寒风拂面,鸿雁声悲。十大朝官于马上见两旁横尸白骨交加,断戟残戈无数,八王叹曰:"昔汉、周于此交兵,使黎民肝脑涂地,见者无不惨然。"有诗为证:

　　两岸犹存战血红,当年豪杰总成空。
　　行人于此重嗟问,惆怅西风夕照中。

此时消息已传入北番,萧后遣耶律学古为行营总管,部精兵一万,先往等候。学古领命,率兵径赴九龙飞虎谷,于正北下寨。次日,亲往谷中巡视一遭,回军中谓牙将谢留、张猛曰:"我视其处,四下皆绝路,惟东边一片平阳地,堪容五六百人,可于是地摆筵,以待其来,就中图事。"谢留曰:"总管此计极高。"道未罢,人报十大朝官已到。耶律学古分付军马远远回避,自出军前迎接。八王与学古马上施礼曰:"汝主有议,要献九州图籍,将军意下何如?"学古应曰:"阵前不是议和所在,明日当于军中定夺。"八王应允而退,于正南安下营垒。

耶律学古回帐中,召谢、张商议曰:"吾明日要行楚霸王鸿门会上宴高祖故事,舞剑斗艺,就筵中决个输赢,汝二人宜用心立功。"谢留曰："凭小可平生所学，定成总管此谋。"学古又召太尉韩君弼谓曰："汝领劲兵一万，于谷口埋伏，候有变动，即将宋臣围定。"君弼领计而行。学古分遣已定，一面着人于谷口备办筵席，一面差番卒持书诣宋营见八王曰："总管有命，请列位大臣明日商议纳降文书，并不得持寸刃相见。"八王得书看毕，亦回书与番卒，不题。寇准进曰："此行若非殿下有先见之明，带得郡马部下同来，决无善意。"八王曰："今虽赴约，看他如何定议。"众人即散。

次日，耶律学古于谷口等候，遥望尘土荡起，宋臣各跨骏骑而来。将近面前，学古见无军马相从，心中暗喜，即邀众人进谷中，相见已毕。学古恭请十大朝官，依次坐定。八王曰："萧娘娘肯归顺大朝，且不失为一国之主，诚乃苍生之大幸也。"学古笑曰："此意我娘娘本有，且待饮酒，从长计议。"因命番官进食，乐工品奏。

是日，帐前大吹大擂，南北臣僚相会而饮。时柴驸马坐于左正席，学古颇认得，问曰："此位莫非柴先生否？"柴玉听得，即应声曰："学生正是，将军有何高论？"学古曰："汝记得先年进番家天字图入中朝，被公改天字作未字，萧后发怒而动兵戈？今日又有相会耶？"柴玉曰："汝道差矣。我主上应天顺人，不数年间克伏群雄，遂成一统之盛。惟汝北番，因距中朝太远，未暇征讨，致汝君臣屡生边患，戕扰生民，震动皇威。天阵一破，北骑倒戈而遁，那时我主欲长驱直捣幽州，与汝主面取图籍而归。盖缘我等不忍军民再陷锋镝，竟劝班师。若萧后知顺逆之理，不听狂夫所惑，倾心归顺，犹保一邦；不然，堂堂天朝，士马精强，宁与外境称孤哉？改天字图之为，实出我手。事既往矣，何复言乎？"学古被柴玉说了一遍，略有难色。又问于右正席寇准曰："曾记咸平年间，进贡锦皮暖帐，被公沉埋不奏，以致兵革相寻，岂大臣为君谋乎？"寇准厉声答曰："我主上论治理政，且无暇日，那里有心玩汝锦帐？今日欲与汝国结和议之盟，索九州图籍来献，何必讲往事乎？"学古曰："图籍改日交割未迟，且教番官帐前舞剑，劝酒取乐。"八王曰：

八殿下三关借兵　众英雄九龙斗武

"预言不许带寸刃以随,此又非鸿门宴,何用舞剑为哉?"道末罢,谢留已应声而出,手提长剑,于筵前抽舞。八王见势头不好,即叫:"随侍者何在?"孟良激怒向前曰:"北兵能会舞剑,大宋岂无壮士耶?我亦对舞,聊助筵前一观。"言罢,挥过利剑,与谢留两相交舞。

耶律学古见孟良志气昂昂,自思:"此人必是将家,不可与之斗。"辄曰:"舞剑没甚好处,且射箭为乐。"孟良曰:"要走马射,穿杨射,随汝意欲。"谢留曰:"走马射柳,人所常见,须奇巧而射。"孟良曰:"何谓奇巧?"谢留曰:"将一个活人缚在柱上,连射三矢,能避者便为妙手。"孟良听罢暗笑曰:"此贼要暗算我,先须杀之,以挫北番锐气。"乃应曰:"那个先射?"谢留曰:"我先射。"孟良慨然允诺,自令人缚于柱上,叫曰:"任汝连放三矢。"八王等看见,各有惧色。谢留离筵前一望之地,手拈硬弓,一矢放去,被孟良紧紧咬住。第二矢向项下射到,又被孟良一手拨开。谢留惊慌,再放一矢,要射其腹,不想孟良有护心镜,射之不入。十大朝官连声喝彩。众人解去其缚。孟良曰:"借汝与我试箭。"谢留无可奈何,亦被缚于柱上。孟良满开雀弓,扣镞射去,故意不中番官。谢留自思:"此人只会舞剑,不能射箭。"乃曰:"任汝再放二矢。"孟良又放一枝,正中项下。谢留应弦而绝。正是:

　　无能番士徒施勇,今日须教箭下亡。

耶律学古见谢留失手,大怒曰:"特要讲和,何得相伤?"喝声:"众人擒捉!"只见簇前转过番骑五六百,奋勇踏进。岳胜、焦赞等不胜怒激,各打开箱子、竹节,取出长枪短剑,一齐杀来。耶律学古知有提备,先自走了。众骑被宋兵杀死一半。孟良急保朝官出谷口,忽数声炮响,韩君弼伏兵齐起,将谷口截住。岳胜恐北兵紧困,力战欲出,怎禁得番兵矢石交下,人不能近;后面又是绝路,四下山崖壁立。正是:

　　虎落深坑无计出,龙堕铁网智谋疏。

第四十一回

杨延朗暗助粮草　八娘子大战番兵

却说八王与十大朝官被困于谷中，忧闷无计。寇准曰："当辞朝之际，众人就知有难，如今只得忍耐，徐图脱去之计。"八王曰："今粮草将完，援兵未至，倘番兵乘虚而入，何以当之？"孟良曰："殿下请勿虑。待北兵稍缓提备，小可偷出谷口，回至三关，招取救兵，殄此丑虏。"八王依其议，遂按甲不出。

却说耶律学古困了宋臣，与张猛议曰："我等只要坚守于外，彼虽有霸王之勇，不能出矣。"猛曰："此计极好，但恐中朝知此消息，必有兵来救应；不如乘此机会，奏知娘娘，自提大兵相助，则可成功。"学古曰："君论诚高。"即遣番兵径赴幽州，奏知萧后。萧后闻奏，与群臣商议。耶律休哥进曰："既北兵困却宋臣，此好消息也。娘娘正须发兵应之，以图中原。"后曰："近因丧衄而归，良将已皆凋摧，今无保驾先锋，何以征进？"道未罢，一人应声而出曰："小将不才，愿保娘娘车驾，剿灭宋人而回。"众视之，乃木易驸马也。木易近前奏曰："臣蒙娘娘厚恩，未酬所志，今愿保驾前行。"后大喜曰："日前台官奏道：'幽州当兴，该有扶佐者出。'想应着卿矣。"即下令，封木易为保驾先锋，率领女真、西番、沙陀、黑水四国人马共十万前行。木易受命而出。

翌日，萧后车驾离幽州，军马浩浩荡荡，望九龙飞虎谷进发。不日将近，耶律学古半路迎接进军中，拜曰："赖娘娘洪福，将宋朝十大朝臣困于谷中，近闻粮草将尽，不久被擒。臣恐宋朝发兵来救，特请车驾

杨延朗暗助粮草　八娘子大战番兵

亲行，定取天下之计。"萧后大悦曰："此回若图得十大朝臣，足可洗先年之耻。"遂以军马分作二大营屯扎，耶律学古统女真、西番兵屯正北，木易驸马统沙陀、黑水军马屯西南，作长围之势，以困宋兵。学古等承命退出，自去分遣，不题。

却说木易军马安西南营。是夜，微风不动，星斗满天。木易在帐中自思曰："今十大朝臣困于谷中，北番人马若是之盛，彼如何得出？救兵虽来，倘粮草已尽，终难保其脱险。"遂心生一计，修下书信一封，缚于箭头，射入谷内。令其密遣人出山后，赠他粮草几十车。准备已定，出帐前射进谷中。恰遇孟良拾得，却是一枝响箭。知有缘故，揭开系书一封，连忙递与八王观看。其书曰：

> 杨延朗顿首拜知八殿下、十大朝臣列位先生前：兹者北兵甚盛，列位且莫辄离，恐伤锋镝无益。不久，当有救兵来到，忍耐，忍耐！今有粮草二十车，于九龙谷正南交付，聊作一月之给，须遣人搬取。此系机密重事，勿误勿泄。

八王看罢，不胜之喜，谓寇准曰："此书杨将军所报，有粮草于山后相济。北番全赖此人主兵，决保我等无事。"寇准曰："既有粮食，当遣人探视。"孟良曰："小将愿往。"八王允行。孟良即率健军十数人，乘夜来山后缉访；果见粮米二十车，孟良悉取至谷内。八王曰："粮食且幸有矣；若无救兵来到，终是险厄，汝辈计将安出？"孟良曰："殿下安心，小可偷出番营，入汴京求救。"八王曰："汝去极好，亦须仔细。"孟良曰："小可自有方便。"即辞八王，从山后走出。行将一里之地，被逻骑捉住，孟良力斗不胜，径被绑缚，来见木先锋。木易故近前喝之曰："吾差汝回幽州见公主，有紧关事报知，为何被人所捉？"孟良认诈应曰："天色未明，走差路径，致遭其捉。"木易曰："急去，便来回报。"左右连忙解放去了。

孟良走出番营，喜曰："若非杨将军，今日一命难保。"自思："欲往三关报知，必须要申奏朝廷，恐日久误事，莫若去五台山，请杨禅师来援，成功较易。"即抽身径向五台山来，参见杨和尚。和尚问曰："汝缘何作番人装束？"孟良曰："特有一件紧急事告知师父。深恨萧太后用诡计，赚十大朝官，困于九龙飞虎谷，危在旦夕。今奉八殿下命，欲往三关取救兵，自思恐日子缠久，有误大事。五台山去彼咫尺之程，乞师父一行，同扶国难。"杨五郎沉吟半晌，叫声孟良曰："我与汝不是冤家，何故屡次相恼？"孟良曰："小可非为一己之私，亦看本官分上。师父不去，若十大朝臣被害，吾师心上亦难自安。"五郎曰："本待不去，奈八殿下分上，只得部众前行。"原来五台山近关西地方，出凶顽之徒，但有犯法该死者，逃入寺中为僧，五郎即收用之，故所向无敌也。当日杨和尚点集寺中一千余人，准备起行。孟良曰："师父前往，小可再往三关报知本官，同来救援。"五郎应允。孟良即辞下山，星夜到寨中见六使，道知朝官被困之事。六使曰："我一面兴兵赴援，汝急赍表入京奏闻。"

孟良得令，带表文赴京奏知真宗。真宗得奏大惊，宣上孟良问曰："朝臣被困几时？"孟良曰："将近一月。得杨延朗以粮食相济，暂保无虞。今三关兵马已发，乞陛下再遣将救应。"真宗问廷臣曰："谁可部兵前行？"道未罢，吓天霸王杨宗保奏曰："臣愿往救。"真宗大悦，遂命老将呼延赞为监军，杨宗保为先锋，点兵五万征进。宗保受命而退，来无佞府辞令婆出师。令婆曰："可着八娘、九妹同行。"宗保曰："得姑娘相助极妙！"是日，众将整点齐备，孟良为前队，宗保中队，呼延赞率大军随后，径望九龙飞虎谷进发。但见：

> 万马丛中军刀壮，三千队里显英雄。

哨马报入萧后军中："宋兵长驱而来。"萧后即召耶律学古等议战。

杨延朗暗助粮草　八娘子大战番兵

学古奏曰："娘娘勿忧，我这里有四国军马，何惧宋兵哉！待臣分遣迎战，必能胜敌。"后曰："卿须用心调度，不可造次。"学古领命而出，调来女真国王胡杰、沙陀国大将陈深、西番国驸马王黑虎、黑水国王王必达，都集帐下，分付曰："明日与宋兵交战，各人皆须努力向前；若能胜敌，娘娘必有重赏。"胡杰进曰："总管不必烦心，定要杀尽宋兵，方敢休戈息甲。"道声未罢，人报宋兵来到。耶律学古即部众列阵迎敌。遥见旌旗开处，马上一员勇将，乃是和尚杨五郎，高声骂道："诛不尽的辽蛮！好好退去，尚留残喘；不然，殄汝为齑粉矣。"耶律学古大怒，谓诸将曰："谁先挫宋人一阵？"女真国王胡杰应声曰："待吾斩此匹夫。"即挺枪跃马，直取五郎。五郎舞斧还战。两下呐喊。二人战上数十合，胡杰力怯，拨马便走，杨五郎驱兵掩之。北阵王黑虎舞方天戟，纵骑从中杀来，将头陀兵分为两段，辽兵围裹而进。王必达提斧拍马，喊声杀来。杨五郎见四下皆是番兵，矢石乱发，冲突不透。正在危急之间，忽西南征尘荡起，鼓角齐鸣，一彪军马杀出，乃八娘、九妹、杨宗保也。八娘一骑当先，正遇王必达。两马相交，斗经数合，九妹率兵从旁攻入，必达抛戟逃走，九妹乘势追之。将近谷口，一将厉声喝曰："逆贼早降，免遭屠戮。"乃大将呼延赞，当头拦住，交马两合，必达被擒。宋兵竞进，孟良杀入北营，正值沙陀国陈深突到。两马相交，兵刃才合，孟良大声喝曰："敌贼休走！"一斧劈落场中。杨宗保见南将连胜番敌，催动后军追击。八娘奋勇争先，迎住胡杰交锋，抛起红绒套索，将杰捉于马上。杨五郎勒马杀回，部下僧兵戒刀斩落王黑虎马脚，掀落阵中，宋兵齐向前擒之。

耶律学古见势崩摧，走入营中报萧后曰："娘娘速走！宋兵英勇，四国将帅擒剿已尽"。萧后听罢，惊得心胆飞裂，撤营单骑逃走，耶律学古与张猛拚死救护而去。后面杨宗保驱兵追击。萧后正走之间，坡后一军截出，乃杨六使之兵长驱而来。番兵望见，倒戈逃遁。萧后仰天叹曰："今日是吾当尽，汝众人善自为计。"言罢，欲拔剑自刎。耶律学古曰："娘娘勿慌，幽州尚有数十万雄兵，犹可克敌，只争咫尺之程，何乃便为自绝之计耶？"张猛曰："娘娘从僻路逃走，吾去阻住敌兵一阵。"萧后乃止，与耶律学古望邠谷遁去。

第四十二回

杨郡马议取北境　重阳女大闹幽州

却说杨六使鼓勇杀来，张猛纵马再战；未及数合，被六使一枪刺死。部下番兵，为三关壮勇屠戮殆尽。宗保军马赶到，合兵一处，会议要乘势赶去。适木易一骑飞到，叫曰："吾弟须调回人马，救取谷中朝臣。幽州精兵尚多，待我杀回，内中取事，一举可定。"六使然其言，即放木易军马杀过，部众攻入谷中。时韩君弼听知北军战败，撤围奔走。孟良拍马当先，正遇着敌将；两骑相交，一斧挥为两截。谷中岳胜、焦赞等乘势杀出，番兵死者不可胜数，遂救了十大朝臣。此一回北兵败衄，折去四国人马共十二万，委弃辎重牛马无算；尸横散乱，血满长川。有诗为证：

　　北兵败衄尸交横，断戟残戈日半曛。
　　过客莫言当日事，马蹄余血下荒坟。

杨六使调集诸将，人人各上其功。六使下令，将所擒番将，尽皆斩首号令讫。八王等称贺曰："若非郡马救援，非惟朝臣不保，且损圣上威望也。"六使曰："圣上正以殿下被困，忧愁累日，特遣呼将军与小儿部兵救应。已赖洪福，杀得他垂首丧气而去。"八王曰："阃外之事，君命有所不受。萧后屡为边患，可乘破竹之势，直捣幽州，取舆图而归，诚乃大机会也。"六使曰："殿下不言，小可正待禀知。四兄曾道，幽州精兵尚多，彼今内中取事。正宜发兵应之，管教成功也。"八王曰："但凭尊意行之，朝廷重事，我当承受。"六使乃下令唤过岳胜、孟良、焦赞部兵先进，八娘、九妹、杨宗保为前后救应，呼延赞保朝臣为监军。分遣已定，岳胜等率兵长驱而进。

是时，萧后走归幽州，忧愤无计。耶律休哥进曰："胜败兵家之常，娘娘不必忧虑。城中粮草，有十余年之积；精兵猛将，不下数十万。宋军若退则止；倘再来侵扰，当与决一雌雄，成败未可知矣。"后曰："四国之兵，丧折殆尽，尚何望克敌哉？不如纳降，以救一方生命。"张丞相曰："娘娘何因此一败而自倒志气哉？大辽自晋朝以来，中原仰惧。今虽一时挫衄，犹足称霸。待宋兵再来，臣等背城一战，管取报仇。"道未罢，人报木易驸马杀回。后宣入问曰："我正虑驸马被宋人所袭，何以后来？"木易奏曰："臣屯西南营，困住十大朝官，比闻北兵战败，待出兵救之，谷中宋军杀出，那时娘娘车驾已离正营，臣力战宋兵，致在后也。"后曰："宋兵声势何如？"木易奏曰："近听得要来围困幽州，娘娘须提备之。"忽哨马入报："宋兵云屯雾集，将幽州城围绕三匝，水泄不通，乞娘娘作急定夺。"萧后失色。木易曰："娘娘勿虑，凭臣等一派军将，定将宋兵杀退。"后曰："卿等用心迎战，不宜造次。"木易领命而退。

话分两头。却说河东庄令公有一女，号称重阳女，盖因九月初九日诞生，故取是名。幼有勇力，武艺精通。曾许嫁与杨六使，奈缘兵戈阻道，耽搁亲事。及闻十大朝官被困，就要举兵来救，以寻旧约。当下兵行之际，哨报："杨六使已杀败番兵，攻围幽州未下。"重阳女听罢大喜曰："得此机会，见夫君必矣。"即率所部诣宋营，令人报知六使。六使猛省曰："此事吾亦记得，值国事倥偬，音问不通。今既部兵来应，还当迎接。"遂令岳胜出军前迎候。重阳女轻身入帐中相见，六使不胜之喜。二人各诉往事，极尽缱绻。六使曰："戎事未宁，待回见令婆，而后讲礼。"重阳女曰："我初进，未立功绩；欲乘此机，暗投于萧后，内

杨郡马议取北境　重阳女大闹幽州

应外合,以成其事,郡马肯许否?"六使曰:"贤妻若能用心,成败在此一举也,有何不可?"重阳女欣然领所部一万,冲开南阵,岳胜、孟良等虚作退遁之状。

重阳女直至城下,高叫开城。守城军报入城中:"有一女将,杀开南阵,特来救应。"萧后闻报,即与文武登敌楼观望,见旗上大书"河东重阳女",正在城下追杀宋兵。后辄令耶律学古开门接应。重阳女径入城中,参见萧后曰:"臣乃太原庄令公之女。刘主深恨宋君见伐,特遣小将相助,共取天下。"后大喜曰:"汝主刘钧若肯同心破宋,誓与平分中原。"遂令设宴于殿庭,款待来将。酒至半酣,重阳女起奏曰:"宋兵围城紧急,臣率所部擒之,以为初见微功。"后允奏。重阳女谢宴退出。

杨四郎自思:"重阳女曾许嫁吾弟为亲,岂有来助番邦之理?内中必有缘故。"乃奏萧后曰:"臣部精兵,前助重阳女伐宋。"后曰:"得驸马同行尤好。"木易领命,出军中与重阳女商议进兵。重阳女曰:"宋兵虽众,破之亦易。驸马出北门先战,我引兵随后继之。"木易笑曰:"依你所行,则幽州一战可破矣。"重阳女愕然曰:"驸马何出此言?"木易曰:"休得相瞒,事同一家。"因将其本末逐一道知。重阳女喜曰:"本为郡马成此谋也,得君共济,何患不克?"亦将其来意说知。四郎曰:"事宜机密。萧后驾下精勇者多,须除去牙爪,然后方可进兵。"重阳女曰:"君有何计去之?"四郎曰:"明日出兵,令上万户、下万户、乐义、乐信等见初阵,汝率所部后战;先斩此四人,遂引宋兵乘势杀入,唾手可取此城。"重阳女大然其计,先自准备出兵。木易下令上万户、乐义领兵先战。上万户得令。

次日平明,一声炮响,部兵扬旗而出。恰遇宋将岳胜喝曰:"守死之寇,犹不纳降何待?"上万户骂曰:"汝等深入吾地,死在旦夕,尚来夸大言乎?"即舞刀跃马,直取岳胜。岳胜举刀迎之。二骑相交,战不两合,下万户、乐义、乐信从旁攻入。岳胜抵敌不过,拍马退走,番兵乘势而出。重阳女部骑后进，大喝："辽众慢走！"手起一刀，斩乐信于马下。乐义大惊，措手不及，岳胜回马，挥为两段。孟良、焦赞率兵掩来，喊声大振。上万户被孟良所杀，下万户为乱骑踏死。重阳女当先杀入，宋军随后继进，幽州城中，四下鼎沸。

内官报入宫中，萧后听得，自思："吾为一国君后，若被擒获，羞辱无地；不如自尽，以免玷污。"径走入后殿，解下戏龙绦，自缢而死。正是：

可怜番国萧君后，今日宫中自缢亡。

是时，杨延朗进入禁宫，恰遇琼娥公主走出曰："驸马快走！娘娘已自吊死，四下皆敌兵矣。"延朗曰："公主勿慌，我乃杨令公第四子，诈名木易。蒙汝厚恩，决无相伤。"公主听罢，即跪告曰："妾之性命，惟君处置。"延朗曰："公主若肯随我回中原，即便同行，不然，难以强请。"公主曰："国破家亡，驸马肯念旧情，带妾同去，岂有不从？"延朗大喜，即令收拾金珠罗翠，装作几车，当先杀出。正遇耶律学古走入殿庭，木易厉声曰："逆贼休走！"学古不知提防，被延朗一刀斩之。耶律休哥听知宋兵入城，削净须发，从后门越城逃走去了。

只说杨六使亲提士卒入城，扫净番兵，杀得尸横街道，血满城壕。日将晡，乃下令禁止屠戮。八王等都进入城中，先问萧后下落，人报自缢死于后殿。八王令解下，停在一边。宗保调集各军，驻营城东。

次日，八王、六使登殿庭，点视宫室。众将解过番国太子二人，捉得番官张华以下臣僚共四十九员，番将三十六员。六使俱令将槛车囚起，以候解京。当下诸将皆集。杨延朗进见八王曰："小可寓居番庭十八年，今日得见殿下，甚觉赧颜矣。"八王抚慰之曰："今日定幽州之功，皆出于将军。归见圣上，当有重封，何谓赧颜哉？"延朗称谢。六使曰："幽州既已平定，还当张挂榜文，谕知各地方，务必悉安，然后班师。"八王然其议，着寇准草榜，传布四方。自是，大辽郡邑闻幽州已破，望风归附。

第四十三回

平大辽南将班师　颁官诰大封功臣

却说越数日，八王于宫中大开筵席，犒劳诸将，众人尽欢而饮。延朗进曰："小可有一事禀知，未审殿下允否？"八王曰："将军有何见议？但说无妨。"延朗曰："自居北境，蒙萧后盛意看承。今既死矣，乞将尸骸埋葬，庶报一时知遇之德，使番人不以延朗为负义耳。"八王曰："此将军盛德之事，当从所请。"是日席罢。次日，八王一面申报朝廷，一面下令将萧后尸首以王礼埋葬。有司奉行，田礼收敛，不提。后人看到此处，有诗赞曰：

盛德于人将德报，杨门豪杰几能同？
片言深仰番庭慕，为筑封茔一念忠。

六使进见，定议班师。八王允言，发遣诸将，分前后队回军，呼延赞等准备起行。寇准与众议留兵镇守幽州。八王曰："留兵有二不便：一者，南北杂处，统属不一，则有掣肘之患；二者，离中原既远，作逆一时不知。莫若回京，徐定防御之策。"寇准然其言，即日大军离幽州，望汴京而回。但见：

马上红尘随处起，途中箪食喜相迎。

平大辽南将班师　颁官诰大封功臣

一路无词，不觉早到皇城。八王先遣人报知捷音。真宗遣文武出郭迎接，正遇八王等军马来到，文臣孙御史当先接见，并訾入城。六使人马屯扎郭外。次早，八王领众臣朝见，进上平定北番表章。真宗览罢，龙颜大悦；抚慰众臣，甚加赞叹。寇准奏曰："诚赖陛下洪福，及杨六使父子兄弟一心为国，今已平定大辽。此乃不世之功，乞加封典以奖其劳，则国家幸甚。"帝曰："朕深知其功，当得封赠，候颁敕拟议。"八王等拜命而退。

是日，杨六使与延朗回无佞府见令婆。拜毕，延朗不胜哀感，乃曰："思不肖一阵之挫，困辱北境，遂将近一十八年。不想吾母皓发盈头，桑榆景迫。今日幸得相逢，悲喜交集。"令婆曰："歧路无情，人生有此飘零，今既相见，足慰子母之望。可着公主相见。"延朗唤过琼娥公主，入拜令婆。令婆不胜欢喜。延朗曰："此虽一时佳会，十分得赖提携。"令婆曰："姻缘不偶，观此女子，真是吾儿之配也。"因令具席，以为庆贺之设。是日，府中众人依次坐定，欢饮而散。杨五郎仍领众人，自回五台山去了。

却说王枢密见北番已败，恐祸将及，乃假装云游道人，漏夜走出汴京。直待近臣奏入，真宗乃知，大怒曰："此贼屡起反意，朕以故人相待，不忍深罪，今又背朕而走。"亟聚群臣商议。八王奏曰："王钦罪恶滔天，不容于诛。想其出城未远，陛下可令轻骑追捕。"帝允奏，即敕杨宗保率捕兵追之。

宗保得令，率兵径出北门，问守军："曾有王枢密过去否？"守军曰："适见一道士，慌忙出去，莫非是也？"宗保得其实，特骑赶来。时枢密走到黄河渡，见艄人连叫曰："汝若急渡吾登岸，多将金宝相谢。"艄人听得，遂撑船近前。王钦跳下船，艄人举棹而行。才近东岸，忽然狂风逆作，将船仍吹下来。一连如此三次，不能及岸。艄人曰："风势紧急，难以过去，须待风息而行。"王钦愈慌，只得匿在篷下躲避。一伏时，南路征尘荡起，数十骑赶来。杨宗保马上厉声问艄公曰："曾见有一道士过去否？"渡夫未应，王钦低声曰："应他已去多时，我当倾囊谢汝。"渡夫曰："且道汝是谁人？明白告我，当得方便。"王钦不隐，将其本末道知。渡夫听罢怒曰："此处被汝在朝，年年使吏胥打搅；正要报恨，没寻讨处，今日倒落手中来也。"即将船撑近前，报知宗保。宗保差骑军上船捉之，王钦急忙不能逃脱，径被骑军绑缚到岸。宗保解之而回。正是：

善恶到头终有报，只争来早与来迟。

正值真宗设朝，时文武皆集。近臣奏知："已捉得王钦回朝。"帝令军校拿进殿前，面斥之曰："逆贼屡在朕前献谗，寡人优容过多。今若放汝走往他国，又将生患矣。"王钦低头无语，只乞早就刑戮。帝曰："怕汝奸贼不死耶？"因问八王："当何以处之？"八王曰："陛下可设大宴，会集外国使臣，皆得预席。将此贼碎剐凌迟，以助筵前一观，庶使后人知惧。"帝允奏，遂下命，着司官排列筵宴齐备，征召外国诸臣，两边依次坐饮。行刑军校将王钦绑缚于桩上，慢慢割下其肉。席中观者，无不凛然。后人有诗断曰：

作恶年深祸亦深，试看今日戮王钦。
苍天报应无私眼，不使登行竟被擒。

王钦受苦难禁，不消数十刀，气已绝矣。帝令抛其尸骸于野，以彰奸臣。因谓八王曰："王钦往者所言，本有欺罔之意，而朕不觉何也？"八王曰："大诈似忠，以致陛下不觉。今日王钦受刑，朝野皆为之欢庆矣。"帝然之。

忽报大将呼延赞夜中风症而卒。帝闻报，不胜哀悼，乃曰："赞自入本朝，勤劳王事，未尝一日自安，真为社稷臣也。"因令敕葬，谥赠

平大辽南将班师　颁官诰大封功臣

忠国公。后人有诗赞曰：

愤仇已雪出河东，为国勤劳建大功。
不意将星中夜落，令人千古恨难穷。

天禧元年二月，真宗以平定北番将士，未及旌封，特与八王商议。八王奏曰："赏功怀远，帝王盛德之事也。今四方宁息，天下一统，使得谋臣勇将镇抚，诚为社稷长计矣。"帝曰："往者献俘阙下，朕犹未发遣，萧后太子、臣僚，当何以处之？"八王曰："日前班师之际，寇学士等会议，欲留兵镇守；臣以为不便，未敢擅行。今辽人已能，陛下正当兴灭国，继绝世，放他还大辽，仍自镇守；递年只取其进贡，则边境自安，唐虞之治不过如是。"真宗大悦曰："非卿所论，朕不能及此。"遂下敕，赦萧后二太子并所捉臣僚，俱令还国。敕旨既下，番臣大悦，诣阙稽首谢恩。真宗又赐北番太子金织蟒衣各一袭，赏赉甚厚。太子拜受命，即日率臣僚径回幽州，不题。

翌日，真宗亲拟封旨，宣六使进殿面谕之曰："卿父子破南天阵，已建大功，朕未及升擢；今又有平定北番之绩，当旌封典，以报汝劳。"六使顿首曰："破阵平北之功，上赖陛下之福，下则军士齐心；臣区区微劳，何敢受赐？"帝曰："卿不必过谦，朕自有定议。"六使拜命而出。是日，封旨辄下授杨六使为代州节度使，兼南北都招讨；杨宗保为阶州节度使，兼京城内外都巡抚；杨延朗以取幽州功，授泰州镇抚节度副使；岳胜授蓟州团练使，孟良授瀛州团练使，焦赞授莫州团练使；陈林正授檀州都监，柴敢正授顺州都监，刘超正授新州都监，管伯正授妫州都监，关钧正授雷州都监，王琪正授武州都监，孟得正授云州都监，林铁枪正授应州都监，宋铁棒正授寰州都监，丘珍正授朔州都监，丘谦正授雄州都监，陈雄正授蔚州都监，谢勇正授凤州都监，姚铁旗正授寿州都监，董铁鼓正授潞州都监，郎千正授瓜州都监，郎万正授舒州都监，八娘授金花上将军，九妹授银花上将军，渊平妻周氏封忠靖夫人，延嗣妻杜氏封节烈夫人，穆桂英以下十四员女将，俱授诰命副将军；其余有功将士，俱各封赏有差。

第四十四回

六郎议取令公骸　孟良焦赞双丧命

却说次日六使诣殿前谢恩，奏曰："臣部下皆蒙恩命，俱各赴任就职。惟臣老母在堂，乞陛下优容限期，不胜感激。"帝曰："卿既以令婆之故，朕亦不十分催促，须候再议，而后赴任。"六使拜受命，退归府中。岳胜、孟良、焦赞、柴敢等俱在府中俟候。六使召岳胜谓曰："今圣上论功升赏，授汝众人官职。幸值清平，各宜赴镇，以享爵禄，上耀祖宗，下酬所志。不宜造次，而误限期。"岳胜曰："我等赖本官威风，建立微功；今日远舍而去，于心何忍？"六使曰："此君命恩典好事，何必言离别之情？可谕本部军马：愿从临任者，则带之同行；不愿去者，多以金帛赏之，命其回家生业。但赴任之后，各宜摅忠为国，施展其才，不枉为盛世之丈夫。当急行，勿迟疑。"岳胜等听罢，都来拜别，径赴任所。内中有愿从军士，即日同去；不从者，回乡一半。当下只有孟良、焦赞、陈林、柴敢、郎千、郎万六人，候待六使离京，然后起程。孟良曰："今众人已各赴任，尚有三关寨守军未知消息，本官须令人报之。"六使然其言，即着陈林、柴敢、郎千、郎万往三关寨，调回守军，并将程聚载归府中。陈林等领命而行，不在话下。

时维九月，云汉湛清。是夜，六使散步于庭下，闲行仰望，星河满天，追忆部下，口占长词一阕云：

惨结秋阴西风送，丝丝露湿凝望眼。征鸿几字暮，投沙碛。欲往乡关何处是？水云浩荡连南北。但修眉一抹有无中，遥山色。天涯路，江上客；情已断，头应白。空搔首兴叹，暮年离隔。欲待忘忧除是酒，奈酒行欲尽愁无极。便挽江水入樽罍。浇胸臆。

六使吟罢，入西窗下。正待解衣就枕，忽扃外一阵风过，恍惚见一人立于窗下。六使即起视之，乃其父杨业也。六使大惊，拜曰："大人仙久，何以至此？"业曰："汝起莫拜，我将有事说知。今玉帝怜我忠义，故封为威望之神，已无憾矣。只我骸骨无依，当速令人取而葬埋，忽使旅魂飘泊。"六使曰："十数年前，已遣孟良入幽州取回骸骨安葬了，爹爹又何言此？"业曰："汝岂知萧后诡谲之事？延朗自知，汝今便可详细问之。"言罢，化一阵凄风而去。六使痴呆半晌，似梦非梦，将近三更左侧。

直待天明，入见令婆，道知其事。令婆曰："此乃汝父英灵，特来相告。"六使曰："可问四哥，便知端的。"令婆唤过延朗问曰："夜来六郎见父，言其骸骨仍在北番，果有是事否？"延朗惊曰："母亲不言，儿正要商议此事。自被北兵捉去后数日，番骑赍得吾父首级来到。萧后与众臣商议，正怕南人盗取，以假者藏于红羊洞，真者留于望乡台。往年孟良所得，乃是假骸骨。除是台上的，是父真首级矣。今日六弟闻是消息，岂非吾父显灵显迹耶？"令婆曰："今既北番归降，须令人取之而回，有何难哉？"六使曰："若令人取，又是假的矣，盖吾父北番所惧，彼将其为威望之神，岂肯付之与归？不如仍令孟良盗取，则可得也。"延朗曰："汝见甚明。"

六使即召孟良进府中，谓之曰："有一件紧关事，着汝去干，须要用心。"孟良曰："本官差遣，就便赴汤蹈火，岂敢辞哉？"六使曰："吾知汝去，足能成谋。今有令公真骸骨，藏于幽州望乡台，密往盗取而回，乃汝之大功矣。"孟良应声曰："离乱之时，尚能为是；何况一统天下，取之何难"六使曰："汝言虽是，奈番人防守严密，还当仔细。"孟

六郎议取令公骸　孟良焦赞双丧命

良曰："番人消不得一斧，本官勿虑。"言罢慨然而去。

适焦赞听得府中众人唧唧哝哝，似有商议之状，乃问左右曰："本官将有何事？"左右答曰："侵早分付孟良前往幽州望乡台，取回令公真骸，欲议举葬也。"焦赞听罢，径出府外，自思曰："孟良屡次为本官办事，我在帐下多年，未有些须之劳。莫若随后赶去，先自取回，岂不是我之功哉？"遂装点齐备，径望幽州赶去，此时杨府无一人知觉。

先说孟良星夜来到幽州城，将近黄昏左侧，装作番人进于台下，适遇着五六守军问曰："汝是何人，敢来此走动？其非细作乎？"良曰："日前宋朝天子放北番君臣归境，着我近边戍卒护送。今事宁息，到此消遣一回，何谓细作？"守军信之，遂不提防。日色靠晚，孟良悄悄登台上，果见一香匣，贮着骸骨在焉。良自思曰："往年所盗者，果与此不同，今日所得，必是真矣。"乃解开包袱，并木匣裹之，背下台来。

不想焦赞随后即到，登台中层，手摸着孟良足跟，厉声曰："谁在台上勾当？"孟良慌张之际，莫辨声音，只道番人缉捕到来；左手抽出利斧，望空劈落，正中焦赞头顶，一命须臾。比及孟良走下台来，并无番人动静。孟良白忖道："守军缉捕者，岂止一人来乎？此事可疑。"径踏近前，于星光下视之，大惊曰："此莫非焦赞乎？"拨转细视，正是不差。孟良仰天哭曰："特为本官成谋，谁知伤却自家？纵使盗得骸骨，亦难赎此罪矣。"道罢，径出城来，已是二更。恰遇巡警军摇铃到来，孟良捉住曰："汝是那一处巡军？"巡警军惊应曰："我不是番人，乃屯戍老卒，弗能归乡，流落北地，充此巡更之职。"孟良曰："是吾本官之福矣。"乃道："我有一包袱，央汝带往汴城无佞府，见杨六使，必有重谢。"巡军曰："杨将军我素相识，当为带去。"因问："公乃何人？"孟良曰："休问姓名，到府中便有分晓。"即解下包袱，交付巡军，再三致嘱勿误。复来原处，背焦赞出城坳，拔所佩刀，连叫数声："焦赞！焦赞！是吾误汝，当于地下相从也。"遂自刎而亡。可惜三关壮士，双亡北地。后人赞孟良曰：

英雄塞下立功时，百战番兵遁莫支。
今日北地归主命，行人到此泪沾衣。

又赞焦赞曰：

匹马南关勇自然，斩坚突阵敢当先。
太平未许英雄见，致使身骸卒北边。

当下巡军接过包袱，半惊半疑，只得藏起。次早，偷出城南，径望汴京去了。

第 四 十 五 回

禁宫中八王祈斗　　无佞府郡马寿终

却说六使自遣孟良行后，心下怏怏，坐卧不安。忽夜睡至三更，梦见孟良、焦赞满身鲜血而来，二人拜曰："重蒙本官恩德，未能酬答，今日特来相辞。"六使惊曰："汝等何以出此言？"遂伸手扯住孟良。蓦然醒觉，却是梦中。六使忧疑不定。捱至天明，忽府中人报："日前焦赞赶孟良同往幽州去了。"六使听罢，顿足惊曰："焦赞休矣！"左右问其故。六使曰："孟良临行曾言，若遇番人缉捕，须手刃之。彼不知焦赞后去，必误作番人杀之矣。"众尚未信。适巡军走入府中，见六使拜曰："小人幽州巡更之卒，前夜偶遇一壮士，付我包袱，再三叮嘱送至将军府来。不敢失误，今特献上。"六使令解视之，乃木匣所贮令公骸骨。六使又问："当时曾问其姓名否？"巡军曰："问之不肯言，仓卒而去。"六使令左右取过白金十两，赏巡军去讫。乃遣轻骑，星夜往幽州缉访。不数日回报："孟良、焦赞二尸，俱暴露于幽州城坳，今以沙土壅之而回。"六使仰天叹曰："值戎马扰乱之日，若非二人效力克敌，焉致太平？正好安享，辄自丧亡，伤哉！伤哉！"次日，入奏真宗曰："臣部下孟良、焦赞，为事失误，已死幽州，乞陛下追还官诰。"帝闻奏，甚加悼惜，乃允六使所奏。仍下命，以孟良、焦赞有救驾之功，敕有司为筑封墓，谥赠二人俱为忠诚侯之职。六使谢恩，退回府中。自因二人丧后，怅怅不悦，杜门敛迹，亦无心赴任矣。

却说八王于幽州回军，路感疾气，卧养府中。真宗不时令寇准等问安。八王谓准曰:"与先生辈相处数年,不意于此分别。"准曰:"殿下偶尔小恙,何足为忧?值今四海清宁,正须燮理朝纲,共睹太平之盛,如何出兹语乎?"八王曰:"大数难逃,宁奈彼何哉?"准等既退,入奏帝,请效祈禳北斗之事,以保八王。帝允奏,着令寇准、柴玉主行是事。准领命,去请华真人,建坛于禁宫,依法祈祷二日。真人报寇准曰:"坛上天灯长明不灭,八殿下可保无虞。"寇准暗喜。果然醮坛完满,八王病体复瘥。满朝文武上笺称贺。适八王入朝谢恩,真宗亲接上殿,面谕之曰:"得卿平复,社稷之幸矣。"八王奏曰:"赖陛下福荫,当效犬马之报。"真宗大悦,命设庆筵,礼待文武。

是日,君臣尽欢而饮。日将晡,众臣宴罢,拥送八王出朝,来到东阙下。前导军校报入:"有一白额猛虎,从城东冲入,百姓惊骇;今直进东阙下。"八王听罢,出车望之,果见人丛列开,其虎咆哮而进。即令取过雕弓,八王拈弦搭箭,一矢射中虎项,其虎带箭跑走。众军急赶至金水河边,不见踪迹,回报八王。八王惊疑半晌,回至府中,旧疾复发,再弗能起矣。

却说杨六使忽感重疾,报知令婆。令婆与延朗、宗保、太郡等都来问候。六使谓令婆曰:"儿此疾实难自保。"令婆曰:"待令医人调理,或可痊安。"六使曰:"昨日当昼而寐,偶梦入阙下,适逢八殿下与群臣出朝。殿下发狠,弯弓放矢,正中儿之项下,便觉骨肢损痛,想是命数合尽。母亲善保身体,勿因不肖过伤。"又唤过宗保谓曰:"汝伯延德,善明天文,曾对我言:'国家杀气未除。'汝宜忠勤王事,不可失为杨门之子孙。"宗保拜受命。六使嘱咐已毕,顾谓延朗曰:"四哥好好看承母亲,今兄弟中惟兄福而有寿。谨记勿忘。"言罢而卒,寿四十八。静轩有诗赞曰:

慷慨归朝志愿酬,将军正尔得封侯。
于今坟上无情土,野草离离几度秋。

禁宫中八王祈斗　无佞府郡马寿终

令婆等哀号深切；汴城军民闻者，无不下泪。消息传入真宗御前，文武众官，亦各悲悼。真宗叹曰："皇天不欲朕致太平，而使栋梁先折也。"道未罢，近臣奏知："八殿下听得郡马已卒，愤而加病，夜五更，终于正寝。"真宗倍加哀念，为之辍朝二日。

　　寇准、柴玉等会议，奏请八殿下与杨郡马封谥。柴玉曰："八殿下与杨郡马，皆辅国良弼；今既弃世，当表其谥。明日须同众臣奏之。"寇准等商议已定，次早约众人入奏真宗。真宗曰："此寡人之本心也，允卿所奏。"遂追封八王为魏王，谥曰懿；杨延昭为成国公。并命有司，俱用王礼葬祭。寇准等既退，有司承命而行。只见功臣将士相继而死，不知清平世界可得长久？

第四十六回

达达国议举伐宋　杨宗保兵征西夏

却说西夏达达国王李穆，缉探大朝已破幽州，与群臣议曰："宋君混一土宇，北番又归中原，今欲乘本国人马精强，以图伐取，卿等以为何如？"左丞柯自仙出班奏曰："谚云：'事有可为而为之，则成功易；事有不可为而强为之，悔莫及矣。'今宋朝一统之盛，谋臣猛将，连藩接境。往者北番自晋、汉以来，每见尊惧；宋君御极，遂致干戈日寻，疲于奔命，竟被宋朝所灭。今西番控弦之众，不足以当大朝一郡，倘若兵甲一动，致怒宋君，长驱而来，岂不是惹火烧身，自取其祸哉？主上自宜详审焉。"

道未罢，一将应声而出曰："不因此时进兵而取中原，尚何待耶？"众视之，乃羌氏人氏，姓殷名奇，使二柄大杆刀，有万夫不当之勇；更会呼风唤雨，国人惧之，号为"殷太岁"。部下一将，名束天神，亦有妖法，能化四十九个变身，西番号为"黑煞魔君"。是日殷奇力奏："正好乘虚伐宋。"穆王曰："卿要举兵，有何良策？"奇曰："臣近闻中原将士凋残，杨六使等已皆丧亡；沿边守将，武备不修，一闻烽警，人各望风而走。凭臣平日所学，声势及处，先教郡邑瓦解。兵抵皇城，管取一战成功。取宋天下，有何难哉？"穆王大悦，遂封殷奇为征南都总管，牙将束天神为正先锋，汪文、汪虎为副先锋，江蛟为军阵使，共统十万番兵征进。殷奇领命而出，将羌兵操练精熟，克日离西番，望雄州进发。但见旌旗蔽野，杀气凌空。有诗为证：

达达国议举伐宋　杨宗保兵征西夏

凄凄杀气遮红日，金鼓声鸣势若雷。
徒恃英雄生怨隙，径教匹马不西回。

殷奇兵行数日，将近雄州，离城正南十里安营。镇守雄州者，乃都监丘谦。闻知西番兵至，与牙将邓文议曰："此是西番听得吾之本官已丧，朝中无甚良将，故乘虚入境，来寇中原。今雄州军马单弱，恐难迎敌，似此奈何？"邓文曰："都监勿虑，城中有兵四千，留一半守城，吾同骑尉赵茂率兵二千，出城迎敌。"丘谦曰："贼兵势重，卿等不宜轻觑。"邓文曰："无妨。"即与赵茂披挂完全，率兵扬旗，开城而出。西番殷帅见宋兵出战，排开阵势，马上高叫："宋将作急投降，必有重用。假若执迷，吾今十万羌兵，即将雄州踏为平地。"邓文一马当先，指而骂曰："无端番逆，不知天命。大辽如此之雄，尚遭吾灭；汝西番旦夕不保，还敢妄想中原耶？"殷帅大怒，问："谁先出马，捉此匹夫？"只见左哨下一将，应声而出，乃束天神；手执铁斧，纵骑直取邓文。邓文举枪迎战。四下呐喊，二人斗上三十余合，邓文枪法渐乱。赵茂拍马舞刀相助，天神力战二将，全无惧色。殷奇于马上挽起巨弓，一矢射中赵茂而毙。邓文见茂中伤，抛战逃走入城。殷奇挥羌众掩击，宋兵折去一半，遂乘势围了雄州。

邓文下令紧闭城门，入见丘谦，道知西番兵锐，军尉赵茂中矢身亡。丘谦骇曰："彼众我寡，势所不敌。今其困城紧急，可修表，令人入京求救。"邓文曰："事不宜迟。"即时修表，遣骑军夜深出城，星火来到汴京，投文于枢密院。近臣奏知真宗，真宗大惊曰："西番乘虚入寇，实乃大患。"急聚文武商议。柴玉进曰："臣举一人，可御番兵。"帝问："是谁？"玉曰："三代将门豪杰、金刀杨令公之孙、官授京城内外都巡抚杨宗保也。若用彼部兵前往，破之必矣。"帝大悦曰："卿之所举，实称其职。"即下命，封宗保为征西招讨使，呼延显、呼延达为副使，大将周福、刘闵为先锋，发兵五万，前退番兵。

宗保领旨出朝，诣无佞府辞令婆出师。令婆曰："曾忆汝父遗言：国尚有兵革，须尽忠所事。"宗保曰："军情紧急，特辞令婆即行。"令婆分付："审机调遣，莫坠先人威风。"宗保领诺，出教场中，催集军马齐备，克日离汴城，望雄州进发。时值十二月天气，朔风寒冻，但见：

鸿雁北来声惨切，征人西下怯穷途。

宋朝人马浩浩荡荡，直抵焦河口，望雄州只争十五里之远。宗保下寨于崖口，遣人报知城中。

却说番帅殷奇闻知消息，分付部下大将："宋之援兵，旗上大书'杨宗保'。久闻此人是六使长子，文武双全，当时破南天阵，皆其调遣。今部兵来到，汝等不可轻敌，各宜用心。若能胜之，中原不难取矣。"副先锋汪文、汪虎进曰："不消元帅出阵，小可二人，管教杀退宋兵。"殷奇即付与精兵二万。次日，汪文于平川旷野，列阵索战，遥望见宋军鸟飞云集而来。杨宗保马上厉声问曰："封境有定，何故来犯吾地，戕害生灵？"汪虎答曰："雄州近西番之地，为尔侵夺，不得不取。"宗保大怒，顾谓左右曰："谁先出马？"呼延显应声请战，挺枪跃马，直取汪虎。汪虎舞刀交还。二人鏖战三十回合，汪文举枪来助，呼延达绰斧从旁攻入。汪虎力怯，跑马便走。呼延显激怒追之。杨宗保率后军继进，汪文抛战退遁。宋军竞进，番兵披靡。丘谦在城上望见西番战败，开东门接应，大胜羌兵一阵。宗保亦不追赶，收兵入城。

文、虎率败众回见殷奇，道知宋兵势锐难敌。殷奇怒曰："些须宋人，犹不能胜，尚望取其中原乎？"即欲引兵亲战。束天神曰："元帅稳坐，看小将立退敌兵。"奇曰："汝先见阵，吾亦随后接应。"天神领诺。次日平明，于城下扬威耀武搦战。忽东门一声炮响，呼延显、周福厉声骂曰："背逆丑贼，不即返兵，剿汝等无遗类矣。"天神大怒，纵马举方天戟，直取周福。周福舞刀迎敌。两骑相交，战不数合，天神佯输，引宋兵入阵。口念邪偈，忽狂风大作，飞沙走石；半空中黑煞魔君无数。周福大惊，回马急走。背后天神复兵杀来，一戟刺于马下。宋兵大败，死者甚众。呼延显慌忙走入城中，抽起吊桥。天神直杀至壕边而回。

呼延显入军中，报知宗保，周福战死之由。宗保惊曰："西方竟有如此怪异？谁敢再出兵见阵？"道未罢，刘闵进曰："小将再见阵一番。"宗保允行，即付与精兵一万。

第四十七回

束天神大战宋将　百花女锤打张达

却说次日平明，刘闵率兵，扬旗鼓噪而出。对阵束天神大叫曰："杀败之将，今日又来寻死耶？"刘闵怒曰："妖人急退，犹可延生；若执迷不悟，教汝片甲不回！"即舞刀纵马，直冲西阵，束天神举方天戟迎战。二骑才交，天神拨马而走，刘闵乘势追击。未及一望之地，天神作动妖法，日月无光，狂风拔木，空中魔君无数杀来。刘闵大惊，措手不及，被天神回马一戟，刺死阵中。宋兵溃乱，自相践踏，死者不可胜计。天神又胜一阵，率众紧困城池。

宗保又见刘闵战死，愤怒已甚，即下令整兵，务与敌人决战。至次日，亲引呼延显、呼延达，开城出战。对垒束天神排列阵势，上手汪文，下手汪虎。宗保坐于白骥马上，望见番帅生得面如青靛，眼若铜铃，须发似朱染就，甚是可惧。宗保骂曰："逆贼作急回兵，饶汝一死；不然，屠汝辈如齑粉矣。"束天神顾问左右："此人是谁？"汪虎曰："宋之主帅杨宗保也。"天神曰："那个先战，以挫宋人之威？"汪文应声而出，举枪纵骑，直奔宋阵。宗保激怒，舞枪迎敌。两下金鼓齐鸣，喊声大振。战上数合，宗保奋勇一枪，刺汪文落马。汪虎见兄被害，大怒曰："骨肉之仇，如何不报？"举刀跃马，奔出阵来。宗保曰："一发结果此贼。"遂挺枪迎敌。交马数合，宗保佯输而走，汪虎赶来。将近阵侧，宗保挽弓一矢射去，汪虎应弦而倒。呼延显见主帅连胜，部众一拥冲来。两军混战，杀得天昏日惨，地震山摇。有诗为证：

束天神大战宋将　百花女锤打张达

烈烈旌旗灿若霞，冬冬金鼓急忙挝。
阵前杀气遮天暗，成败斯须属一家。

正斗之间，束天神口念邪咒；顷刻乾坤黑暗，走石飞沙，半空中黑煞魔君，各执利刃杀来。宗保惊异，先自退遁。番众乘势掩击，宋兵大败。呼延显力战，与宗保走入城中。束天神部众拥到，呼延达进退不迭，竟被番人所捉，解进西营，来见元帅殷奇。殷奇分付，将槛车囚起。下令部落，分门攻击。束天神进曰："宋人虽挫一阵，吾众折去大将汪文、汪虎。只一座雄州尚不能下，倘至中原，如何克敌？如今之计，可令人回本国，再着添兵相助；鼓勇南下，庶可成功矣。"殷奇曰："汝言正合我意。"即遣骑部回奏李穆王，乞添兵马助阵。王问曰："近日西南兵势若何？"骑部曰："西番部众虽多，斗死者亦不少。此时宋兵坚守雄州，师久乏粮，国主若再添兵攻击，破之必矣。"穆王与群臣商议，右丞胡天张奏曰："臣有一计，使宋兵首尾不能相顾，自然退去。"穆王曰："卿有何计？"天张曰："可遣一人，直入森罗国借兵相助，许以和亲，彼必悦从。又遣使往黑水国，说以得中原之后，割重镇相谢。若得二国兵出祁州，以袭其后，却令三太子起重兵应之，无有不克矣。"

穆王从其计，即时遣使入森罗国，进上金珠，道知借兵取中原之事。国王孟天能与太子孟辛议曰："西番求援出兵，还当如何？"辛曰："西番原乃唇齿之邦，既许以和亲，理合依准。"王曰："往年因借北番军马，只留得一分回来，只恐宋兵难敌，反惹其祸耳。"辛曰："今宋朝非往时可比，谋臣勇将，已皆凋落；此回发兵相助西番，必可得志。"国王从之，即令孟辛为帅，提兵四万前行。时王长女百花公主，勇力过人，武艺精通，奏王要同出兵，王允行。孟辛即日率兵离本国，望祁州征进，不题。

是时，黑水国亦从其约，差大将白圣将，部兵三万，从祁州来会。却说使臣回奏穆王："二国各许相助，军马已望祁州进发。"穆王闻奏大喜曰："此行定交成功。"便问天张："谁可再部兵前往？"天张曰："三太子文武双全，可押兵相济。"穆王允奏，遂令三太子统羌落四万起行。太子领命，率众离西番，迤逦望雄州而进。但见：

红旗开处番兵盛，画角鸣时部落齐。

是时，殷元帅每遣逻骑随路哨探，回报："三太子兵马已到，于正西安下大寨，请元帅前往计议。"殷奇闻报，即诣西营。拜见毕，三太子问其交兵如何。奇曰："两下征战，互有胜负。正待太子兵到，再议擒斩宋人之策。"太子曰："森罗、黑水二国，已各出兵，从祁山来会。候其来齐，便可决战，务必胜敌。"道未罢，人报二国兵马已到西关下寨。太子即遣人赍羊酒，前诣军中赏劳，并令其先出兵以袭雄城。差人送礼物来见二国主帅，道知三太子之命。孟辛受下礼物，分付来人："拜上太子，明日请看我等出兵；先破宋军，而后取城。"差人领诺回复，不题。

哨马报入城中，宗保听得森罗、黑水二国动兵，问帐下："谁敢当此军马？"呼延显进曰："小将愿往。"宗保曰："敌人势大，须着张达助之。"张达领命。宗保即拨兵二万与之。呼延显退出，与张达议曰："森罗之众利锐，当何以战之？"张达曰："未知蛮兵虚实，来日见阵，当作三路而进。"显然其议。

次早，呼延显以叶武在左，张达在右，自居其中，三路兵一齐出城。但见皂罗旗下，蛮兵漫山塞野而来。主帅孟辛手执铁锤，腰带双刀，高坐于马上。呼延显扬声谓曰："西番背逆之寇，旦夕不保，汝何故出兵应之？"孟辛怒曰："宋人杀吾弟金龙太子，今日特来报仇也。"叶武大怒，绰刀纵骑，直捣西阵。孟辛舞锤迎敌。两下呐喊。二人战上五十余合，不分胜负。忽右营一声鼓响，白圣将率所部从中攻入，将宋兵冲断，分作两截。叶武力战孟辛不下，百花公主举双刀夹击，叶武部

束天神大战宋将　百花女锤打张达

众披靡。右边张达奋勇抡枪救护，却被百花公主放起流星锤，打中张达胸臆，一命须臾。番兵竞进，万弩齐发。宋军大败，死者不计其数。呼延显身松体便，回马急走，孟辛等乘势追击，直至城壕而止。有诗为证：

番将狰狞马更雄，勤王效力战酣中。
垓前已丧斯须命，冤耻于今翳草蓬。

哨马报入殷元帅军中，道知森罗、黑水二国所部，大胜宋兵一阵，斩其战将二员。殷奇大喜，与三太子议曰："宋人既败入城，主帅必激怒，再来交锋。久闻杨宗保将门之子，武艺精勇；若只与斗武，难决胜负，当用奇兵胜之，则一战而可成功。"三太子曰："公有何策破之？"奇曰："昨观地势，此处十五里外，有座大山，名曰金山笼；只有一条小路可入，两边尽是高山。若先着重兵埋伏于此，引得敌兵进笼中，绝其归路，紧紧困之；不消数十日，使宋人尽为饿鬼，而雄州唾手可得也。"三太子曰："此计虽妙，只恐南人参透不追。"奇曰："宋人未知虚实，可将营寨移于金山脚下。"分遣已定，殷奇等撤围而去，不题。

却说呼延显回见宗保，道知战败，杀死大将张达、叶武二员。宗保大怒曰："不戮此蛮类，何面目见天子？"遂下令各将出兵，欲与西番决战。邓文进曰："适报番兵撤围，移屯金山脚下驻扎，莫非有计？元帅只宜坚守，从长计议，或可胜敌。勿激一时之怒，而忘远虑耳。"宗保曰："彼今惟恃一勇之力，有甚见识？诸君但看吾破之。"邓文不敢再言。次日平明，宗保分付呼延显见头阵，刘青次阵，邓文在后，以防孟辛之众，丘谦守城。分拨已定，自率轻骑居中。

且说呼延显扬旗鼓噪，杀奔金山，恰遇番将束天神列阵而待。显马上大骂："逆丑早早回兵，万事俱休；不然，屠绝汝等，以为宋人报仇也。"天神大怒曰："黄头孺子，今日休走。"遂纵马举方天戟来战。呼延显挺枪迎之。两马才交，战未两合，刘青率精兵从旁攻入，天神佯输而走，显等乘势追之。殷奇见宋兵入阵，跑马舞刀接战。杨宗保中军已到，怒战殷奇，兵刃才接，奇即勒马望金山小路逃去。

第 四 十 八 回

杨宗保困陷金山　周夫人力主救兵

却说宋兵各要争功,如潮涌进。邓文在后看见,亟向前谏曰:"贼兵不作妖法,见阵辄输,必有埋伏;且此处离城已远,元帅不速回去,定遭其计。"宗保曰:"兵贵神速,正宜长驱而进,掩番兵之不备,则一鼓可成擒也。纵有伏兵,何足惧哉?"众军听罢,皆勇增百倍。赶近山脚,番人遗下辎重衣甲无数,宋兵不疑,一直追入笼中。日已将晡,俄而听得信炮一声响亮,江蛟伏兵齐起,截住笼口。后军报知宗保,宗保大惊曰:"不信忠言,果中其计。"即令众将力战杀出。呼延显、邓文当先而战,山顶番兵木石矢箭,一齐乱发,宋军伤死无数,不能得出。待至山后,却是绝路。正是:

只因误中奸人计,致使英雄一月灾。

宗保与众人被困谷中,心中惶惶。邓文曰:"番众坚守谷口,纵有羽翼,难以飞脱,只得忍耐,以图出计。"宗保曰:"地理不熟而陷机阱,雄州些须人马,犹虑不保。"文曰:"丘都监闻我等被困,彼必坚守,想亦无失。只是此中粮草乏绝,恐无救济。"宗保曰:"朝廷倚我为泰山之重,既被番兵所困,诸公可思一良策,以为保全之计。"呼延显曰:"今应州军马雄盛,可令人密往求救,方解此厄。"邓文曰:"应州贼人往来之地,难以来应;莫若径入汴京奏知,大军一到,足为番众之敌也。"宗保曰："番营严密，但未知谁可前往？"道未罢，一人进曰："小可愿往。"乃是刘青，小名刘招子，凡事敢为，军中号为"刘大胆"。宗保曰："汝有何计出番营？"刘青曰："元帅不闻孟尝君门下有鸡鸣狗盗之客乎？小可能潜形出去。"宗保大喜，即修下求救文书付之。

　　刘青靠黄昏左侧，秘密出笼原，望见番兵云屯雾集围守，遂变成一青犬，跑出营来。番人只道营中所畜，并无疑防，刘青得出坚壁。日已沉西，正值番众野地聚食。刘青走进粮草寨边，堆积犹如丘山，遂心生一计，取过火石，用硫磺焰硝引着，投于粮草屯里。夜风正作，一伏时，烟焰涨天，满屯通着。番人望见粮草被火，亟报知主帅来救，四下慌乱。刘青偷一匹快马，星夜往汴京去了。有诗为证：

　　　　困陷金山战阵摧，刘青勇敢有谋为。
　　　　先教粮草成烟烬，又得番营骏马回。

殷奇令部落救灭其火，粮草已烧去一半，方知宋兵有人出营，追悔无及，因下令晓夜巡军提防。

　　且说刘青不数日来到汴京，先报知枢密院。次日，近臣奏知："边廷帅将全军遭困，乞救兵相援。"真宗闻奏，大惊曰："番人是谁主兵，有此奇异？"因宣刘青入殿前问之。刘青奏曰："往日与西番交兵，互有胜负。近来连损大将数员，元帅激怒而战。不意番人预埋伏于金山笼畔，引我军入伏中，遂遭其围困。且雄州声势甚急，我军粮草俱绝。乞陛下早遣援兵，庶不误事。"帝闻奏乃曰："卿且退，待朕与群臣商议。"刘青谢恩而出。帝问群臣："谁可部兵前行？"柴玉奏曰："沿边帅将，只好看守本境，难以调遣。陛下须出榜文于都门，招募新降将中有文武超群者，充先锋之职，抑兵前往。"帝允奏，即令学士院草榜张挂各门。不提。

　　却说刘青投进无佞府，报与令婆，说知宗保被困之事。令婆大惊，

杨宗保困陷金山　周夫人力主救兵

问曰："汝曾奏知圣上否？"青曰："已先奏知，然后来见令婆。"令婆曰："主上何日发兵救应？"青曰："柴驸马奏道，朝廷无甚良将，不堪此行。即令出榜文，招募新将，部兵前往。"令婆乃顿足哭曰："救兵如救火。吾孙遭困阵中，度日如年；若待临时招募，得知有人来应募否？若使再延一月，宗保性命休矣！"言罢号恸不止。

时穆桂英、八娘、九妹等闻知，都出堂上探问因由。令婆收泪，道知宗保全军被困之事。桂英曰："此系朝廷大事，何不令人奏知朝廷，乞发救兵？"令婆曰："国无良将，欲待临时招募，以充此行。我恐稽延误事，故此恼闷耳。"桂英曰："令婆勿忧，小妾当部兵救之。"令婆曰："汝一人如何去得？"八娘、九妹曰："女孩儿二人愿相助同往。"令婆未应。堂前十二寡妇周夫人（杨渊平妻，最有智识）、黄琼女（六使之妻，好使双刀）、单阳公主（萧后之女）、杨七姐（六使之女，尚未纳婚）、杜夫人（杨延嗣之妻，十二妇中惟此一人乃天上麓星降世，幼受九华仙人秘法，会藏兵接刃之术，武艺出众，使三口飞刀，百发百中，杨府内外皆尊敬之）、马赛英（杨延德之妻，善使九股练索）、耿金花（小名耿娘子，延定之妻，好用大刀）、董月娥（杨延辉之妻，目力精锐，乃有百步穿杨之能）、邹兰秀（延定次妻，极善枪法）、孟四娘（太原孟令公养女，为渊平次妻，有力善战，军中呼为孟四娘）、重阳女（亦六使之妻，善使双刀）、杨秋菊（杨宗保之妹，武艺高强，箭法更精）一齐进前请行。周夫人曰："既侄儿有难，凭我等众人武艺，一者为朝廷出力，二者省令婆烦恼，定要救回宗保也。"令婆喜曰："我观汝等并力同心，实堪此行。"即分付速准备枪刀衣甲俟候。八娘、九妹等自去整点。不题。

却说令婆次早入朝奏曰："臣妾媳妇等，闻宗保被困，各要部兵前往救应，与朝廷建功，乞陛下允臣妾所奏。"帝问群臣，柴玉进曰："臣虑无人应募，正欲请命是事。陛下允其奏，管教成功在即。"帝大悦曰："令婆若能为朕分忧，救回元帅，当勒名金石，以表杨门之功。"令婆谢恩。帝亲赐金卮一对。乃下敕，封杨渊平之妻周氏授上将军之职，部领精兵五万，前往救援。敕旨既下，周夫人等已各整备完全，都出堂上，辞别令婆起行。令婆曰："军情紧急，汝众人当倍道而进。番蛮性顽，若知救兵来到，必要乘势赶来；各宜用心，勿负主上之命。今宗保被困已久，须预遣人报知，以安其心。在此叮咛，各宜牢记。"周夫人领命，即日饮罢饯酒，一声炮响，十二员女将齐齐出府，各执一样兵器，端坐于马上，英英凛凛；白皂旗下，军威百倍。宋真宗与文武在城楼上观望，顾谓侍臣曰："朕今日视杨家女将出兵，军前锐气，胜如边将远矣。此一回管取克敌。"柴玉曰："诚如陛下所言。"是日君臣各散。

只说周夫人等军马离汴京，以刘青为前哨，浩浩荡荡，望雄州进发。时值二月天气，风和日暖。但见：

马似飞龙乘紫雾，人如猛虎逐长风。
杏花扑鼻行骢稳，野水清流急济中。

宋兵进发数日，望雄州不远，刘青曰："近城便是森罗、黑水二国营寨，夫人只好于此屯住，徐议交锋。"周夫人然其言，下令分作三营：着重阳女、九妹、杨七姐、黄琼女、单阳公主五人率兵二万，屯左壁；杨八娘、杜夫人、马赛英、耿金花四人率兵二万，屯右壁；自与穆桂英、董月娥、邹兰秀、孟四娘部兵一万，屯中壁。分付交兵之际，互相救应。重阳女等得令，各部兵分屯。不题。

却说消息传入三太子寨中，三太子曰："若使救兵缓来十日，宋将皆已授首，雄州破在旦夕。"即召殷奇商议迎敌之策。奇曰："哨马报说，宋人皆是女将主兵，此国无良将可知矣。今彼分作三大寨营屯扎，若只攻一处，则两处兵必互相救应。须分兵前后，令孟辛同白圣将先战，审其行兵动静，然后以计破之可也。"三太子然其议，即发帖文报知孟辛等。孟辛得令，欢然领诺，整点军马齐备。

次日天明，于平川旷野列阵邀战。宋左营九妹、杨七姐出迎。红旗开处，九妹马上指敌将而骂曰："胡蛮狗类好好退兵，饶汝一死，不然，诛灭无遗。"孟辛大怒，即骤马舞铁锤来战。九妹舞刀迎之。两马相交，二人战上数合，孟辛佯输而走，九妹驱兵赶进。百花公主率轻骑从旁截出，与九妹接战数合，百花又败。九妹不舍，勒骑追之。公主较其来近，取出流星锤，转身一放，正中九妹坐马；其马负痛，掀跌九妹于阵中。百花公主正待挥刀砍下，不提防杨七姐一矢射中百花公主左臂，翻落马下，宋兵竞前捉之。孟辛奋力来救，刘青率部军绕进，森罗国兵大败，孟辛单马走投白圣将营中去了。杨九妹等乃收军还营。众人解百花公主入中营见周夫人。夫人曰："且将槛车囚起，以候回京发落。"军校得令，将百花公主槛囚，不题。

忽报黑水国部落索战，周夫人召集二营商议，因问："谁出兵迎敌？"重阳女应声曰："小将愿往。"周夫人曰："更得一人副之为美。"穆桂英进曰："妾身相助出敌。"夫人大悦，付兵一万与二人前往。重阳女得令，部兵与桂英扬旗而出，列阵搦战。

第四十九回

杜娘子大破妖党　马赛英火烧番营

却说重阳女等来到阵前，正遇番将白圣将，挺枪纵骑，直冲宋阵。重阳女举双刀奋勇来迎。两马相交，喊声大振。战了数合，白圣将力怯，拨马便走。孟辛怒曰："待捉此将，以为吾妹报仇。"舞锤拍马，当中截战。穆桂英看见，抽矢挽弓，指定敌将射去，正中心窝，孟辛应弦而倒。宋兵乘势杀进，重阳女赶上，把白圣将一刀砍落马下。番兵被杀死一半，其余抛戈弃甲，各走回本国，委弃辎重，不计其数。重阳女又胜一阵，周夫人不胜之喜。

消息传入西番营中，三太子大惊曰："不想女将有如此英雄，一连杀胜二国，汝众人谁敢退敌？"束天神进曰："殿下勿慌，小可部兵出战，务斩宋将而回。"三太子允行，即付精兵二万。束天神部兵出阵前，勒马横戟大叫曰："宋将强者来敌，弱者不如早退。"话声未绝，南阵上旌旗开处，一员女将骤马舞刀来迎，威风凛凛；视之，乃耿金花也。正是：

逞威惟仗追风马，斩将全凭偃月刀。

大骂："番奴速退，免污吾刀。"即纵骑直奔番将。束天神举戟交还。两马相交，二人战到垓心。有诗为证：

杜娘子大破妖党　马赛英火烧番营

　　征云黯黯乾坤暗，杀气漫漫日月昏。
　　逆贼敢当豪杰将，还看顷刻定输赢。

二将一来一往，斗不数合，束天神佯败而走，耿金花乘势逼进。天神引得敌兵入阵，念动妖言；狂风拔木，日月无光，半空中魔君无数杀来。金花大惊，勒马回走。宋兵大败一阵，死者无数。天神收军还营。

　　耿金花走入军中，见周夫人，道知怪异之事。夫人曰："西方常出妖党，有如此之术。谁敢出兵迎敌？"杜夫人进曰："妾身愿往擒此妖人。"穆桂英亦请同行。周夫人大喜曰："汝等若能破此妖术，则功勋可垂万世。"即付兵一万。二人部兵杀出，正遇束天神在阵前扬威索战。杜夫人一骑当先，大骂："妖人休走！"天神笑曰："杀败之将，尚来寻死耶？"即舞戟纵骑，直冲宋阵。杜夫人挺枪迎战。两下呐喊，二人战上数合，天神佯败退走，引杜夫人追来，作起妖法，念几句口号；忽天昏地暗，狂风怒起，空中四十九个黑煞魔君，各执利刃飞下。宋兵惊慌。杜夫人怒曰："汝之邪法，只好惊吓他人，敢在我跟前舞弄？"即诵动九华真人秘诀；一伏时，雷声霹雳，满空尽是火球，将魔君悉皆烧绝，天地复明。宋兵倍勇，如潮而进。天神气势颓败，慌张无计；正待吐气逃走，穆桂英抛起飞刀，斩落阵内，所部番兵，屠戮殆尽。桂英欲乘势攻入番垒，杜夫人曰："且回后，与主帅商议进取。"桂英乃收军还营。

　　是时，败军走报三太子，说知束天神被宋将所杀。三太子闻天神失手，顿足惊曰："天神有如此善战之术，今尚死于宋家女将，正所谓勇将不离阵上亡也，令人何以为计？"殷奇曰："太子勿虑，犹有五垒军马未动；明日保着殿下，与宋人决一胜负，便见端的。"太子依其议，下令部落，倾壁而出。

　　缉探报入宋营中："番人长驱而来，欲与我兵大战。"周夫人听得，聚集女将议曰："胜败在此一举。可先令刘青入金山笼，报知宗保，约定明日从内攻出，方好调遣。"刘青应命去了。周夫人唤过黄琼女曰："汝引步兵一万，与彼交战，引敌人至雄州城下，吾自有兵来应。"黄琼女领计去了。又唤过董月娥曰："汝引马军五千，与邹兰秀于城坳两旁埋伏，信炮一起，乘势杀出。"董月娥与邹兰秀亦领兵而去，又唤过马赛英曰："汝引轻骑五千，各带火具，候交兵之际，焚其营寨。"赛英承命而行。又令杜夫人率后军应之。周夫人分拨已定。

次日，鼓罢三通，宋兵出动。黄琼女勒马阵前索战。西阵殷奇一骑先出，手执利斧大叫："宋将速退，尚保残生。若来强战，管教你片甲无存。"黄琼女怒曰："汝之狗类已被我军屠戮殆尽，尚夸大言耶？"即舞刀直取番帅。殷奇绰斧迎敌。两下金鼓齐鸣，喊声大振。黄琼女诈败而走，殷奇驱众追来。将近城壕，宋营中信炮并起，董月娥、邹兰秀二支伏兵齐起，万弩俱发，番众溃乱。殷奇知有埋伏，勒马杀回。穆桂英从中杀进，冲开番阵；三太子之众，各不相顾。马赛英轻兵已出其阵后，放起烈火。正值东风骤起，霎时间烟焰涨天，满营皆着。番骑报道："宋兵已焚寨壁。"三太子惊得魂飞魄散，弃敌而逃。殷元帅见势不利，口念邪偈，怀中取出聚兽牌，望空敲动；忽一声震烈，四下黑雾中，涌出一群猛兽，尽是豺狼虎豹，冲入阵中。宋军个个失色，各回马逃生。杜夫人望见宋阵披靡，即念起真言，满空中火焰齐下，将猛兽烧得四分五落。番众倒戈弃甲而逃，恰如残云风扫，病叶经霜。殷元帅拚死杀出重围，正走之际，杨秋菊一箭当弦，正射中殷奇左眼，落马而死。

是时，金山笼杨宗保等望见火起，刘青引兵杀出。呼延显鼓勇争先，恰遇江蛟，交马只一合，刺于马下。部下番兵，杀死大半。穆桂英、黄琼女二骑，直进金山脚下，与宗保合兵一处，乘势追赶，杀得番众尸横散野，血满如川。夺得牛马辎重，不计其数。有诗为证：

　　　　四面干戈战阵连，杨门勇将定中原。

杜娘子大破妖党　马赛英火烧番营

番人弃甲抛戈遁，正是英雄效力年。

宋军已获全胜，惟呼延达先被番人所杀，周夫人乃收回众军。城中已开门迎接，周夫人以军马屯止城下，自与宗保入府中相会。

宗保拜曰："不是姆婶齐心克敌，宗保几至颠危，此一回足洗困辱矣。"周夫人曰："圣上闻侄被困，无人押兵赴救，令婆怀忧终日，我等只得前来救应，不意剿尽敌兵也。"宗保曰："机会难再，此去西番连州城，数日程途，莫若乘此破竹之势，直捣其境，擒取国王以献，千载一遇，不可失也。"周夫人曰："阃外之事，君命有所不受。但可利于国者，行之无妨。吾意正待如此。"即下令进兵，以取连州城。众人得令，各整备起行。次日平明，三军望西番征进。

是时，三太子望僻路走回，奏知李穆王："殷元帅并二国借兵，尽被杨门女将剿灭殆尽，即日人马长驱来取连州。"穆王听罢，神魂飞坠，拍案悔曰："早不听柯丞相之言，致有今日之祸。"道未罢，传报："宋兵将连州城团围三匝，水泄不通。"穆王急下令众部落，婴城坚守，与文武商议迎敌之计。柯自仙奏曰："宋兵声势甚盛，我之大将尽皆授首，今日那个敢再战？"王未应，忽珠帘后一人进曰："小妾愿部众以退宋兵。"众视之，乃王长女金花公主也。穆王曰："只恐汝不是宋人之敌。"公主曰："儿幼年曾学武艺，何倒自己志气也？若与交锋，自有方略破之。"王允奏，即付兵二万。公主得命，次日，部众开西门出战。

第 五 十 回

杨宗保平定西夏 十二妇得胜回朝

　　却说金花公主来到城外，正遇宋女将杨九妹，两阵对圆。公主谓曰："宋兵不识时势，深入吾地，作急退去，免遭屠戮。"九妹怒曰："该死之贼，犹不纳降，尚敢来争锋耶？"即舞刀跃马，杀奔番阵。公主举枪迎战，两骑相交，斗经数合，九妹刀法渐乱，败阵而走。公主奋勇追来，城上喊声大振。杨七姐看见公主追逼九妹，紧急弯弓，一矢射去，可怜金花一命归冥。宋兵竞进，番众死者无数，只走得一半入城，报知穆王金花公主被射死阵前。穆王怆惶无计，寝食俱废。

　　越二日，宋兵攻城危急，武将张荣奏曰："主公勿忧，城中兵马尚有四万，粮草可应一年；且宋兵虽盛，远来运饷不给。臣愿率所部出城一战，若使能退，乃主上之福；若不能胜，君臣婴城而守，亦长计也。"王允奏，即令张荣出兵。按张荣，羌落人，极有勇力，使一柄大杆刀，上阵如飞，军中号为"铁臂将"。是日领了主命，次早率众二万，出城迎战。南阵中一员女将，当先出马，乃单阳公主也，大叫："番蛮尚不献城，犹来抗敌耶？"张荣更不答话，舞刀纵骑来迎。两马相交，战未数合，张荣佯输，绕城而走。单阳公主尽力追之，张荣较其来近，转身一刀劈下。公主眼快，侧身躲过，其马跌倒在地。却得杜夫人连忙撇起飞刀，看准张荣砍去，中其左肋，死于马下。番兵被杀死无数，乞降之声，震动原野。此真见杨家女将互相救应之能也。有诗为证：

杨宗保平定西夏　十二妇得胜回朝

城下英雄势力争，一时失算倒前征。
敌人莫保须臾死，方显杨门互救兵。

却说番众于城上望见张荣战死，报入城中。穆王忧愤无地，欲为自尽之计。左丞柯自仙奏曰："宋君宽仁大度，降者无不膺爵，抗者自取灭戮。今宋兵坚屯城下，成败已分；主公何不遣使纳降，献上图籍，递年惟出贡物，尚不失为一国之主，此则大计也。如何效取儿女子态，自经沟渎，以取笑于外人乎？乞我主审焉。"穆王沉吟半晌，乃曰："宋运当隆，依卿所奏。"即令城上竖起降旗。

次日，遣人赍纳降文书，诣宋营投进。周夫人正坐帐中，与众人商议西番纳降之事，忽人报："番王遣使来议投降。"杨宗保令唤入。使臣进帐前，道知其主纳款之意。宗保犹豫未决。邓文进曰："西番乃遐荒之地，无用所在，众类顽皮，难供使令，元帅正宜允其降，以彰圣上柔远人之德也。"周夫人然其议，批回来书，与使臣回奏穆王。穆王君臣大喜。次日，亲率文武，开城迎接。杨宗保先进，见西番君臣拜伏道旁。宗保敬他一国之主，扶起，并辔入宫中。部落各备香花灯烛迎候。穆王端立于庭阶请罪。宗保曰："吾天子仁爱国君，今既归降，若使倾心无异，必不失旧封矣。"穆王称谢。是日，宫中大开筵宴。周夫人率十二员女将并都尉继入。穆王拜见毕，周夫人慰谕亦厚。众将依次而坐，宫中大吹大擂，番官进食，番妇进乐；众人尽欢而饮，夜深乃散。宗保安营于城里，周夫人等屯扎于城外。

又越数日，傍境皆宁，宗保乃议班师，报于各营知道。众军得令，准备起行。穆王送宗保真犀带二条，珍珠奇异之物无数。宗保只受其带，余物留以进主。乃以阵上所捉将帅，俱令送还，惟有百花公主解入中原。是日，中军离了连州，西番君臣送出十里之外而别。班师将士分作前后队而回，军威大振，四海钦服。有词一篇为证：

盖闻天时不如地利，地利不如人和。兵乃凶器，战为逆德。圣人之所不谈，尧舜弗忍于用。兹者西番播乱，兵甲扰雄州之境；皇上震怒，旌旗出汴城之师。征云冉冉，杀气腾腾。连环寨垒，如山岳之势；辎重器械，犹鱼鳞之多。金鼓鸣声，车箱匝地。六师奋力以前，三军鼓勇而斗。金山一战，垓下遭围。激烈闺中之寡妇，敢膺阃外之重权。周女帅，运筹算于帏幄；杨七姐，破坚阵于山前。斩将麾旗，独羡单阳公主；呼风唤雨，最雄杜氏夫人。马赛英，有争先缚捉之能；耿金花，多救应砍斫之力。运双刀，黄琼女军中独胜；开的矢，董月娥塞下无双。邹兰秀，枪法取番人之首；重阳女，飞刀枭敌将之头。孟四娘，英雄莫及；杨秋菊，气势超群。穆氏桂英，施百步穿杨之巧；八娘、九妹，怀图王霸业之机。天生豪杰，地聚精灵。干戈西指，束天神倒旗丧命；貔貅齐进，殷元帅跌马亡身。屠部落如残云迅扫，斩蛮丑犹病叶辞柯。番王纳款，边境争迎。班师唱杨柳之歌声，回旅敲金鞍之响镫。於戏盛哉！宋运休明，名播万方之威武；杨门奋勇，世称千载之英雄。

行程数日，已望汴京不远。宋之君臣预闻捷音，帝先着柴玉一班文臣出郭迎接。宗保望柴玉来到，下马候问。柴玉近前，手携上马，并辔入城。

翌日，乃朝见真宗。真宗面慰之曰："卿为朕远涉风尘，成功不易。"宗保顿首奏曰："臣赖陛下洪福，平定西番，已取图舆以献：属州十四，县二百，户口一万八千，租赋四百石，珍奇异物三十余车。"帝颜大悦，以所献俘俱发无佞府处置。因谓侍臣曰："杨门女将，俱有功于朝廷，朕当论功升赏，以旌其忠。"柴玉曰："此国家之盛典，理合颁行。"帝遂下敕，加封杨宗保上柱国大将军，呼延显等俱封典禁节度使，周夫人封忠国副将军，八娘、九妹等俱封翊运副将军。并令有司于内庭设大宴，犒赏征西将士。诏旨既下，杨宗保等再拜受命。是日，依班列坐,君臣尽欢而散。

次日,宗保谢恩回无佞府,与周夫人等参见令婆。令婆不胜欢喜,遂以百花公主配与杨文广为室。时文广一十五岁也。令婆分付设庆贺筵席,与众媳妇解甲。众妇依次坐饮,至夜分乃散。惟有令婆恩典,直待杨文广征服南方,而后受封也。

自是,四方宁靖,海不扬波,宋室太平可望矣。